鲍展斌　沈雯 ● 著

货币中的哲理故事

浙江工商大學出版社 | 杭州
ZHEJIANG GONGSHANG UNIVERSITY PRESS

图书在版编目（CIP）数据

货币中的哲理故事 / 鲍展斌，沈雯著 . — 杭州：
浙江工商大学出版社，2022.6
ISBN 978-7-5178-4997-1

Ⅰ . ①货… Ⅱ . ①鲍… ②沈… Ⅲ . ①随笔—作品集
—中国—当代 Ⅳ . ① I267.1

中国版本图书馆 CIP 数据核字（2022）第 103578 号

货币中的哲理故事
HUOBI ZHONG DE ZHELI GUSHI
鲍展斌　沈雯 著

责任编辑	张婷婷	
封面设计	浙信文化	
责任校对	沈黎鹏	
责任印制	包建辉	
出版发行	浙江工商大学出版社	
	（杭州市教工路 198 号　邮政编码 310012）	
	（E-mail：zjgsupress@163.com）	
	（网址：http://www.zjgsupress.com）	
	电话：0571-88904980，88831806（传真）	
排　　版	C 点冰橘子	
印　　刷	浙江海虹彩色印务有限公司	
开　　本	787 mm × 1092 mm　1/16	
印　　张	16.25	
字　　数	298 千	
版 印 次	2022 年 6 月第 1 版　2022 年 6 月第 1 次印刷	
书　　号	ISBN 978-7-5178-4997-1	
定　　价	88.00 元	

前言

货币是历史的见证，货币背后有哲理。如果它会说话，那么每一枚货币都可能会讲述一个动人的故事。或许这枚货币曾逼死过一位英雄好汉，或许这枚货币曾挽救过一位在饥饿线上挣扎的穷人的生命，或许这枚货币曾参与过一笔肮脏的交易，或许这枚货币曾资助一名穷秀才夺得了状元……小小的货币能够向人们倾诉人间的悲欢离合之情与国家的兴衰存亡之道，值得人们去探究。

古泉吟

黄赤黛紫百媚生，

古铜旧铁有灵性。

亘古兴衰成败事，

俱在刀布方圆中。

收藏研究古今中外货币不仅不会玩物丧志，而且会玩物长志。原因在于货币寄托了收藏者的人生追求，是一种精神图腾，能荡涤人的心志。由于收藏具有"明志"和"荡心"的作用，许多藏家甚至连自己的绰号都与其收藏志趣联系在一起，反映了他们对生

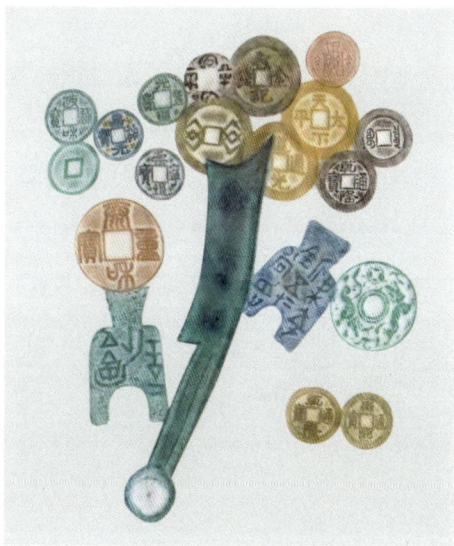

《古泉吟》古钱丝绸彩拓

活的追求和高雅的情趣。民国时，宁波籍钱币收藏大家郑家相喜欢收藏五铢钱，晚年把自己更名为"赤仄老人"，希望自己的为人像"赤仄五铢"钱那样规范精美。赤仄五铢寓意打磨五铢钱的周边，去其不正之处，使其形式变得规范精美。人在尘世间，常被声色所惑，为名利所累，不能自拔。一个人若能像五铢钱那样磨去自身的不正之处，改正自己的缺点，就能成为一个美好的人。

赤仄五铢

　　毛主席曾告诫党的干部，共产党人要坚持原则，在原则问题上不能让步。同时，他又非常重视原则的坚定性与策略的灵活性，在原则许可的范围内，因时而异，因地制宜，灵活机动，以便更好地坚持原则。他指出这就如同中国古代的铜钱，它外层是圆形的，内层中心是四方的，外层可以滚动，但无论怎么滚动，滚到什么地方，一旦停下来后，内层总是方形的，变不了本性。毛主席用这一形象的比喻，说明深刻的哲理，他要求共产党人要像铜钱那样，外圆内方，做工作时要圆，方法要圆，策略要圆，但是，内心要方正，原则绝不能丢。① 黄炎培先生也曾向其子女提出做人做事应奉行"取象于钱，外圆内方的'方圆论'"②，被世人奉为教子宝典、人生圭臬。

　　《货币中的哲理故事》一书告诉读者朋友们，货币之中有哲理，收藏与研究货币，揭示其内蕴的历史规律与时代精神，"去其糟粕，取其精华"。以马克思主义文化遗产观与货币哲学为指导，推陈出新，进行创造性转化与创新性发展，做到如习近平总书记倡导的那样：让文化遗产活起来，不断满足人民日益增长的美好生活需求。

　　本书绝大部分图片是作者藏品的照片或拓片，少部分图片来自网络。

①《毛泽东的统战艺术》，中国共产党新闻网。
② 肖伟俐：《黄炎培的一生：毛主席说他"不够朋友，够英雄"》，《中国文化报》2010 年 1 月 14 日。

第一章　中国古代货币中的哲理故事 / 1

第二章　中国近代货币中的哲理故事 / 99

第一章

中国古代货币中的哲理故事

天圆地方，道在中央

中国最早的统一货币是外圆内方的秦半两，俗称"孔方兄"。秦始皇在统一货币时为什么采用外圆内方的形式呢？这里有几种寓意：首先是这种外圆内方形式代表天圆地方的宇宙观，古人认为天是圆的，地是方的，因此在铸币时用外圆内方代表天圆地方，体现天人合一的道家思想；方与圆是相对的。在中国古人的哲学观中，有天圆地方之说。这一观念并不是简单的天圆如张盖、地方如棋局，而是内含更为深刻复杂的宇宙

秦半两彩拓

学理念。在古人眼里，天动地静，天行健，天上的日月星辰总是运行不止，所以是天道圆；而地势坤，大地厚实而宽阔，大地上的山河湖海位置不变，花草树木总是静默生长，所以是地道方，《周易》中说"至静而德方"。因此古人用大圆指天，大方指地，"大圆苍苍，大方茫茫"，其实就是天苍苍、地茫茫。

其次是道在中央。在人格方面，更是形成了外圆内方的理想模式。外圆，是效法天道，刚健自强；内方，是效法地道，守正固本，始终保持内在品质。《新唐书》记载，唐代道学家李泌曾有一句话："方若行义，圆若用智，动若骋材，静若得意。"这原本指下围棋，包含的却是高明的方圆之道。圆若用智，是说智慧的圆融灵活；方若行义，是一直秉持正直的精神，以义为先，方正不苟。天圆地方，道在中央；外圆内方，正义在中央。

譬如《史记》中记载的萧何就是一个深谙方圆之道的人："（汉）高祖以吏繇（同'徭'）咸阳，吏皆奉送钱三，何独以五。"也就是说，刘邦去咸阳服徭役，其他人在送行时都给了三枚秦半两大钱，唯独萧何比别人多给两枚，一共是五枚大半两。有些人认为钱币只送三枚、五枚的太少了，想当然地把"三"意译成三百，把"五"译成五百。事实上，当时一般百姓手里很少有钱，秦半两的购买力颇高。根据云梦秦简

《司空律》记载，秦国官方粮价禾粟一石值30枚半两钱，秦制商鞅量一石相当于120斤左右，一枚半两可以买到4斤粟米。《秦律·司空》还记载："有罪以赀赎及有责（债）于公，以其令日问之，其弗能入及赏（偿），以令日居之，日居八钱；公食者，日居六钱。"这句话的意思是：如果你有犯罪或者是拖欠官府的债务，而又无力偿还的情况，那么就必须以劳役来抵债。工作一天可以抵八枚钱，如果需要官府提供吃住，那一天可以抵六枚钱。而这个小小的恩惠，却被一贯自诩侠义的刘邦记在了心里。刘邦在取得天下后论功行赏时曾对群臣说："当年我去咸阳服徭役，萧何多给了我两枚大钱（以帝尝繇咸阳时何送我独赢奉钱二也），因此我给他增加两千户食邑来报答他。"

萧何就是具有这样的前瞻性思维和战略视野。他内方外圆，既坚持原则，又以灵活的谋略处事，目光如炬，慧眼识宝物。据《史记》记载，当刘邦军队攻入咸阳，众将士哄抢金帛财物与美女之时，萧何一不贪恋金银财物，二不迷恋美女，却去秦朝丞相御史府抢救并收藏了秦朝的地图、律令、户籍等国家档案，这些宝贵的文献为刘邦夺取天下并治理汉朝发挥了巨大作用。他目光远大，慧眼识英雄，在刘邦还是布衣百姓之时，便看出了他出众的才干。"萧何月下追韩信"的故事同样是证明萧何慧眼识英雄的著名案例。由于英雄惜英雄，因此打从刘邦发迹之前，萧何便不断地在他身上投资，最终以两枚秦半两大钱博取两千户食邑，赚了千万倍都不止。

哲理启示

方正为人，圆融处世。"圆"是智慧，"方"是品德。"智圆行方"被古人当作境界极高的人生道德和处世智慧，许多人以此为治家之道。孟子说："规矩，方圆之至也。"没有规矩，不成方圆。做人做事要讲规矩，要有原则性，但又不失圆融变通的灵活性；做人尤其要有大智慧，要看到方圆乾坤外面的广阔世界，不要钻到小小钱眼里去斤斤计较。要洞悉当下隐藏的机会，把握未来发展趋势，人生规划要长远，不轻易随大流，不被眼前的苟且诱惑。这才是真正的"慧眼"！

因此人们在日常生活中，对待朋友要有诚意，多雪中送炭。尤其是当他们有困难之时，您的慷慨相助今后或许会有意外之喜。

货币上的哲理故事："有朋自远方来"新解

　　《论语·学而》开篇中有一句脍炙人口的名言："有朋自远方来，不亦乐乎？"通常的释义为："有朋友从远方来（看望我），不是（令我）很快乐吗？"这种解释尽管是正确的，但并非唯一的正解。因为"朋"这个字在古代有两层含义：除了朋友之外，还有朋贝的含义。朋贝就是十枚贝币，朋在这里当量词使用，有时候也用朋指代朋贝。

　　例如《易经》坤卦的《卦辞》说："利西南得朋，东北丧朋。"对于这句话当中的"朋"，历来就有两种不同的理解。一种理解认为，这里的"朋"是"朋友"的意思，因此这句话的意思就是说，适宜西南方向得到朋友，东北方向丧失朋友。另一种理解则认为，这里的"朋"是"朋贝"的意思，因此这句话的意思就是说，适宜西南方向能够得到朋贝（钱财），东北方向则会丧失朋贝（钱财）。朋贝是我国远古时期的一种贝壳货币，代表钱财，一串为五枚贝币，两串为一朋（十枚贝币）。这两种理解，可以说是"公说公有理，婆说婆有理"，持有不同理解的人，谁也不服谁。因为《易经》原本就是用于指导占筮的工具书，这句话作为求财的占问结果，将"朋"理解为"朋贝"合情合理。但是，这句话作为人际关系的占问结果，将"朋"理解为"朋友"也一样合情合理。同时，在《易经》的卦爻辞中，"朋"的含义，的确也有"朋友"和"朋贝"两种不同的理解。比如，复卦的《卦辞》说，朋来无咎；《咸卦》的九四《爻辞》说，朋从尔思；等等。这些地方的"朋"，都是"朋友"的意思。损卦六五的《爻辞》说，或益之十朋之龟，弗克违，元吉；益卦六二的《爻辞》也说，或益之十朋之龟，弗克违，永贞吉；等等。这些地方的"朋"，则都是"朋贝"的意思。

　　由此可知，"有朋自远方来，不亦乐乎？"这句名言或许还有另一层含义，即"有朋贝（钱财）从远方寄来（给我），不是（令我）很高兴吗？"也许这种解释会令许多人不以为然，甚至有人会觉得玷污了孔子的圣人之名。其实这种新解释虽然有些牵强，但并非毫无根据。我们要实事求是地评价孔子的金钱观，不要曲解先哲。通读《论语》

就会发现，孔子并非视金钱如粪土的清高之士，而是爱财之人。孔子在《论语》中说："富而可求也，虽执鞭之士吾亦为之，如不可求，从吾所好。"释义为："如果富贵合乎道义就可以去追求，虽然是给人执鞭的下等苦差事，我也愿意去做。如果富贵不合乎道义就不必去追求，那就还是按我的爱好去做事。"

哲理启示

这里我们可以看到孔圣人与世上绝大部分普通人是一样的，要工作、生活、养儿育女，也要吃喝拉撒，需要基本的物质条件。他深知赚钱是有原则的，就是义利并举。只要合乎道义地赚钱求富贵，即使是执鞭之士亦可为之。他心中没有高低贵贱，只有是否合乎道义。也就是说"不义而富且贵，于我如浮云"是他的真心话，这样内心才能坦坦荡荡又清清净净，心无挂碍，轻松自在。所以儒家倡导"君子爱财，取之有道"的理念。把"有朋自远方来，不亦乐乎？"理解成"自己辛苦赚来的朋贝（钱财）从远方寄来，使我很高兴"又有什么不妥呢？

青铜贝[1]

---

[1] 中国最早的青铜铸币，是商朝后期（公元前16—公元前11世纪），人们为了替代天然贝实物货币而铸造的金属货币。青铜贝也是世界上最早的金属铸币。

商圣范蠡"三致千金、三散千金"的哲理故事

中国历史上被称为商圣的只有三个人，春秋末期的范蠡便是其中一个。他本是越国著名的军事家、谋略家，学富五车，天文地理无所不知，三教九流无所不晓，为越王勾践所用，后功成身退，隐居于市，一边耕作荒田，一边白手经商，几度成为富甲一方的人物，且仗义疏财，深受好评。

话说范蠡辅佐"卧薪尝胆"的越王勾践把国家建设得强盛起来，灭吴国报了会稽之耻，越国成了中原霸主，精明的范蠡全身而退，带着西施隐居宁波东钱湖的陶公山，后来又走海路逃到了齐国。

为了不让越王勾践找到自己，范蠡改名叫鸱夷子皮，来到齐国边缘的海边，这里山清水秀，海边人烟稀少，却有无边的荒地和取之不尽的海水；范蠡因地制宜，带着全家开荒种地，并引海水煮盐，苦身戮力，日出而作，日落而归，几年光景，获利无数，成为当地一名巨富。当时的范蠡有多少钱财，无人知晓，只知道齐国国库的全部资产，也没有范蠡家的多。

富可敌国的范蠡，终于引起了齐国国君的注意，他来到范蠡居住的地方，亲眼见到了豪富的范蠡和他井井有条的事业，深深为范蠡的才能折服，死乞白赖地请范蠡出山，帮他治理齐国。

人在屋檐下的范蠡，无法推脱，只好出任齐国的相国，短短几年，把一个贫穷落后的齐国治理成中原地区强大的霸主。

深得帝王之道的范蠡，又适时而退，挂印封金，散去几乎所有的家产，悄悄地举家迁居，离开了强盛的齐国。他是一个非常有远见之人。在那个时代，"士"为首，"商"为末，范蠡却心甘情愿地从官场退出，沦为当时社会地位最低的商人。

一天，他们来到了宋国的陶邑（今山东省菏泽市定陶区），看到那里位置适中，交通发达，客商云集，店铺鳞次栉比，十分繁华。这正是他们理想的隐居地方。范蠡认

为陶是"天下之中"，就定居下来，号称"陶朱公"。在陶地，他又一次因地制宜，除了耕作养殖之外，以主要精力从事商业活动。他特别重视物资信息、市场动态，采取薄利多销的原则，利润一般不超过售价的十分之一。只要他看准了的项目，经营起来都是购销两旺，财源滚滚，生意越做越好。范蠡只用了几年的功夫，又一次创造出了奇迹，靠商业经营积累了亿万家财，成了天下的大富翁。19年间，他三致千金，发了大财。这下陶朱公真是名扬天下。司马迁在《史记·货殖列传》中称赞他"十九年之中，三致千金"，"故言富者皆称陶朱公"。做生意的人家一听说陶朱公的大名无不敬佩称赞。就这样，范蠡成为中国民间四大财神之一，是为文财神，成了商人们崇拜的楷模。而范蠡又是位仁德之人，他将所得之财均散尽以资助他人。钱财犹如身外物，对范蠡来说可得之也可散尽，甚是自在。有着精明的头脑，能因地制宜地发展生意，凭本事赚取钱财，也能大方给予贫困之人资助，故范蠡因商人的头脑加善德为百姓称赞。

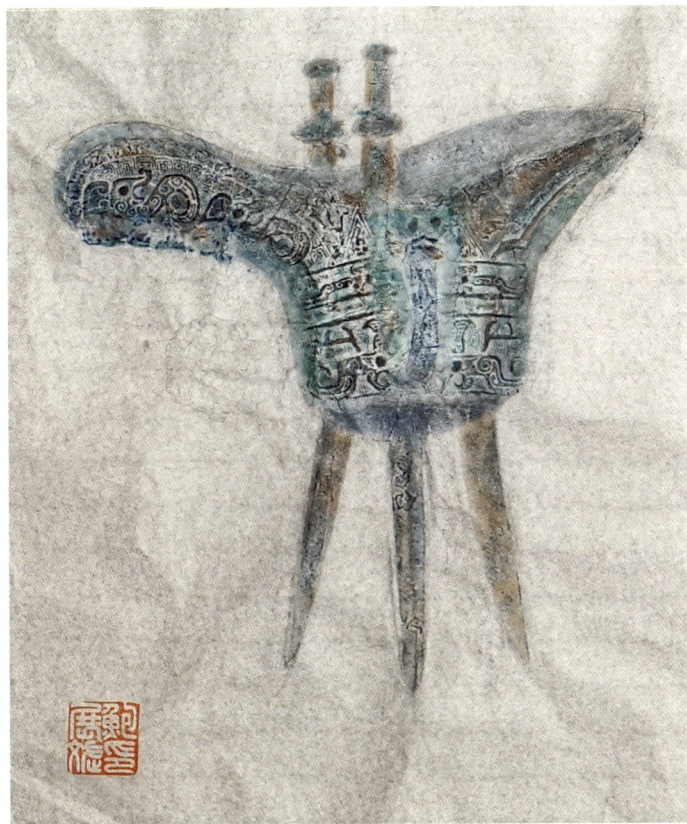

青铜爵全形彩拓

🏵 哲理启示

第一点，范蠡认为要调查掌握当下的商品行情，把握好时机，根据生产和生活的需要，加上季节的判定，提供市场最需要的东西。千万不能让消费者等待你的货物，这样永远慢市场一步，要准备他人想不到的东西，占领市场的制高点。

第二点，要深谙"人弃我取，人取我与"的经商之道，要有前瞻性思维。可以将当下不需要的东西低价收购，再进行加工，成为消费者需要的物品，可谓是低成本高回报经营，又能满足消费者的需求。

第三点，范蠡十分重视的一点是要讲究诚信买卖。范蠡追求的是薄利多销而非暴利买卖，平价的市场才能一直吸引消费者。而且一定要注重物品的质量问题，有底线思维，建立消费者对自己货物的信任度是十分重要的。

第四点，要因地制宜，选择良好的商业地点，有战略思维。正如范蠡最后选择了定陶这样一个货物流通四通八达之地，很好地发展了各方面的经营。

第五点，范蠡不怕艰辛，带动家人一起奋斗，还将所得财物分给很多需要帮助的穷人和百姓，是当时最富有爱心的慈善家，有良好的声誉。

商鞅重金徙木立信

商鞅（约公元前395—前338年），战国时期政治家、改革家、思想家，法家代表人物。商鞅通过变法使秦国成为富裕强大的国家，史称"商鞅变法"。商鞅在变法前做了一件"徙木立信"的事。"商鞅徙木立信"的故事见于《资治通鉴》卷二。周显王十年（公元前359年），秦孝公任商鞅为左庶长（即左偏裨将军），准备实行变法。当新法令还没有颁布的时候，商鞅担心老百姓不相信，于是在国都的城市南门立起一根三丈高的木头，招募有能力把这根木头搬到北门的百姓，给予其十镒金的赏赐。许多老百姓对此感觉很奇怪，怕上当，不敢去搬木头。商鞅又说："如果有谁能够把这根木头搬到北门，赏五十镒金！"重赏之下，有一个人把木头搬到了北门，商鞅就当场赏给他五十镒金，用来表明他言而有信，令出如山。之后，商鞅颁布了新的法令，得到了较好的推行。

商鞅变法前期的秦国黄金还很少流行，主要是流通青铜铸币，很可能是先秦半两钱。当时文献中提到的金多指青铜，商鞅赏赐给徙木者的五十金相当于19.2公斤的青铜铸币。秦代的衡制为1镒 =24两 =576铢（ =384克），这里的五十金也就是指50镒的金（当时以青铜为金），50镒 =0.384公斤×50=19.2公斤。

哲理启示

金钱有价，信用无价。商鞅"徙木立信"的历史故事充分说明诚实守信是实行法治的前提条件。法治在社会中的作用并不是独立的，是整个社会文明发展的产物。而诚实守信所带来的社会效益，有利于法治社会中道德秩序和法律的共同发展，同时诚实守信这一道德准则也为法律提供了道德基础和价值导向。

先秦半两彩拓

吕不韦奇货可居的哲理故事

　　战国时期卫国濮阳（今河南省安阳市滑县）大商人吕不韦（公元前292年—前235年），经常出现在赵国都城邯郸的街头。通过来来往往的经商贸易，吕不韦已经赚下了许多钱，可说是家有万金了。

　　这一天，吕不韦正在街上溜达，忽然对面走来一人，引起他的注意。只见那人生得面如傅粉，唇若涂朱，虽然衣冠平常，但丝毫不失高贵之气。吕不韦不禁暗暗称奇。待那人走过之后，他问近旁一个小贩："请问刚才走过的那个人是谁？"

　　原来，他就是秦国留在赵国的人质，名叫异人，是秦昭襄王之子安国君的儿子。安国君有子20余人，但全非正房华阳夫人之后，皆由那些姬妾所生。异人生母，名叫夏姬。夏姬不得宠，又早死，所以，秦赵渑池会盟两国互换人质时，异人便被当作人质送到了赵国首都邯郸。异人来到邯郸之后，因秦国不断攻打赵国，赵王便迁怒于他，把他拘留在丛台之上，并由大夫公孙乾昼夜监守。他过着出无车、宿无妇、食无酒的枯燥无味的生活，终日里郁郁寡欢。

　　听罢小贩的介绍，吕不韦凝思片刻后，爽朗大笑着说道："异人就像一件奇货，可以囤积居奇，以待高价售出。"（成语"奇货可居"的出典）于是，他回家请示父亲说："耕田可获利几倍呢？"父亲说："十倍。"吕不韦又问："贩卖珠玉，可获利几倍呢？"父亲说："百倍。"吕不韦又问："立一个国家的君主，可获利几倍呢？"父亲说："无数。"吕不韦说："如今努力耕田劳作，还不能做到丰衣足食；若是拥君建国，则可泽被后世。我决定去做这笔买卖。"

　　吕不韦于是先以重金结交监守异人的公孙乾，后又结识异人。有一次，他与公孙乾、异人一起喝酒。酒到半醉，趁公孙乾去厕所的机会，吕不韦问异人道："秦王已经老了。太子安国君所宠爱的是华阳夫人，可她没有儿子。你们兄弟20余人，至今没有一个得宠。你何不趁这个时候回归秦国，去找华阳夫人，求做她儿子。这样，以后你才可能有立储的希望呀！"

　　异人含泪回道："我何尝不希望能如此呢？唉！怎奈身在他国，恨没有脱身之计呀！"吕不韦说："这好办。我可以设法救你回国。"异人说："能救我回国，日后倘能得到荣华富贵，你我共享！"

为了让异人回国，吕不韦来到了秦国的都城咸阳。

不久，吕不韦便打听到华阳夫人有个姐姐也在咸阳城中。为了能见到华阳夫人，吕不韦设法先见到了华阳夫人的姐姐。见面之后，他先是以来时随身带着的赵国的金玉宝玩，取得了她的好感，接着便把异人如何贤德，如何思念故国，如何想认华阳夫人为母，以及日后他打算如何孝顺华阳夫人等等，详尽地说了一番。他的话把华阳夫人的姐姐深深地打动了。

事隔一日之后，华阳夫人的姐姐去见华阳夫人。她又把吕不韦对她说的话陈述了一回。华阳夫人大喜，当即，她便表示愿接异人回国，并收留在身边。说动了华阳夫人，这仅是第一步。当时，秦君还是秦昭襄王。异人若能回国，非他点头不可。可是，因渑池会盟时，秦昭襄王被蔺相如戏弄了一番，心中怀恨赵国，因此，根本不把异人回国当作一回事。

怎么办呢？吕不韦又费心思了。

后来，他得知华阳夫人的弟弟阳泉君也在咸阳。他想通过阳泉君去说服华阳夫人，再通过华阳夫人去说服安国君。于是，他用重金打点关系，见到了阳泉君。吕不韦对阳泉君说："你居高官，享厚禄。可你这高官、厚禄和富贵能长久吗？自然，眼下有王后和大王保护你。可是，大王与王后年事已高，一旦驾崩，太子嗣位，太子会继续保护你吗？太子安国君与华阳夫人无子。你为何不把今日留在赵国的王孙异人设法引渡回国，让他去做安国君与华阳夫人的适子？果真那样做了，安国君与华阳夫人会对你感激不尽的。那样，你的高官、厚禄和富贵，不就又有人保护了吗？"吕不韦之计，正中阳泉君心意。当日，他便去找华阳夫人，把吕不韦的话说了一遍。华阳夫人去见安国君，她又把阳泉君的话说了一遍……

终于，安国君表示愿接异人回国。吕不韦这才收拾了一下行装，回邯郸去了。

吕不韦费了很多的钱财与精力，看来，异人归国之期就要到了。赵姬是吕不韦身边一位容貌艳丽、能歌善舞的美女。吕不韦盘算着应该把赵姬献给异人。

于是，不久他便不惜血本，设下华宴。在宴会上，他让赵姬出面勾引异人。最终，异人与赵姬结成了夫妻。异人得到了赵姬，如鱼得水，爱恋非常。后赵姬生下了一个男孩，取名叫嬴政，他便是日后兼并六国的秦始皇。

昭襄王五十年（公元前257年），秦国重兵围困邯郸。吕不韦领着乔装打扮的异人，夹杂在百姓之中，混出邯郸，回到了咸阳。异人回到咸阳之后，由于吕不韦的周旋在前，他自然得到了华阳夫人、安国君乃至秦昭襄王的宠爱。不久，昭襄王逝世，立安国君为王；后安国君逝世，立异人为王。异人一当上秦王，便请吕不韦做了丞相，并封号文信侯，到河南洛阳，坐享十万户的奉养。再后来，异人逝世，立嬴政为王。嬴政尊吕不韦为相国，号称仲父。

做奇货的生意，吕不韦得到了大利后，又想得大名。当时，魏国有信陵君，楚国有春申君，赵国有平原君，齐国有孟尝君，被称为"四公子"。他们礼贤下士，结交宾客，名扬四海，并在这方面要争个高低上下。吕不韦认为秦国如此强大，而自己是堂堂秦国丞相、秦王的仲父，不应该被他们比下去，所以他招来了文人学士，给他们优厚的待遇，门下食客多达三千人。那时各诸侯国有许多才辩之士，像荀卿，著书立说，流行天下。吕不韦就命他的食客各自将所见所闻记下，综合在一起成为八览、六论、十二纪，共二十多万字。自己认为其中包括了天地万物古往今来的事理，所以号称《吕氏春秋》。《史记·吕不韦列传》记载他把书的内容写在布帛上，并将之刊布在咸阳的城门，上面悬挂着一千金的赏金，遍请诸侯各国的游士宾客，若有人能增删一字，就给予一千金的奖励，但是最后也没有一个人能够做到。

秦半两与青铜爵全形彩拓

哲理启示

　　吕不韦是中国历史上的一个奇人，铸造过"文信"方孔圜钱，他的谋略和口才都是中国历史人物中第一流的。他凭着一人之力、三寸不烂之舌，就促成了自己终生的荣华富贵。他善于透过现象抓住本质，谋略深远。每次游说，他都能够让游说对象欣然接受。这是因为他能够深刻地洞察到对方的根本需求，能够预测到事情的未来变化，以替对方着想的角度来使对方轻易接受。可惜他不能像陶朱公那样居安思危、功成身退，而是想不退反进。

　　吕不韦预测市场、捕捉信息的能力是巨大的，因此，他做成了一笔不能再大的生意。然而，智者千虑，必有一失，聪明绝顶的吕不韦也有想不到的事，最终，他还是因为德不配位而身败名裂。

弦高用十二头牛名垂青史

　　范蠡三致千金、吕不韦奇货可居虽然厉害，但一个奇人仅用十二头牛便名垂青史则更令人佩服。众所周知，春秋战国范蠡在帮助越王勾践成功复国之后，并没有选择和大美人西施寄情山水，而是隐姓埋名到陶地成了"三致千金"的大商人。战国末期的大商人吕不韦，也因为"奇货可居"，成了历史上备受世人推崇的传奇人物。

　　其实，人生一世，每个人都希望自己能够在短短的一生中建立一番功业，在历史的长河中留下浓墨重彩的一笔，借以让后世铭记。

　　古往今来的事实则证明，这不是一件容易的事情，毕竟不是什么人都拥有足够的能力站在历史的风口浪尖。

　　春秋战国时期的一个普通商人弦高，成功地凭借着十二头牛便名垂青史，他是如何做到的呢？

　　故事发生在周襄王时期，由于礼崩乐坏，大国诸侯之间经常会因为土地而发生战争。一些小的诸侯国为了能够在大国的夹缝中维持生存，就会选择联盟，郑国就是这些众多小国中的一员。为了不被大国欺负，郑国选择依附晋国。公元前624年，一代霸主晋文公重耳病逝，秦穆公想趁机浑水摸鱼，攻打晋国的附属国郑国，以此扩大秦国的影响力。秦穆公的行为遭到了秦国大臣蹇叔、百里奚的极力反对。他们给出的理由是，"劳师以袭远，非所闻也，师劳力竭，远主备之，无乃不可乎？师之所为，郑必知之，勤而无所，必有悖心。且行千里，其谁不知？"可是，此时的秦穆公已经被领土扩张的欲望蒙蔽了双眼，并没有听从蹇叔、百里奚的劝告。秦穆公任命百里奚的儿子孟明视，以及蹇叔的儿子西乞术和白乙丙三位大将军统兵前去偷袭郑国。

　　孟明视、西乞术和白乙丙三位大将军在率军前往郑国的过程中，被一个名叫弦高的郑国商人发现了。弦高看到秦军的士兵这是要攻打自己国家的节奏，而如今自己的国家郑国却没有一丝的防备。如果，秦国军队出其不意，那自己的祖国郑国可真的要陷入亡国的危险之中了。于是，弦高眉头一皱，计上心头。只见他大摇大摆地和随从带着十二头牛来到秦军之中，谎称自己是郑国的使臣，如今奉了郑国国君的命令，前来犒劳秦国军队。弦高这一异乎寻常的举动，让秦军将领孟明视大吃一惊：秦军要讨伐郑国的消息处于绝密，郑国怎么会提前知道了呢？如今计划泄露，再去攻打郑国的话已经没有胜算。搞不好还有可能在行军的过程中遭到郑国军队的伏击，那就得不偿失了。于是，孟明视取消了攻打郑国的主意，班师回国。

其实，弦高能够碰到秦军是一件十分巧合的事情。弦高是一个商人，那天他正赶着几百头牛，携带一批牛皮、羊皮从郑国前往他国集市上做生意，阴差阳错地就碰到了秦国军队，然后当机立断进行拯救国家的行动。事后，郑国国君知道了弦高用十二头牛就拯救了自己的国家，就将弦高召唤到自己的朝堂之上对他论功行赏。弦高却认为，国家兴亡，匹夫有责，自己身为郑国人，保护自己的国家是理所当然的事，不需要任何的赏赐。

弦高用十二头牛挽救郑国的故事被后世传为美谈。范蠡三致千金被无数人称颂，吕不韦奇货可居让无数人羡慕，而弦高仅仅用了十二头牛便得以名垂青史，在中国历史上实在是一件值得大书特书的事情。

哲理启示

正如后世于右任先生所言："计利当计天下利，求名应求万世名。"弦高虽为一个普通商人，但眼界高远、胆略过人，危急关头完全不计个人安危得失，以国家大义为重，以个人私利为轻，实在是难能可贵，值得后人学习。

千金市骨的故事

战国时期，燕昭王即位后，决心奋发图强，一雪前耻。于是燕昭王向老臣郭隗请教，郭隗就跟燕昭王讲了一个千金市骨的故事，建议燕昭王广罗人才。

千金市骨是汉语成语，意思是用重价购买千里马的骨头，比喻重视人才，渴望求得人才的愿望。典故出自《战国策·燕策一》，成语出自宋·黄庭坚《咏李伯时摹韩干三马次苏子由韵》："千金市骨今何有，士或不价五羖皮。"

（原文）古之君王，有以千金求千里马者，三年不能得。涓人言于君曰："请求之。"君遣之，三月得千里马。马已死，买其首五百金，反以报君。君大怒曰："所求者生马，安事死马而捐五百金？"涓人对曰："死马且市之五百金，况生马乎？天下必以王为能市马，马今至矣！"于是，不能期年，千里马者至者三。

（译文）古代有个国君想用千金（此处"千金"不是千两黄金，而是一千镒青铜铸币。下同）购买千里马，过了很多年仍找不到。一位近侍之臣对国君说："请让我来找它吧！"国君派遣他出去寻找了三个月，之后找到了一匹千里马，（可是）马已经死

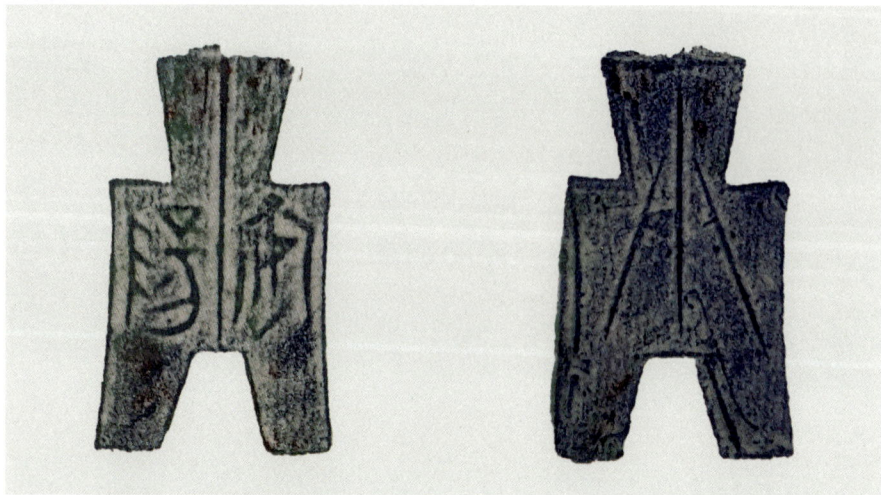

战国方足布"安阳"彩拓

了，他花费五百金买了死马的头颅，回来报告国君。国君非常生气地说："我要的是活马，你白费五百金买这死马的尸骨回来有什么用？"侍臣回答道："一匹死马您都愿意用五百金买下，况且是活的马呢？天下人一定会认为大王是用重价买千里马的。很快就会有人献马！"果然不出一年，国君得到了多匹别人献来的千里马。

哲理启示

1. 古人云："将欲取之，必先与之。"取与舍是一对矛盾，矛盾双方在一定条件下可以相互转化。

2. 求才与求物一个理。舍不得孩子，套不住狼。重赏之下必有勇夫。

3. 对人才的招募既要有理想信念，又要脚踏实地。与其临渊羡鱼，不如退而织网。

"明月半两"钱的考证故事

笔者鲍展斌于1993年在慈溪周巷一位钱币老藏家处得到一枚"明月半两"钱，此钱为传世，径2.4厘米，重4.16克。众泉友观赏后众说纷纭，莫衷一是。有人认为是清代伪作，有人却说为南北朝时仿造。著名钱币学家余榴梁先生鉴赏后起初认为应属汉初遗物。笔者根据实物及掌握的有关资料考证，明月半两可能是秦始皇统一六国时，占领燕地后铸行的一种过渡性货币。这一观点后来得到余先生认可。其理由如下：1. 从实物分析，拙藏明月半两没

明月半两

有内外郭，文字高挺，最高处高达0.23厘米，明月与半两四字气息相通，是高低不平、肥瘦不一的隐起文，没有丝毫改刻或粘贴的牵强附会。钱币风格不同于汉半两，而与秦半两、明月（或明化）半两，甚至一些圆钱相近。此钱铜质为青铜，微黄，铸工精湛，当出自官炉。从钱面不光滑、有些起皱的情况分析，可能系陶范所铸。大穿孔，穿孔有些斜削，背内径略小于面内径。从实物看，明月半两与明月（明化）钱的形制、时代接近。 2. 从有关资料分析，多数学者认为明月（明化）、明四、一化均系战国时燕国铸造，不过至今尚无定论。如郑家相先生在《谈明月钱》中指出，明月钱的铸期必在秦半两之后、汉四铢半两之前。罗伯昭先生则认为是楚汉相争时，韩广据燕旧地称燕国，其后臧荼取而代之，那时，改铸圜钱明化（明月）三品。而中国台湾的衡门先生则认为，明化（明月）为秦人初占燕地时期之区域铸币，大概稍早于始皇立国称帝之时。笔者大致同意衡门先生的说法，但不同意衡门先生在《中国古泉讲话》中阐述的观点：明化与益化、两甾等圜钱，是秦国击破六国前以货币淆乱政策干扰敌人经济的证物。

笔者认为，明化与益化、两甾等圜钱可能是秦人依照半两样式（方孔钱）所铸造的占领区暂用货币。明月半两也可能是这种性质的货币。以此可解释郑家相先生的疑问，"考古泉沿革，圆孔必先于方孔……秦始以前，尚行圆孔，安得有方孔而独先见耶"（《谈明月钱》）。但铸行明化、益化、两甾、明月半两等钱的目的不是秦人淆乱敌人经济的一种手段。相反，可能是秦始皇为了缓和与占领区人民的矛盾，而采取的一种货币过渡政策。正如衡门先生说的，明化（明月）等钱是秦人依半两型式（方孔钱）再根据各国乡土风格所铸之占领区暂用货币，此可能性甚大。用明月等钱可能是货币过渡政策的需要，待天下安定，再用标准的秦半两取而代之。明月半两或许是试铸币，因其文字繁琐而取消，故传世极稀。从文献资料分析，明月半两在历史上是真实存在的。《古钱大辞典》下编第249页也记载了刘燕庭的见闻与观点："道光乙未春日，胡烁堂寄一半两墨本，制如四铢半两，穿上明下月……"这一观点是有学术研究价值的。

（此文原载于 2003 年第 4 期《内蒙古金融研究》，有修改）

哲理启示

对于出谱品，许多人本能地认为可能是臆造的，理由是从没见过，甚至没有听说过。识物与阅人相似，面对初出茅庐的诸葛亮，就连见多识广的关羽、张飞等人都满腹狐疑，何况一般人。刘备能判断手无缚鸡之力的诸葛亮有经天纬地之才，就不是按常规经验办事，而是从更高战略视野、更深理性分析的角度来评价人才，眼光独到。了解出谱品虽然没有像认识一位奇才那么复杂，但判断其真伪与价值，绝对不能按照经验主义的思维方式来孤立地看问题，必须运用普遍联系的方法，掌握丰富的相关资料进行理性思考，通过去粗取精、去伪存真的分析才能得出科学的结论。不要迷信权威，也不要自以为是，而是用实事求是的科学态度去研究。

李斯主持秦国统一货币、文字和度量衡

一、统一货币

秦始皇三十七年（公元前210年），李斯向秦始皇上了最后一道重要的奏折：废除原来秦以外通行的六国货币，在全国范围内统一货币。此举虽然对秦王朝的经济发展已无大用，但对后世的影响巨大。

在李斯的主持下，货币规定了以黄金为上币，以镒为单位，每镒重二十四两，以铜半两钱为下币，一万铜钱折合一镒黄金，并严令珠玉、龟、贝、银、锡之类作为装饰品和宝藏，不得当作货币流通。同时，规定货币的铸造权归国家所有，私人不得铸币，违者定罪等。李斯此举被后人认为是经济史上的一个创举。而当初他所主持铸造的圆形方孔的半两钱（俗称秦半两）因造型设计合理、使用携带方便，一直使用到民国初年（中国最后一种方孔铜钱是民国通宝和民国重宝）。

二、统一文字

公元前221年，秦始皇接受丞相李斯"书同文"的建议，命令禁用各诸侯国留下的古文字，一律以秦篆为统一书体。统一后的中国急需一种统一的官方文字。李斯便奉秦始皇之命制作这种标准字样，这便是小篆。关于小篆的由来，许慎在《说文解字·叙》中说：李斯等人在奉秦始皇之命制作标准字样时，"皆取史籀大篆或颇省改，所谓小篆者也"。而小篆的名称也是为了尊崇大篆而卑称其"小"的。紧接着，为了推广统一的文字，李斯亲作《仓颉篇》七章，每四字为句，作为学习课本，供人临摹。不久，李斯又采用秦代一个叫程邈的小官吏创造的一种书体，打破了篆书曲屈回环的形体结构，形成新的书体——隶书。

从此，隶书便作为官方正式书体，始于秦，盛于汉，直到魏晋楷书流行才渐被取而代之。作为书法艺术，篆书、隶书因其独具一格，深受后人喜爱。中国书法四大书体真、草、隶、篆，其中隶、篆占其半壁江山，这全是李斯的功劳。

三、统一度量衡

秦朝建立后，为了不使其影响王朝的经济交流和发展，李斯上奏皇帝，建议废除六国旧制，把度量衡从混乱不清的状况下明确统一起来，得到了秦始皇的允许。

度制以寸、尺、丈引为单位，采用十进制计数；量制则以合、升、斗、桶为单位，也采用十进制计算；衡制则以铢、两、斤、钧、石为单位，二十四铢为一两，十六两为一斤，三十斤为一钧，四钧为一石，如此固定下来。为了有效地统一制式、划一器具，李斯又从制度上和法律上采取措施，以保证度量衡的精确实施。

这是秦王统一中国，李斯位居丞相之后的又一功绩，它的影响不言而喻。几千年来，无论朝代更迭，这种计量方法从无更改，如今生活当中依然还有它的身影。

秦半两

🌸 哲理启示

李斯是中国历史上一位非常有作为的丞相。他从荀子那里学习治理天下的学问，辅佐秦始皇统一六国，主持统一货币、文字和度量衡等足以名垂青史的大事。然而，李斯的结局很悲惨，因为他太贪恋富贵，做人没有像方孔圆钱秦半两那样做到外圆内方，既有原则，又有策略，这就给以后被诛灭埋下了祸根！他在秦始皇去世后没有急流勇退，轻信奸臣赵高，跟赵高合谋，篡改圣旨，逼扶苏自杀，扶胡亥登上了皇位。最后被赵高污蔑为谋反而被秦二世判处腰斩，夷三族！

李斯在被押往刑场并处腰斩时，看到自己的父母、兄弟、子女三族即将被杀，痛心不已，转过头对身边的二儿子说："我还可以带着你牵着黄狗，到上蔡县东门外去打猎吗？"李斯如果像范蠡那样见好就收，早一点退出名利场，说不定不仅免去了灭族之祸，还有可能与儿子们回故乡过上休闲打猎的悠哉生活。

　　李斯出身寒微，年轻时做过掌管文书的小吏。司马迁在《史记·李斯列传》中记载了这样一件有趣之事：有一次，李斯看到厕所里吃粪便的老鼠，遇人或狗到厕所来，它们都赶快逃走；但在米仓看到的老鼠，一只只吃得又大又肥，从容不迫地在米堆中嬉戏交配，没有人或狗带来的威胁和惊恐。于是，他发出了这样的感慨："一个人有没有出息，就如同老鼠一样，是由自己所处的环境决定的。"李斯认为人无所谓能干不能干，聪明才智本来就差不多，富贵与贫贱，全看自己是否能抓住机会和选择环境。人是环境的产物，李斯的感慨不无道理。人可以影响环境，能力固然重要，但品德更重要，否则欲壑难填的老鼠最终也不免被人剿灭。

痴迷收藏古物、古钱的秦朝读书人

清代《笑林广记》曾记载一个秦朝人喜好古物的故事。说的是秦朝时，有个读书人，他非常喜欢收藏古物，只要遇上喜欢的，无论别人要价多少，他都会毫不犹豫地将其买下珍藏。

有一天，有一个人拎着一张破草席来到他家，对他说："当年鲁哀公曾设席赐座请教孔子，这就是孔子当年坐过的那张席子。"读书人听后，十分高兴，便用城墙附近的田地换下了这张席子。

又过了一些日子，有人拿了一根古杖来卖，对他说："周文王的祖父太王为逃避狄人的侵扰，在离开邠地时所拄的就是这根拐杖，它的年代比孔子坐过的那个席子还要早上几百年，你看你拿什么东西来和我交换呢？"读书人听后，便把家中所有的钱财都给了他，买了拐杖。

几天以后，又有一个人拿了一只破碗前来，对他说："你前些时候买的席子和拐杖，都还算不上古老。你看我这个碗，它是上古夏桀时造的，年代已经不能再远了。"读书人为了得到这只破碗，就让出自己所住的房宅，将这只碗买了下来。

他用家里所有的钱财、房屋来购买三件古物，使他自己既没有了吃、没有了穿，还无家可归。他的好古之心依然如故，始终不肯放弃这三件古物。

于是，他便披着哀公的席子，拄着太王的手杖，拿着夏桀时的破碗，沿街乞讨，口里还说："各位好心的父老乡亲，谁有姜太公的九府圜钱，请施舍给我一文吧！"

哲理启示

爱好古物未尝不可，收藏古董、古钱也无可厚非，但要掌握适度原则。像那位秦朝读书人一样嗜古如命、泥古不化，不加分析地听信别人的蛊惑，盲目地跪拜在古人的脚下，就十分可笑、可悲了。

乱世粮食胜金银

《史记·货殖列传》有这样一段文字："宣曲任氏之先，为督道仓吏。秦之败也，豪杰皆争取金玉，而任氏独窖仓粟。楚汉相距荥阳也，民不得耕种，米石至万，而豪杰金玉尽归任氏，任氏以此起富。"

这段文字的意思是：秦末战乱时，富豪们开始抢购、贮存金银珠宝，而有一位姓任的督道仓吏只购买粮粟，贮存于自己的地窖中。后来，楚汉在荥阳相争，对峙在鸿沟，不分胜负，中原广大地区成为两军厮杀的战场。于是，良田荒芜，民不得耕种，粮食奇缺。这时，任姓督道仓吏把他贮存的粮粟拿出来卖，那些曾抢购金银珠宝的人也不得不用他们抢购来的金银珠宝换取粮食。于是，姓任的督道仓吏成了贩卖粮食的大商人，他的粮食卖到每石一万金，大量的金银珠宝尽归他所有，他由此而暴富。

任姓督道仓吏站得高，看得远，有前瞻性思维。他预见到秦朝灭亡后，刘邦和项羽还有一场长期的恶战，敏锐地预感到未来粮粟的宝贵，在大家抢购金银时，他抛出黄金，大量抢购、储存粮食，准确地预测市场、捕捉信息，狠狠地发了一笔大财。

哲理启示

透过现象看本质。能够快速辨别哪些东西是最珍贵的，是一门智慧。萧何和这位任姓小吏都是独具慧眼之人，他们知道在关键时刻什么东西最有用。

历史，就像是一面镜子，从中可以看见过去，也可以看见未来。这个事儿，在司马迁的《史记》中有记载，司马光的《资治通鉴》也有记载。在西安市的地方志里还有关于宣曲任氏的更多信息。其中记载，任氏是长安（今陕西西安）人，他的祖先是秦朝管粮仓的官吏，受父亲的教育熏陶，他对粮食存储有着跟别人不一样的看法，因此能够抓住这个机会，发了一笔横财。他发家以后，天下也太平了，但他继续做着这个生意，而且坚持信义为先，采购粮食都要质量最好的。同时，他定下家规，不是自己家生产的不准吃，在没交赋税之前不准喝酒吃肉。这些家规对后人颇有启发。

刘邦不计小利成大事

刘邦懂得与下属共享利益。刘邦打败项羽后大摆酒席，问大臣们自己为什么能够成功，项羽为什么失败。有人站起来说："陛下使人攻城略地，所降下者因以予之，与天下同利也。项羽妒贤嫉能，有功者害之，贤者疑之，战胜而不予人功，得地而不予人利，此所以失天下也。"刘邦这个人有一个特点，所有的战利品，他一定会和有功之臣分享，打下来的江山说封就封，利益共享。而项羽是"有功者害之，贤者疑之，此其所以失天下也"。

在彻底打败项羽之前，有一次，刘邦问陈平，天下什么时候能平定？陈平回答："顾楚有可乱者，彼项王骨鲠之臣亚父、钟离昧、龙且、周殷之属，不过数人耳。大王诚能出捐数万斤金，行反间，间其君臣，以疑其心，项王为人意忌信谗，必内相诛。"

这是一份麻雀虽小但五脏俱全的项目策划书，对竞争对手的现状做了一个周密分析，让刘邦掏钱给他去实施反间计。刘邦只回答了一个字"善"，给了陈平4万斤金。

对于一个有贪污前科的人，刘邦爽气地给了这么一大笔钱，连个财务总监都不派，正是应了上面说的"疑人不用，用人不疑"。陈平也没让刘邦失望，成功地将反间计进行到底。

一个团队的领导者，要清楚自己的终极目标是什么。刘邦有大格局，他的终极目标是天下，4万斤金跟天下比算什么！天下是你的，4万斤金不算什么；天下不是你的，你光想着算这4万斤金，也没有什么意思。刘邦如果参不透这一点，就赢不了天下。

《论语》里孔子说过这么一句话："毋欲速，毋见小利，欲速则不达，见小利则大事不成。"

陈平的目标和刘邦不可能完全一致，但他想从刘邦身上得到什么，刘邦很清楚。陈平的反间计里举了范增、钟离昧、龙且和周殷四个人，也许花不了4万斤金这么一大笔钱，但刘邦不但给了钱，也没有问陈平什么时候能把余下的钱退回来。这其实就是刘邦的视野，不被眼前的利益羁绊，一旦确定了最终目标，就不被其他不重要的东西影响格局。

🐚 哲理启示

作为管理者，级别越高，越要懂得务虚，统筹全局，重要的方向自己把握，具体的事务要懂得用人。刘邦因为善用人才，懂得与人分享利益，明白"将欲取之，必先与之"的辩证取舍哲理，有大格局，领导艺术比项羽高明，最终在楚汉之争中取得了胜利，坐稳了天下。

在人们平时的工作中，职位越高，生意做得越大，越要学会把自己卸下来，舍小利顾大局，才能更好地领导一个团队大步前进，取得更高的成就。

美人赠我金错刀，何以报之英琼瑶

"美人赠我金错刀，何以报之英琼瑶。"这是东汉著名科学家、文学家张衡（78—139年）流传于世的《四愁诗》中的一句。金错刀说的就是"一刀平五千"这种中国铸币史上绝无仅有的铜质错金钱币，曾在古代被当作男女之间的定情信物，而英琼瑶就是美玉。这句诗的意思就是美女将金错刀赠送给情郎，情郎则用美玉作为回报。金错刀钱币系西汉王莽居摄二年（7年）首次货币改制时所造，原名"一刀平五千"。一刀平五千是中国最早使用，而且也是唯一使用错金工艺制成的钱币，故又名金错刀，当五千枚五铢钱使用。把黄金镶嵌在钱币上，这是中国货币史上一次独特的创举。由于金错刀制作精美、造型奇特，且存世稀少，故为钱币收藏者所珍爱，已成为历代钱币收藏家标杆性的钱币藏品。金错刀上的"一刀平五千"五字为篆书，书法气势生动流畅，独具韵味。"金错刀"也被泉家誉为古钱中的"钱绝"。历代文人雅士如张衡、梅尧臣等，留下了"美人赠我金错刀，何以报之英琼瑶""尔持金错刀，不入鹅眼贯"等诗词，使得王莽被历代藏家誉为"铸币第一高手"。金错刀其实是一种虚值币，虽说是"二枚可兑换黄金一斤"，可实际上，它只是王莽用来搜刮民间黄金的工具。当时王莽强行规定，黄金不准在市面上流通使用，百姓只能以黄金兑换金错刀，致使民间大量黄金被朝廷占有。契刀与金错刀同时铸行，当五铢钱五百枚使用。

北宋文人刘敞有一次请诗人梅尧臣喝酒，为助酒兴，他特意取出自己珍藏多年的齐国刀币和王莽时期的金错刀向客人展示。梅尧臣大开眼界，目睹金错刀之后，便念念不忘，特意写了《饮刘原甫家》一诗，以为纪念："探怀发二宝，太公新室钱……次观金错刀，一刀平五千。精铜不蠹蚀，肉好钩婉全。"他的另一首诗《送甥蔡驷下第还广平》："尔持金错刀，不入鹅眼贯。已遭俗弃掷，妄意堪愤惋。他时有识别，终必为宝玩。怀之归河朔，慎勿辄熔锻。改作毛遂锥，颖脱奚足算。"读来还是蛮有韵味的，人生况味也深在其中。不过，金错刀不入鹅眼贯（指鹅眼大的小钱穿成的一贯铜钱）在这里已被指代为出类拔萃的人品及学识了。

🌸 哲理启示

在中国漫长的货币发展史上，金错刀不过是"昙花一现"的异形古代钱币，但因制作精美、款式新颖、传世稀少而令人注目，至今犹为中外钱币爱好者所珍视。当然，无论金错刀的技术怎样绝佳，它都是中国古代劳动人民智慧的结晶，与王莽无关。王莽虽然号称为中国历史上铸币第一好手，金错刀铸造得美轮美奂，但是他脱离现实搞复古，进行不切实际的币制改革，推行复杂的"宝货制"，并发行大面额虚值货币以掠夺民脂民膏，不得人心，最终加速了政权的覆灭，这是一个历史教训。

一刀平五千 ①

---

① "一刀"两字采用错金工艺，俗称"金错刀"。

"中国钱币的形象大使"——货布

货布是新莽第四次币制改革的产物，始铸于天凤元年（公元14年，停铸于公元23年），距今已有2000年历史。其存世量相对于新莽其他币种来说比较多见，因此在历代钱谱上都列入普通品的范围，并且货布多产于陕西等地，地域性较强，价格不高。近些年来随着国内古币收藏群体的壮大，货布被越来越多的收藏爱好者所认可。笔者鲍展斌在收藏之初收获的第一枚传世布币也是货布。在大学课堂上，笔者经常拿出货布让学生们欣赏，许多大学生、研究生虽然不太了解古钱币的历史文化，但对货布的精美造型都赞不绝口。唯有币文"悬针篆"货布两字不好辨认，多数学生认不出来，只有个别熟悉古文字的学生才能认出。

马克思说："人也按照美的规律来建造。"[1] 论书法，悬针篆第一个就出现在货布上；论形制，货布最能体现"黄金分割"比例的美学设计观点。货布的纵向横向比例及弧度都大致符合黄金分割定律（0.618），视觉上美观大气。货布制作厚实工整，面背及穿孔有廓，中竖线止于穿下，通长5.6厘米左右，平均重约16.5克。钱文"货布"二字作悬针篆字体列于两侧，笔锋犹如钢针倒悬，故名"悬针篆"。在长达30毫米的笔画中，笔线仅宽0.36毫米。书法独特，潇洒俊逸。所谓悬针篆，是小篆的一种，也叫垂针篆，是篆书的异体。南朝（宋）王惜音的《文字志》说："悬针，小篆体也，字必垂画细末，细末纤直如悬针。"宋代朱长文《墨池篇》说："悬针之书，亦出曹喜。"宋僧梦英《十八体书》说："悬针、垂露曹喜所作，悬针篆，抽其势，有若针之悬锋芒。"宋代梅尧臣《画真来嵩》诗赞美道："与我货布不肯受，此之赑卜曾非庸。"元代袁桷《吴江重建长桥记》云："兹桥匪脩，涉者益病；召彼耆老，货布莫竞。"

中国人民银行的行徽图案由布币与人字构成。中国农业银行的行徽图案由古钱和麦穗构成。古钱寓意货币、银行，麦穗寓意农业，共同构成了农业银行的名称要素。第三套人民币中的壹元、贰元中的布币水印也带有货布身影。

---

[1] 马克思：《1844年经济学哲学手稿》，人民出版社1985年版。

　　货布是中国古代"四大美泉"（泉是钱币的别称）之一，悬针篆字体之美，准确地把汉代时的物质生产与商品交换，高度地概括了。在新朝王莽时期，其统治时间虽只有短短的几年，但统治者却进行了四次大的币制改革，把当时的造币工艺推向了登峰造极的地步。故史称王莽为"中国古代铸币第一高手"。正因为货布铸造得如此精美绝伦，以至于现在许多家银行、金融机构都用"货布"的图案作为行业的标记，在我国人民币水印底纹中也能看到此种币的造型。因此，人们将"货布"称为"中国钱币的形象大使"。追溯货布的历史，货布的造型与古代最普通的生产工具锄、铲相似，在古币中有尖足布、平足布、空首布、桥足布等等。到了明代，在"博古图"中将货布列为象征财运的吉祥钱。

哲理启示

　　货布虽是古代设计和铸造非常精美的钱币，但王莽铸币并不是简单地为了美观，让老百姓喜欢。王莽这么做的目的是为了复古改制，把退出流通领域几百年的先秦布币、刀币推陈出新，搞出六泉十布、金错刀与契刀等五花八门的钱币，以欺骗百姓，掠夺民脂民膏，最终遭到人民的唾弃。因此，脱离客观实际，搞形式主义是不受欢迎的。

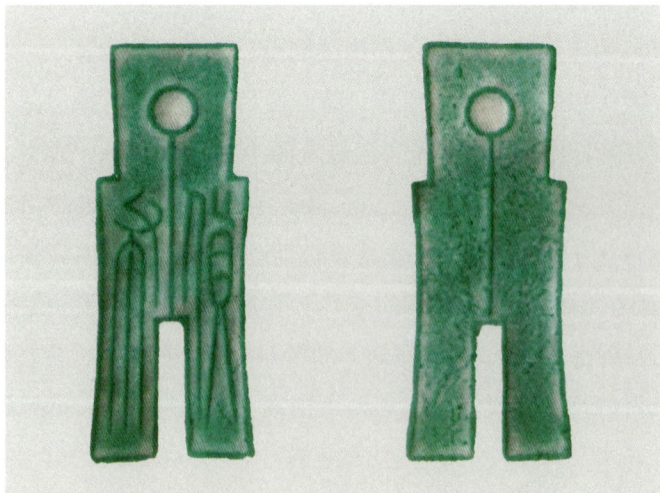

货布彩拓

古越之地的清官——一钱太守

在宁波大学文萃小区内竖立着很多名为"文竹清风"的宣传牌，其中有一块是《一钱太守》。宣传牌上介绍非常简单，只有几行字，每天晨跑晚练路过的人无数，可是知道《一钱太守》故事的人却并不多。那么，一钱太守是什么人？又有什么故事呢？

一钱太守就是东汉名臣刘宠，山东牟平县人。他是汉室宗亲，前后任豫章太守、会稽（今绍兴）太守，多次任卿相要官，更是相继担任过司空、司徒和太尉等重要职务（相当于今正国级领导干部）。他能留名青史并不是因为历任高官，而是因为"一钱太守"的雅号为世人广为流传。

刘宠的父亲刘丕，博学多才，被时人称为通儒。刘宠小时候就跟随父亲读书学习，学得满腹经纶。成年后，他被举为孝廉，出任东平县令。

在东平县令任上，刘宠爱护百姓，处事公正廉明，受到东平百姓的一致拥戴。后来他因母亲生病，弃官辞归。东平百姓得知后，纷纷拥上街头为他送行，道路也为之阻塞。他所乘的车无法行驶，他只得轻装简从，悄悄地离开东平。母亲病愈后，他又被朝廷任命为豫章太守和会稽太守。在会稽太守任上，他严于律己，清正廉明，约束下属，仁爱惠民，兴修水利，轻徭薄赋，变革时弊，打击豪强，惩治不法行为，使百姓安居乐业，深受全郡吏民的爱戴。由于他政绩卓著，不久后，朝廷征召他进京，让其担任将作大匠（主管工程建筑的官员）。

刘宠离任那天，会稽郡的老百姓纷纷赶来为他送行。送行的人群绵延几里，其中有五六位老汉，他们是从离城几十里的若邪山山谷中特地赶来的，每人带着一百个钱，要送给刘宠，他们对刘宠说："我们是山谷中见识少的人，不曾认识郡太守与朝廷要员，别的郡太守治理时，官吏在民间搜刮，从白天到夜里一直不断，经常闹得鸡鸣狗叫，百姓不得安宁。自从太守您上任以来，减轻了我们的赋税，狗夜里不叫了，百姓也看不见官吏来搜刮。我们的生活也一点点好起来。我们老百姓能过太平日子，都是老爷所赐。如今听说老爷离任高升，我们结伴前来为您送行，并表达一下我们微薄的心意。"刘宠说："我在这里只做了一些我应该做的事，没有像你们说的那样好。父老们的心意我领了，但这钱我不能收。"老人们不依，恭敬地用手捧着钱，非要刘宠把钱收下。刘宠见父老们的盛情难却，就从每人的手中拿了一枚铜钱收下。父老们对刘宠的举动十分钦佩，誉称他为"一钱太守"。

出会稽郡境时，刘宠将此钱投入江中，时人称此江为"钱清江"。刘宠到京城后，曾历任宗正大鸿胪、司空、司徒、太尉等重要官职，但他仍保持着"一钱太守"的清誉，虽官居高位，却家无余财，因此被时人称为长者，受到人们的敬重和赞颂。

电视剧《宰相刘罗锅》主题曲《清官谣》中这样唱道："天地之间有杆秤，那秤砣是老百姓。秤杆子挑江山，你就是定盘的星。"官员任职期间勤政廉洁与否，民间自有公论。这一点，从清官们的"雅号"中便可见一斑。"一钱太守"正是百姓对刘宠的崇高评价，这"一钱"也造就了钱清江，后人在钱清江畔建有"一钱亭"和"一钱太守庙"。"一钱亭"楹柱上镌刻着"功在一方，黎民感恩赠百吊；利归百姓，太守留念取一钱"的对联，表达了后人对刘宠的怀念。正所谓江水悠悠，清名永留。

后来，"一钱太守"这一典故，就用来称誉清廉的地方官。刘宠的为政举措还被李克强总理引用进了2016年两会上的《政府工作报告》中。报告中这样说："简除烦苛，禁察非法，使人民群众有更平等的机会和更大的创造空间。"其中"简除烦苛、禁察非法"这句话源自《后汉书·刘宠传》，典故原文是"（刘宠）后四迁为豫章太守，又三迁会稽太守。山民愿朴，乃有白首不入市井者，颇为官吏所扰。宠简除烦苛，禁察非法，郡中大化"。

绍兴当地政府为纪念这位清官，建造了一钱太守纪念馆。该馆位于绍兴市柯桥区钱清镇杭甬运河清水亭，2009年12月建成开馆。馆内建有刘宠选钱处（清水亭）、刘宠纪念馆、绍兴历代清吏纪念馆、一钱千秋广场、刘宠铜像、一钱千秋牌坊、视听室等。2012年2月，一钱太守纪念馆被命名为省级廉政文化教育基地。

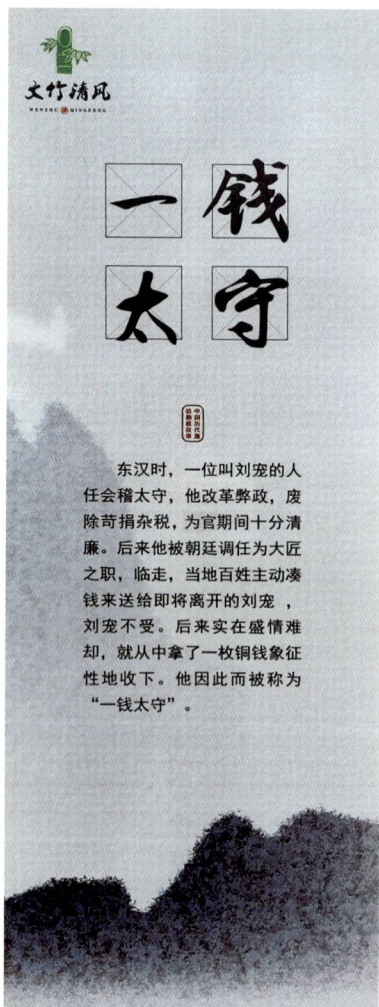

文竹清风

一钱太守

东汉时，一位叫刘宠的人任会稽太守，他改革弊政，废除苛捐杂税，为官期间十分清廉。后来他被朝廷调任为大匠之职，临走，当地百姓主动凑钱来送给即将离开的刘宠，刘宠不受。后来实在盛情难却，就从中拿了一枚铜钱象征性地收下。他因此而被称为"一钱太守"。

"一钱太守"的由来

根据"一钱太守"刘宠的事迹，绍兴市柯桥区（原绍兴县）还创作了新编廉政越剧《一钱太守》，围绕"做官先做人、做人要善良、做官要清廉"这一主题，通过讲述刘宠爱民如子、体察民情、秉公执法、大义灭亲的故事，弘扬反腐倡廉的时代主旋律。宁波大学文萃小区的绿道旁竖立着这块《一钱太守》宣传牌，其意义不言自明。

哲理启示

为官做人要恪守底线。做清官，是当官的本分。试观刘宠卸任会稽，仅受一钱之举，便可知其生平之廉洁。钱虽只有一文，却是民脂民膏，只有不受"一钱"于前，才能拒"千钱""万钱"于后，正是"居官莫道一钱轻，尽是苍生血作成。向使特来抛海底，莒波赢得有清名"。

刘宠出身高贵却能清廉自持，官至"三公"，然而去世时家无余财，真正成为后世官员的表率和为政的典范。他的清廉事迹具有重要而深远的影响，值得后世官员学习和借鉴。

东汉五铢

开元通宝的"甲痕"月故事

唐初一度沿用五铢钱。唐高祖李渊武德四年（621年）废五铢，改铸"开元通宝"新钱，标志着铢两货币体系终结，通宝货币体系创立。钱文"开元"寓意开创新纪元，"通宝"即通行宝货。开元钱十枚重一两，于是诞生了一个十分之一两的新衡制单位"钱"。唐代还铸有"泉宝""重宝"和"元宝"为名的钱币，宝文钱制建立。

开元通宝始铸于唐朝武德四年（621年），是唐代流行时间最长、最重要的流通货币。钱文由唐代著名书法家欧阳询所书，字体工整端庄、结构严谨。开元钱背上多有月痕，据宋代郑虔《会粹》记载，系唐高祖时，初进开元钱蜡样，文德皇后掐的甲痕。《刘斧·青琐高议》认为是唐玄宗时杨贵妃的甲痕。实际上开元钱的甲痕是一种炉别标记。开元钱存世量极大，版别众多，价格从数元到数万元不等。

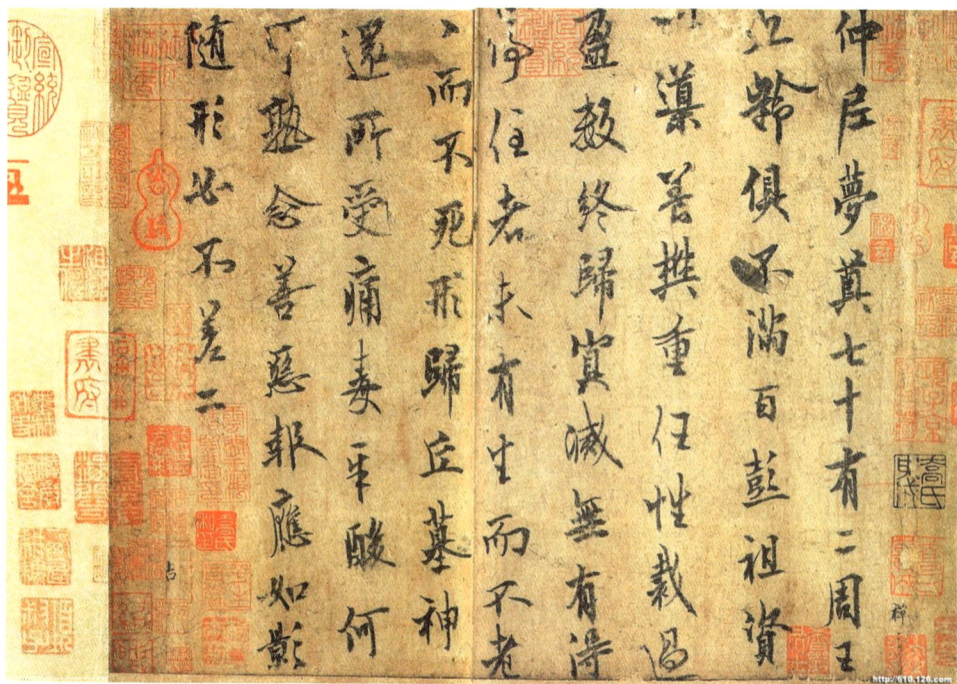

欧阳询书法

哲理启示

1. 有故事的钱币是好钱币。

2. 宣传钱币文化一定要学会讲钱币背后的故事。

开元通宝墨拓

《拾得破钱》诗给人的哲理启示

宋代皇甫牧《玉匣记》记载："毘陵郡士人姓李，家有女，方十六岁，能诗，甚有佳句，吴人多得之。有《拾得破钱》诗云：'半轮残月揜（同掩）尘埃，依稀犹有开元字。想得清光未破时，买尽人间不平事。'"就是说，宋代毘陵郡（今常州）有个姓李的读书人，他的女儿虽然名字无考，姑且称之为李氏女，但十六岁就能写诗作赋，颇有名声。有一天，某人在路上捡到一枚破铜钱，铜钱正面依稀可辨认出"开元"两个字。开元通宝是唐朝的钱币，背面还露出一个月痕。这时李氏女刚好路过，捡钱人就拿着那枚破钱请李氏女做一首诗。他想试探一下李秀才女儿是否像传说中那样有诗才。李氏女接过铜钱，细心地观察了一会，沉思片刻，然后吟诵道："半轮残月掩尘埃，依稀犹有开元字。想得清光未破时，买尽人间不平事。"围观的人惊叹不已，齐声喝彩，连连夸赞李氏女作诗才思敏捷、意境深远。一枚破铜钱，尘土掩盖，貌不惊人，很难与诗情画意联系起来，但李氏女运用联想的方法，表达出一个深刻的主题。诗的前两句写实，后两句写虚，通过描写一个破钱，揭示出一个不合理社会金钱万能的本质。该诗成为一首由此及彼、以小喻大的传世佳作。

哲理启示

破钱虽然残缺不完整，还被尘土掩盖了清亮的光辉，但并不影响它的内涵，残缺也是一种美。李氏女高明之处在于作诗不停留在对现象的描绘，而是透过现象看本质，从平凡的事物中悟出不平凡的道理来，主题深刻，意境高远，令人浮想联翩，深受启发。当今社会，一些收藏爱好者在收藏古钱时，片面追求品相，斤斤计较于外缘内郭之完整与色泽包浆之优美，走入只收藏好品相钱币的误区。收藏古钱，自然是品相越好越值钱。不过，有些古钱因年深日久，已缺郭少边，有的甚至还少了一角或被钻眼挖洞，如"缺角大齐""四眼大齐""缺角永乐三钱"等。这些古钱虽然品相并非完美，但是珍罕无比，收藏价值同样很高。世界从不缺少美，而是缺少发现美的眼睛。在李氏女这样的诗人眼中，一切都是美的，因为她锐利的慧眼可以注视到一切众生万物之核心；抉发其品性，就是透入外形触及其内在的"真"。此"真"，即是"美"。这就如同笔者多年前从地摊中廉价购藏的覆月孕星破开元，虽有缺损，却是一枚风韵犹存的稀见之物。

覆月孕星破开元墨拓

将一文钱埋在地下的哲理

唐代高僧、佛教临济宗创始人临济禅师曾表示："一个人在五十岁之后的第一件事，便是去将一文（一笔）钱，偷偷埋在地下。且这件事，天知地知，你知我知。"

临济禅师说的这件事，在古代也是有典故的。有一个人，在为富贵人家干了半辈子苦力活之后，终于累积了一笔不小的财富，有了自由身。但奇怪的是，他经常把钱踩在脚下。当有人问他为何这样做时，他回答："这是有钱人家给的，我伺候了他大半辈子，他却一直看不起我，如今我也要将他的钱踩在脚下。"

此人的行为，虽然在当时较为怪异，但在如今看来，却是体现了超前的意识，是在教育人们要看淡钱财，不为其丢了本性。

人在五十岁之后，比起不停地赚钱，更要重视自己现在拥有的财富。对于那些古代的达官显宦、如今的富贵人家等而言，关于自己的遗产继承，是其下半生思考最多的问题，怕分配不公，又怕子孙不孝，败光了家底。而对于一些平民百姓、普通家庭来说，更担忧的是老了之后没有了经济收入，自己是否有足够的养老钱，儿孙是否孝顺，等等。

哲理启示

由此可知，人到了五十岁之后，钱财依旧是让人困扰的难题，只是角度不同了而已。要想解决这个难题，便要学会放下对钱财的执着心，也不能妄想着倾尽家产去致富，对待钱财要持中庸之道，不盲目投资，也不要把财富的鸡蛋放在一个篮子里，要懂得为自己储蓄一笔养老钱，下半生才有物质保障。

"顺天易得，得壹难求"的故事

唐天宝十四年（755年）十一月，安禄山、史思明起兵反唐，史称"安史之乱"。乾元二年（759年），史思明在范阳称"大燕皇帝"，同年铸"得壹元宝"大钱，一当开元通宝之百使用。"得一"二字出自《道德经》第三十九章，"天得一以清，地得一以宁，万物得一以生，侯王得一以为天下贞（通'正'）"。得一原本是让天地清宁、万物生长的吉祥用语，侯王得到这个原则就能成为天下的首领。史思明读书不多，显然理解不了《道德经》的深刻思想，他只想当天下首领，却不想让天地清宁，因此，有意改"一"为"壹"。当得壹元宝铸行不到一年，他又厌恶得壹非长祚之兆，遂改其文曰"顺天元宝"。

"得壹元宝"和"顺天元宝"开我国古代"元宝"钱之先河。得壹钱铸期短，较罕见，顺天钱铸期稍长，略多见，故收藏界俗称"顺天易得，得壹难求"。事实上，流传至今，两者都已成为不可多得的古钱名珍。

据沈括《梦溪笔谈》记载，北宋熙宁年间曾掘地得大钱三十余千文（笔者注：一贯等于一千文，三十余千文就是三十余贯），皆顺天得壹钱。这说明当时的铸量相当可观。"安史之乱"使唐代经济遭到严重破坏，平乱之后，老百姓对"得壹""顺天"这种不足值的大钱深恶痛绝，将其尽行销熔，铸成铜佛。顺天钱铸造仅一年有余，而得

唐·得壹元宝彩拓

唐·顺天元宝彩拓

壹钱时间更短。所存世的这两种钱都很少见，尤其是先铸的"得壹元宝"，钱文古拙，钱体厚重，形制大方，传世则更少，因而素为泉界珍视。

清代戴熙《古泉丛话》中讲了一个故事：一个典当者将一枚得壹元宝典当给一个山西人，山西人爱不释手，给典当者"钱三万"。山西人说，这是自己故意抬高了它的身价，给了三万，这样典当者就别想再来赎回它；典当者却说，自己是故意贬低它的价值，只当了三万，正是为了以后能赎回它。由此可见此钱的稀罕程度。读《鲁迅全集》得知，鲁迅先生生前也非常喜爱古钱。他在北京期间，经常去琉璃厂寻觅古钱珍品，1913年10月，他曾花两块大洋买了一枚得壹元宝。次年3月，他买到"梁邑""戈邑"等四枚布币，再加一枚"永通万国"，也才花了两块大洋。相比之下，可见当时得壹钱之珍贵。

在目前的古钱币市场上，得壹与顺天钱都已成为脍炙人口的古钱名珍，价格连年攀升，极美品得壹元宝的成交价甚至超过8万元，极美品顺天元宝的价格也超过2万元。

唐玄宗开元之治晚期，承平日久，国家无事，丧失了向上求治的精神。唐玄宗改元天宝后，政治愈加腐败，更耽于享乐，宠幸杨贵妃。安禄山别有用心地拜杨贵妃为干妈。玄宗本人由提倡节俭变为挥金如土，又把国政先后交由李林甫、杨国忠等奸臣把持。李林甫是口蜜腹剑的宰相，任内凭着玄宗的信任专权用事达十九年，杜绝言路，排斥忠良。杨国忠因杨贵妃得到宠幸而继李林甫出任宰相，只知搜刮民财，以致群奸当道，国事日非，朝政腐败，让安禄山有机可乘。"安史之乱"是唐朝由盛转衰的转折点。这场历时八年，席卷半壁江山的战火不仅成为唐朝的转折点，更是整个中华文明由开放转向保守的转折点。

哲理启示

今天，当人们在欣赏得壹与顺天钱时，要居安思危，千万不要忘记历史的教训。唐朝封建统治阶级内部矛盾的激化，是"安史之乱"的直接原因。而民族之间的矛盾，也是使"安史之乱"爆发的一个不可忽视的因素。中央和地方军阀势力之间的矛盾，则是促成"安史之乱"最为重要的因素。节度使的日益强大，与中央政权矛盾日深，量变转化为质变，到天宝末年，终于爆发成为"安史之乱"。"安史之乱"打破了天清地宁的安定局面。其性质是统治阶级内部争权夺利的斗争，更具体地说，是唐中央政府与地方割据势力的矛盾斗争，但是统治阶级内部的残酷斗争却给社会造成巨大的祸害。

天策府宝珍泉趣考

　　天策府宝钱属泉界盛传的大名誉品，历来为藏家梦寐以求之物。有一首古诗描述了过去人们对此钱的珍视程度："易求时且百金直，喜遇翁尝一饭加。有宝若谈天策府，不贫于古野人家。"说的是清代钱币收藏家戴熙之父（"缺角大齐"得主）在病中得一天策府宝，大喜过望，居然在把玩该钱时忘记病痛，多吃了一碗饭，由于心情愉快，不久就康复身体的故事。

　　《十国春秋》载："楚武穆王乾化元年（911年），铸天策钱，文曰天策府宝。"《新五代史·楚世家》载，殷请于梁，依唐太宗故事，开天策府，置官属，太祖拜殷天策上将军。则天策府宝，必其开府初铸，故文字制作皆精。天策府宝，钱大如当百，铜质浑厚，字文明坦，前人定其钱为马殷开策府时所铸的纪念币，用志嘉命，以赏军功。对其钱是否属正式流通币，一直没有定论。

　　笔者认为，天策府宝铜钱兼有纪念币和硬通货两种功能。硬通货是指它不属于一般通货，而是在一些特殊情况下，如与境外贸易等，作为一种支付手段。《十国纪年》载："马殷始铸铅铁钱，行于城中，城外特用铜钱。"城中、城外指的是境内、境外，铜钱非"天策府宝"莫属，"特用"两字具体点明了该钱的硬通货性质。从传世的"天策府宝"铜钱来看，多有流通使用的痕迹。由于它专用于境外贸易，多在湖南省外发现，其本地反而少见。据《泉币》杂志载，20世纪30年代，汉口毛大顺在某铜肆以二元之价获得天策府宝，色质均美。他持该钱卖给大藏家罗伯昭，索价仅三十元大洋。罗伯昭告诉他，这是大珍品也，并把钱加倍给他。毛大顺大喜过望，如实相告廉值购得该钱经过。罗伯昭先生高风亮节，没有欺其外行。毛大顺过世后，罗伯昭还寄二百金给他的遗孤，并将该钱在《泉币》杂志上特意刊出，留作毛君纪念。另据记载，数十年前，在浙江杭州还发现了一枚背有龙纹的天策府宝大钱，为一卖眼镜的小贩所得，有人疑为伪作。后来此钱送到灵隐寺高僧朗悟手中，这位大师鉴定后连连点头，说了一句"你老婆可到手了"，真是言简意赅。后来小贩竟如愿以偿，和尚可谓功德无量。该钱后归"钱币大王"张叔驯所有。他购得后携出国外，至今下落不明。中华人民共和国成立后，天策府宝很少再有发现。直到最近，孙中汇先生在《安徽钱币》上撰文称，河南省新发现了三枚天策府宝，江西也发现了一枚，详情不见报道，也不知是铜质还是铁质。无独有偶，1996年3月15日，笔者鲍展斌老师又在浙江慈溪发现一枚天策府宝。该钱为生坑，径4.1厘米，重39.98克，青铜质，水红铜色，铜锈入骨，包浆美丽。据说是以前绍兴出土的，该钱的外郭和文字在入土前有流通磨损的痕迹，但风韵犹存。凡此种种，说明天策府宝的流传地域是颇广的，这为它曾经流通过提供了佐证。

那么，作为硬通货的天策府宝，究竟价值几何呢？孙仲汇先生言："如为通用钱，在当时通货膨胀的情况下有可能当百使用。"（《历代货币大系·隋唐卷》）笔者认为这种说法是有道理的。当时军阀混战，货币政策混乱，通货膨胀严重，铅铁等劣币泛滥成灾，铜钱的购买力极高，天策府宝铜钱作为一种硬通货当百枚小平铜钱使用是一点都不过分的。

天策府宝尚有鎏金者及铁钱，皆极稀见，其性质难定。从其传世比普通铜质还少的情况分析，且没有流通痕迹，两者可能都不是正式流通币，鎏金者或专用于奖赏军功，而铁钱则可能属于试铸，唯有未鎏金的铜质天策府宝才兼有纪念币和流通币两种功能。

哲理启示

1. 宝为有德者居之。罗伯昭先生高风亮节，足以垂范后世。

2. 慧眼识宝与慧眼识人有异曲同工之妙。

3. 脍炙人口的古钱名珍，不仅仅是因其存世量稀少而引人关注，更大的魅力往往来自钱币背后动人的故事。

天策府宝铜钱照片与彩拓

🏵 高郁治楚铸铁钱的启示

"安史之乱"使唐朝由盛转衰，各地的藩镇乘机纷纷割据。而黄巢起义后，唐朝更是陷入"极目千里、无复烟火"的局面。907年，朱温篡唐建立后梁，唐亡。中国历史上的五代十国时期开始了。

五代是指唐朝灭亡后依次更替的、位于中原地区的五个政权，即后梁、后唐、后晋、后汉与后周。十国则是指中原地区之外的十个割据政权，即前蜀、后蜀、吴、南唐、吴越、闽、楚、南汉、南平（荆南）、北汉。

此处重点讲十国中的楚国及其楚国铸币。楚国位于今湖南全境及广西北部，其开国皇帝名叫马殷。马殷字霸图，许州鄢陵（今河南鄢陵县）人。他出身贫寒，少为木工。黄巢起义时，他应募从军，十数年来英勇善战，屡建奇功，逐步进入高层。唐乾宁三年（896年）升为潭州（今长沙）刺史。907年，梁太祖朱温授马殷为楚王，立楚国。910年又授天策上将军，于长沙设天策府，铸造天策府宝与乾封泉宝铜铁钱。马氏治楚，历经44年（907—951年），励精图治，政绩斐然。现长沙马王庙、马王墓遗迹尚存。尤其是马氏所铸造的楚国铁钱，其风格独树一帜，且存世稀少，一直为历史学家、钱币学家所津津乐道。

当时中原战乱，铜冶停滞，民间藏铜铸佛成风，市面上铜钱稀少。所以，马殷在经济上奉行一种独立的、与中央和中原各国所不同的货币政策。湖南地方多产铅铁，他因地制宜，在楚国铸造和行用大型的铁钱和铅钱，规定一个铁钱当十个铜钱，十个铅钱当一个铜钱。

🏵 哲理启示

铁在古代是贱金属，铁钱笨重，购买力又低，一般不受民众欢迎。在五代十国铜材紧缺的情况下，楚国马殷利用湖南富产铁矿的有利条件，因地制宜铸造的这些铁钱对于发展生产、促进商品流通是十分有利的。这些铁钱只局限于楚国内部流通，不受外来货币的干扰，对地方经济是一种有力的保护。楚国的大铁钱以一当十，十分笨重，外流携带均不方便。外地商人来楚国往往"以契券指垛交易"，不能将铁钱携走，只能易货而去。这又相应地促进了楚国的商品和物资外销，从而繁荣了楚国的经济。在中国历史上，铸行铁钱并取得成功者不多，马殷可谓首例。在马殷的治理下，楚国人民免受战乱之苦，经济生活也得到了较快的恢复和发展，曾出现了一个"有地数千里，养兵十万""地大力完"的太平盛世，与中原经济衰退、民不聊生的局面形成鲜明对照。

楚·乾封泉宝背"策"铁钱彩拓

救民于急难的周元通宝

周元通宝是五代十国时后周钱币，始铸于周世宗显德二年（955年），形制仿唐"开元通宝"，名"周元通宝"。铜质小平，隶书对读。"元"字第二笔左挑，光背或背有月纹、星纹、星月纹。星月纹或在左右，或在上下，或穿之一角，位置并不固定。星月纹与阴阳五行、新生、日初上有密切关系。周元通宝种类很多，形制精美。尚有后世铸造的厌胜钱及安南（今越南）仿铸的真书小平流通钱。周元通宝用佛铜铸造，传说辟邪效果好，民间有些偏方还将其入药用以治病。宁波市天封塔地宫曾出土一批镇塔用的古钱币二百余斤，其中周元通宝竟然有四十余斤，占五分之一，实属难得。

周世宗柴荣继位后，为筹措军饷、安抚百姓，于登基之初即下令将佛寺中的铜像销毁，铸成周元通宝。作为毁佛钱的一种，周元通宝在中国钱币史和宗教发展史上都产生过深远而重大的影响。

周元通宝既是国号钱，也是著名的毁佛钱。由于五代时期连年战乱，民不聊生，铜钱紧缺，经济停滞，国家连铸造铜钱的原料都十分匮乏。史书记载，显德二年（955年），周世宗毁佛铸周元通宝钱，臣下有人不赞成。周世宗搬出佛教中舍身饲虎的典故以理训示臣下说："吾闻佛说以身世为妄，而以利人为急，使其真身尚在，苟利于世，

周元通宝

犹欲割截，况此铜像，岂有所惜哉！"群臣皆不敢言。周世宗废天下佛寺三千三百三十六所，毁寺庙铜像铸成周元通宝，并派臣赴高丽购铜，禁止百姓藏铜。特别值得一提的是他还懂得发动货币战。当时后周的强大主要靠经济的发展。在经济领域，柴荣在那个时代居然已懂得运用货币金融手段来削弱他国。他通过发行质量过硬、铸造精美的周元通宝渗透到其他国家流通，使大量财富从他国流入后周。为了铸造铜钱，还颁发了"禁铜令"，每家存铜不能超过五斤。如此金融举措，让后人都为之叹服。

哲理启示

　　周世宗柴荣是一位有雄才大略的封建君主，敢于藐视陈规陋习，敢于打破常规，大刀阔斧地进行改革，并且以理服人，这在当时崇佛兴盛的年代实属不易。他非常体恤百姓，以百姓的利益为重，"不爱其身而爱其民"。他励精图治，解放思想，实事求是，毁佛铸钱救民于急难，不仅赢得民心，而且促进经济发展，使后周在他统治的短短几年时间里成为五代最有实力的强国，为后来赵匡胤统一中国奠定坚实的基础。

　　作为一种毁佛钱，周元通宝在中国钱币史和宗教发展史上都产生过深远而重大的影响。因为周元通宝是用佛铜铸的，所以衍生出许多关于此钱能治病的说法。《书影》中说"妇人手握此钱，可治难产"，这可能起到一种心理暗示作用。清代金陵（即南京）地区有难产妇女手持周元通宝即可顺利分娩的习俗，还有人说周元通宝能治症疾。《秋灯丛话》说，清顺治初孝感多病症，或于古钱币中捡周元通宝一文，持之即愈，远近宣传，每文值一缗。其实这些都是无稽之谈。如果说古钱币中含有某些人体需要的微量元素，或是用它和其他药物放在一起会产生一定的化学反应对人体有利，或许尚有可能，但手拿此钱便能"却症利产"，就属于迷信了。

文彦博疏通铁钱流通渠道

司马光的《涑水记闻》卷十载有文彦博与货币流通有关的一件轶事：北宋初年，民间流通的货币主要有两种，一种是官银，另一种是陕西制造的铁钱。宋仁宗当政的时候，国家财政最为紧张，两种钱币同时流通，国家难以控制市场。于是，便有大臣上书仁宗，请求统一钱币，罢掉陕西铁钱，由国家统一铸币。仁宗接到奏折，交予大臣们议论。大多数人觉得罢掉铁钱会造成市场混乱，所以没有实行。消息传了出去，一时间，京都汴梁开始盛传："朝廷要罢掉陕西铁钱了，要赶快脱手，晚了就一文不值了。"几乎一夜之间，京城到处传说着铁钱要作废的消息。那时，陕西铁钱在全国十分通行，储存这种钱的大有人在。大家听说自己辛辛苦苦挣来的血汗钱快要作废了，纷纷拿铁钱到店铺抢购货物，不管需不需要，先抢到手再说。而店铺老板比他们得到消息还早，纷纷挂出牌子"不收陕西铁钱"。这下大家更急了，一些脾气火爆的人竟跑到店铺强行买货。一时间，市场大乱，不时有械斗发生。官府一时没了办法，只好派遣衙役强制各个店铺收陕西铁钱。可商家不敢冒风险，干脆歇业了事。

得知消息的宋仁宗大为恼火，一边追查是谁传出的消息，一边责令宰相文彦博迅速处理此事，稳定市场，安定民心。出人意料的是，文彦博并没有像人们想的那样用行政手段强制商家收购陕西铁钱，而是将家中的布匹珍玩送到京城几家大的商户代卖，并且只用陕西铁钱进行交易。消息一传出来，所有的人都傻了眼。大家看到当朝宰相将这么大笔家产代卖，而且只收陕西铁钱，心中立刻有了底：原来铁钱不会作废，家里的铁钱不会变成一堆破铁。想到这些，他们纷纷乐滋滋地回家，张罗买卖去了。谣言很快不攻自破，陕西铁钱又畅通无阻地流通起来。后来，仁宗问文彦博是怎样想到如此妙计的，他回答道："谣言如风，恐慌如水，风借水势，水助风行。当谣言四起的时候，就像是奔腾咆哮着的洪流扑面而来。这时候，官员们大都主张采用行政干涉，这就好比用巨石堵住洪水，只能暂时缓解，却不能在根本上起到作用，只有靠疏通的办法才能从根本上解决问题。"

哲理启示

　　上行下效，榜样的作用很重要。文彦博作为一代名相，在治理地方、管理金融方面颇有见识。他的要诀是对于解决货币流通问题，要善于打信用牌，在于疏，不在于堵。而疏导之法，又是具体问题具体分析，对症下药，不是强制推行；是釜底抽薪，不是扬汤止沸。他懂得以身作则才能促使货币信用深入民心，被民众所接受。相反，国民党政府在大陆统治末期，一方面试图通过发行金圆券平抑物价，另一方面对老百姓巧取豪夺，聚敛金银，轻视纸币。这种说一套做一套的行为造成严重通货膨胀，百姓拒绝使用，纸币信用丧失殆尽，最终加速了腐朽统治的崩溃。货币的本质是信用，行政手段无法从根本上解决货币流通问题，只有严格遵守货币的行用，一以贯之，才能赢得民众的支持与响应。

货币上的哲理故事：
"一日一钱"之反思

北宋太平兴国年间（976—984年），张乖崖在崇阳县（今属湖北省咸宁市）担任县令。当时，崇阳县社会风气很差，盗窃成风，甚至连县衙的钱库也经常发生钱、物失窃的事件。张乖崖决心好好刹一刹这股歪风。有一天，他终于找到了一个机会。这天，他在衙门周围巡视，看到一个管理县行钱库的小吏慌慌张张地从钱库中走出来。张乖崖急忙把库吏喊住："你这么慌慌张张干什么？""没什么！"那库吏回答说。张乖崖联想到钱库经常失窃，判断库吏可能监守自盗，便让随从对库吏进行搜查。结果，在库吏的头巾里搜到一枚铜钱（笔者推测很可能是铸于太平兴国年间的"太平通宝"，这是北宋第一种年号钱）。张乖崖把库吏押回大堂审讯，问他一共从钱库偷了多少钱，库吏不承认另外偷过钱，张乖崖便下令拷打。库吏不服，怒气冲冲地说："偷一枚铜钱有什么要紧，你竟这样拷打我？你也只能打我罢了，难道你还能杀我？"张乖崖看到库吏竟敢这样顶撞自己，十分愤怒，他拿起朱笔，宣判道："一日一钱，千日千钱，绳锯木断，水滴石穿。"意思是说，一天偷盗一枚铜钱，一千天就偷了一千枚铜钱。用绳子不停地锯木头，木头就会被锯断；水滴不停地滴，能把石头滴穿。判决完毕，张乖崖吩咐衙役把库吏押到刑场，斩首示众。从此以后，崇阳县的偷盗风被刹住，社会风气大大地好转。

哲理启示

什么是"反思"？黑格尔指出，"本质自身中的映象是反思"[1]。反思是一种间接性

---

[1] 黑格尔：《逻辑学》下卷，第8页。

的思维方式，即思考过去的事情，从中总结经验教训，透过现象抓住本质。本质是纯粹的反思，也可以说是探本溯源。经过反思就是把存在作为间接的东西建立起来，达到思维中的具体。

"绳锯木断""水滴石穿"这两个有名的成语就出自这个典故。张乖崖县令为杜绝盗窃成风的不良风气，采用重典斩首只偷窃一枚铜钱的库吏，后世颇有争议。反思这个案例，如今从法律角度来看，这种缺乏有效证据的有罪推定可能造成了一起冤案，至少是量刑过重，反映了封建社会人治的弊端。但从社会治理的角度来看，乱世用重典的确对猖獗的犯罪分子有极大震慑作用。从哲学角度来看，量变到一定程度必然要引起质变。库吏的过错在于没有认识到自身错误，没有悔改之心。俗话说得好："千里长堤溃于蚁穴"，"勿以恶小而为之"。恶事虽小，做多了就会积习难改，最终酿成大祸。譬如清朝道光年间，许多库兵通过特殊练习，每天把少量库银藏在肛门中进行偷窃，不断蚕食的结果是造成国库严重亏空。因此，无论治国理政保稳定，还是为人处世求太平，防微杜渐都很重要！

北宋·太平通宝铜钱

北宋名将狄青用抛铜钱游戏鼓舞士气

北宋皇祐四年（1052年），广源州部族首领侬智高起兵反宋，夺取了许多州县，情势十分危急，朝廷派名将狄青带兵前往镇压。

狄青是西北名将，此前从未在南方用过兵，胜负确实难料，但越是这个时候越是要稳定军心，鼓舞士气。在那个时代，向神仙祈祷许愿是一种人们非常迷信的方式，而且当时南方地区崇拜鬼神的风气盛行。狄青率部经过桂林往南的地方，在一座神庙里，他故作为难地说："想要大家相信神仙会保佑我们取胜，拿什么做凭证呢？"于是他拿出一百个钱币来，对神仙发誓："要是此仗大捷，所有的钱币落在地上都是钱面朝上的。"

一百个钱币都要钱面朝上，这个几率比打胜仗的几率还要小，弄不好还要打击士气，部下纷纷制止狄青这种赌博式的行为。狄青却似乎要孤注一掷，将士们只得瞪着眼睛，提心吊胆地看着即将发生的一幕。只见，狄青将百枚钱币随便一抛，居然每一枚都是钱面朝上！

此乃天意？还是狄青骰子玩得多，手法好？将士们都相信这是天意，于是欢声雷动，声震林野。狄青受大家情绪的感染，高高兴兴地叫左右弄了一些钉子过来，将钱币钉在地上，保持原来的样子，然后用青纱盖好，最后亲手将其封好，说："等到凯旋之日，我们取钱谢神。"

受此鼓舞，将士们一个个斗志昂扬地开赴前线。主要还是因为狄青指挥有方，宋军取得昆仑关大捷，击败侬智高所部，然后回到那座神庙，按照前面答应的那样，打开青纱取钱。幕僚将士们翻转那些钱币一看，原来两面都是钱面的合背钱！

狄青的聪明就在于想到了这一点：他事先就已经知道南方人有敬重鬼神的习俗，所以才命人偷偷做了一百枚合背钱，然后用来占卜战事的结局将会怎样。由于事先早已做好了手脚，所以占卜的结果自然是一定能赢。他善于入乡随俗，巧妙利用当地人信鬼神的特点，为自己的作战服务。到什么山，唱什么歌，因地制宜，寻找有利于自己的资源，这是一种智慧。

狄青特制了这些合背钱，其实就是披着许愿的外衣，给将士们一个积极的心理暗示：老天保佑，我们必胜！这样一来，士气自然大振。正如辩证唯物论所述，意识是对物质的反映，并能动反作用于物质，正确的意识能指导人们有效地开展实践活动，促进事物的发展；错误的意识会将人的实践引向歧途，阻碍客观事物发展。狄青通过掷币结果的心理暗示，给将士们树立了正向积极的意识，使他们坚定必胜的信心，从而充分激发将士的主观能动性，极大地增强了军队的整体战斗力。而同样的消息却能使敌军产生消极的意识，瓦解军心，削弱战斗力。可见，意识的作用和信念的力量不容小觑。

哲理启示

马克思主义哲学认为，物质决定意识，意识对物质有反作用。在现实生活中，意识的能动作用无处不在，总能在不知不觉中影响人们的行为。积极的意识激发高昂的精神，催人奋进，一往无前；消极的意识伴随萎靡的精神，促人消沉，丧失斗志。因而，建立正向的、积极的意识显得尤为重要。

不论古今，不论治国理政还是个人生活，只有发挥运用好意识的能动作用，树立正确的理想信念，才能使之成为事物良性发展的助推器，而非绊脚石。

钱币上的爱情故事

天禧通宝是北宋真宗天禧年间（1017—1021年）所铸。小平钱，光背，有大小字不同的版别。钱文真书旋读，据传系宋真宗御笔。小平钱有径、缘不尽相等者多种；大字细缘者罕见。有折二铁钱。时币值"斗米十钱"上下。另有安南仿铸篆书"天"字阔缘钱，较少见。天禧普通钱铸造量较大，距今整整一千年了，随着时间的推移，好品相的天禧钱日益稀少。

天禧通宝

"禧"有幸福、吉祥之意。将"天禧"拆分即为"二人示喜"，涉及爱情和婚姻，寓意天下有情人终成眷属。

北宋时刘娥从一个卖艺的孤女与宋真宗赵恒走到一起，并成为皇后，一波三折，好像暗中有"喜神"相助，有人说"天禧"年号是宋真宗乞求上天降喜神来帮助大宋王朝的一种呼唤与期待。天禧是皇帝对喜神的一种尊称。年号是一种极为庄严、隆重的语汇，具有皇权神授的神秘色彩。宋代是喜神文化极为风行的时代，"天禧"作为年号语汇，最充分最完美地表达了当时人们对喜神的崇拜与渴望。宋真宗与刘娥之间的爱情体现出了人性中至真至诚的一面，是天地之间的至情至爱。

"美人赠我金错刀，何以报之英琼瑶。"这是东汉著名科学家张衡（78—139年）流传于世的《四愁诗》其中的一句。英琼瑶是美玉，金错刀是王莽铸造的一种高面额钱币，原名"一刀平五千"，其中"一刀"两字采用

"天圣元宝"楷书、篆书对钱 [1]

---

[1] "对钱"是指钱文相同而书体不同、可以成双配对的钱币，又称对文钱。对钱具有对称美，是中国钱币文化中的特色之一，可以用作男女定情物。

错金工艺制成，这在货币史上是绝无仅有的。因为金错刀自古以来受人珍惜，故亦有将其视为男女之间定情信物。

金错刀彩拓

"罗汉钱"，是清代康熙年间所铸制钱"康熙通宝"的异品。与普通康熙通宝的区别在于：罗汉钱的"通"字的走之旁是单点，而普通康熙通宝则大多是双点；罗汉钱的"熙"字左上没有一竖，而普通"康熙通宝"则写为"熙"，这一点是鉴别罗汉钱的关键。

罗汉钱

由于罗汉钱铜质精良、制作精美，又有很多神秘的传说，民间一直把它当作吉祥、幸福的象征，用它"压岁"，婚嫁"压箱"，以及当作男女相爱"信物"，所以倍受珍爱，人人争而觅之。

另有同名沪剧、评剧、越剧《罗汉钱》。其主要剧情为：农村姑娘张艾艾与同村青年李小碗相爱，互赠罗汉钱作为信物，但他俩的爱情引起了村里的流言蜚语。村里另一个叫燕燕的姑娘思想进步，她说服小飞蛾，使艾艾和小碗的婚姻得到了双方家长的同意。恰巧此时颁布了新中国的婚姻法，他们终于结成夫妻。

哲理启示

把古代钱币作为坚贞爱情的载体，这是对中华优秀传统文化的传承与弘扬。近年来，罗汉钱价格飞涨，被收藏爱好者所喜欢，甚至是新一代年轻人，把罗汉钱真品送给心爱的人，以表示心心相印，永结同好，用以表达对对方的爱慕之心。

清代"天长地久，郎骑竹马"异形花钱（彩拓）[1]

---

[1] 清代"天长地久，郎骑竹马"异形花钱（彩拓）是古代青年男女专用的爱情信物。李白曾有"郎骑竹马来，绕床弄青梅"诗句，把青春年少、两小无猜的纯美情感写得栩栩如生。

明道元宝背铸工戳记考证

　　笔者鲍展斌早年从普通北宋钱中挑出一枚篆书明道元宝小平钱，此钱面文与常品无异，奇特之处是钱背有一凸起的铸工戳记，略高于背郭，形同文字"母"或"申"，各谱未见，为创见品。（如图）

明道元宝背"母"或"申"字照片与拓片

　　此钱为笔者于1992年夏在宁波镇海邮币市场上从慈溪老李出售的一堆北宋普品铜钱中拣选而得。1993年底笔者曾持此钱到上海请著名钱币专家余榴梁先生鉴定，余先生经过认真鉴定后断言："此钱背字为铸工戳记，罕见。"宁波已故钱币收藏家罗丰年先生也认为这是一枚难得的好钱。

因当时时间仓促，余先生鉴定该钱后未能对此铸工戳记的成因、作用等方面作分析说明，很遗憾！今日笔者就此钱的铸工戳记做一探讨，并就教于余先生及各位泉友，作一引玉之砖，不妥之处，祈望教正。

一、此钱背铸工戳记上承会昌开元背"洪"字印戳技术，是"印戳法"的沿用

众所周知，会昌开元背"洪"字，排版很不规范，随机性大，在钱背的上、下、左、右都有出现。甚至还有带方框的"洪"字。有学者认为这是背"洪"印戳说最直接明了的证明。并猜测这印戳大约也和现代人的私章一样，用硬木或其他韧性材料制成，不会碰崩的。[1]

至于"印戳法"，笔者推测，可能是将某一已铸成的钱币，如把开元通宝镶嵌粘接在木质范身上组合成范母打印泥范。继而用木戳在泥范的背范上印字，如"洪"字，然后用泥范来铸钱。正因为有会昌开元背"洪"字印戳铸钱技术在先，故而在北宋早期的铸钱中偶尔也沿用了这一技术。笔者大胆推测，在北宋早期的铸钱中，可能还沿用范铸法（用泥质软范），北宋钱币中没有发现过真正的铜母钱，这或许是一个旁证。虽然明道元宝小平钱背铸工戳记不像"洪"字会昌开元应用的多，可能是铸工偶然所为，仅此一例。偶然中包含着必然因素，这一鳞半爪的历史遗物为"印戳法"铸钱的存在与沿用留下了物证，而且可能与不久以后发明活字排版印刷技术有某种内在的联系。

二、此钱背铸工戳记可能是北宋毕昇发明活字排版技术的前奏曲

明道元宝为宋仁宗明道年间（1032—1033年）铸造，一般光背无文。笔者发现的这枚明道元宝背面戳记为阳文，凸出，略高于外郭。其成因笔者认为是"印戳法"铸成。虽书写不规范，似"母"，似"申"，是文字，也可能是符号，但作为铸工戳记解，应该说是可信的。

北宋明道年间（1032—1033年）比毕昇发明活字排版技术的庆历年间（1041—1049年）仅早不到10年时间。因此，笔者认为这种铸工采用的印戳技术可能是发明活

---

[1]《杭州市钱币学会第二次年会暨越国货币研讨会论文专辑》第56页。

字排版技术的前奏曲，对活字的诞生有某种启迪作用，意义非同一般。

举凡历史上的许多伟大发明，都不是一个人的独创。如蔡伦发明造纸术，严格意义上讲是一种技术的改进。因为，在此之前，已经有了用丝絮作原料造的帛纸。瓦特发明蒸汽机，爱迪生发明电灯都是在前人基础上的一种改进。活字排版印刷技术也不能说完全是毕昇一人的独创。因为毕昇之前，已经有了活字排版印刷的雏形，如印章可说是中国最早的活字，钱文上的印戳技术也应该是活字排版技术发明的前奏曲。研究这种印戳技术，将有助于揭示毕昇发明活字排版技术的奥秘。

另外，毕昇的活字排版技术发明之后，曾用于北宋钱币铸造。目前从收集的实物资料分析，如熙宁元宝、崇宁重宝等钱币，都出现活字排版用于铸造钱币的证据，这就是在古钱币"印戳技术"基础上发展起来的活字钱币铸造技术！

哲理启示

一枚古钱出谱品是否具有价值，特别需要后人的考证。只有化无考为有考，才能拔英雄于草莽，为钱币学术研究做出贡献。

卖油翁玩钱惟手熟尔的启示

本文是北宋欧阳修所著的一则写事明理的寓言故事，出自《欧阳文忠公文集·归田录》。文章记述了陈尧咨射箭和卖油翁酌油的事，形象地说明了"熟能生巧""实践出真知""人外有人"的道理，寓意是所有技能都能透过长期反复苦练而达至熟能生巧之境。

（原文）陈康肃公尧咨善射，当世无双，公亦以此自矜。尝射于家圃，有卖油翁释担而立，睨之，久而不去。见其发矢十中八九，但微颔之。康肃问曰："汝亦知射乎？吾射不亦精乎？"翁曰："无他，但手熟尔。"康肃忿然曰："尔安敢轻吾射！"翁曰："以我酌油知之。"乃取一葫芦置于地，以钱覆其口，徐以杓酌油沥之，自钱孔入，而钱不湿。因曰："我亦无他，惟手熟尔。"康肃笑而遣之。

（译文）康肃公陈尧咨擅长射箭，在世界上没有第二人（能同他相比），康肃公也凭这种（本领）自夸。（有一次）他曾在自己家（射箭的）场地里射箭，有个卖油的老头放下担子，站在场边斜着眼看他（射箭），很久都没有离开。（卖油翁）看见康肃公射十箭能中八九箭，（对陈尧咨的射箭技术）只是微微地点了点头。康肃公问道："你也懂得射箭吗？我的箭法不是很精深吗？"老翁说："（这也）没有别的（原因），只不过是手法熟练罢了。"康肃公气愤地说道："你怎么敢轻视我射箭（的本领）呢？"老翁说："凭我倒油的经验知道（这个）道理。"于是就拿出一个葫芦放在地上，用（一枚）铜钱盖在葫芦口上，慢慢地用油勺舀油注入（葫芦），（油）从钱孔注入，但钱币却未被打湿。（卖油翁）于是说："我并没有别的（本事），只是手法熟练罢了。"康肃公笑着打发他走了。

哲理启示

康肃公生活在北宋咸平年间，卖油翁所用的铜钱很可能是咸平元宝小平铜钱。本文是一篇富有哲理的短文，通过略写陈尧咨射箭、详写卖油翁酌油这两件事，形象地说明了"熟能生巧""实践出真知"的道理。它告诫我们要破除对高手的迷信，无论做什么事，只要肯下苦功，多思勤练，就一定会取得好成绩的。

北宋·咸平元宝小平铜钱

大文豪苏轼的量入为出理财智慧

"理财"一词最早见于《易经·系辞》："理财正辞，禁民为非曰义。"

意思是说，对于财物的管理和使用要正当，禁止民众不合理的开支和浪费，是理财最合宜的方法。

苏轼在答《秦太虚书》中，描述自己在黄州的理财方法："初到黄，廪入既绝，人口不少，私甚忧之，但痛自节俭，日用不得过百五十。每月朔，便取四千五百钱，断为三十块，挂屋梁上，平旦，用画叉挑取一块，即藏去叉，仍以大竹筒别贮用不尽者，以待宾客，此贾耘老法也。度囊中尚可支一岁有余，至时别作经画，水到渠成，不须顾虑，以此胸中都无一事。"

苏轼刚到黄州时，薪俸大幅减少到几乎断绝，家中人口不少，他自己很为此事担忧，只好厉行节约之法。每天的费用不能够超过一百五十枚铜钱，每个月初一就取出四千五百枚铜钱，分为三十份，把它们悬挂到屋梁上，每天清晨用挂书画的长柄叉子挑下一份来，之后就把叉子藏好，把那些每天没用完的铜钱仍旧放到大竹筒里贮存起来，用来招待客人。由于量入为出，计划用度，苏轼计算了一下，钱囊中的铜钱剩余不少，还可以用一年多的时间，到时候另外筹划。水到渠成，不用预先考虑。

苏轼的这篇文章告诫我们要懂得在生活中学会理财，节俭用钱，绝不浪费的道理。因为遭贬官，俸禄大幅减少，苏轼最初在黄州的生活很困苦，也没有宿舍，一家人就住在一个破庙里。他在破庙曾写道："拣尽寒枝不肯栖，寂寞沙洲冷。"那时他上有老，下有小，生活不易。苏轼在黄州时写下过著名的书法作品《寒食帖》，并率领全家到黄州的东坡躬耕种地。由于开荒种地，加上善于理财，颇有结余，苏轼就开始在黄州东门外的山坡故营地筑造房屋。房屋建好后，苏轼给它取名"雪堂"，并给自己取了个日后响彻天下的名号："东坡居士"。

🔆 哲理启示

苏轼虽是一个文人，但善于理财。他注意节俭、量入为出、计划用度的做法值得后人学习借鉴。

"元丰通宝"隶书大字版彩拓

化无考为有考的"应元保运"钱

北宋沈括在其名著《梦溪笔谈·古钱》中记载了这样一件奇事：庐山太平观，是唐玄宗开元年间为"九天采访使者"（巡察人间的神仙）建造的祠庙。北宋元丰二年（1079年），江西庐山太平观的道长令弟子挖地建房时，掘出一个密封的瓷尊，尊内除泥土外，只有一枚小平铜钱，钱文有"应元保运"四字。两年后，北宋朝廷降诏将庐山太平观供奉的九天采访使者封为应元保运真君，封号字音恰恰与铜钱文字相同，这使太平观道长大惊，并将此事报告给了负责太平观的知制诰熊本。熊本是一个认真负责的人，他亲自调查钱币出土情况，审视这枚出土的钱币，看上去也不像是作伪的东西，就让廖维将这枚钱币献给朝廷。这事儿被时人视为奇事。

其实，这枚钱币是北宋初年四川农民起义军李顺铸造的，也是我国农民起义军铸造的第一枚钱币。北宋太宗淳化四年（993年），西川大旱，官府赋敛急迫，逼得农民失业，以王小波为首的百余农民在青城起义。王小波提出"吾疾贫富不均，今为汝均之"的口号，附近农民闻风而动，群起响应，义军发展到数万人，一举攻占青城县，又转战邛、蜀各州县，声威大振。后王小波阵亡，众人推举其妻弟李顺为领袖。994年1月，义军攻占成都，李顺称大蜀王，改元"应运"。北宋政府派大军前往镇压，义军奋战不敌，亡者三万余人。5月，成都破，李顺阵亡。因李顺称王只有五个月，所铸应运元宝及应感通宝铜铁小平钱，存世极为稀少，至今仍然被列为古泉五十名珍之一。

古代钱币文字直读与顺读现象并存，江西与四川相隔遥远，加上古代资讯不发达，又是在义军被镇压的八十七年之后，庐山太平观钱币误读也是正常现象。

这枚"应元保运"铜钱，后被南宋古钱学家洪遵记入《泉志》一书，列入神品栏中。

珍稀的古钱币更能激发人们的研究兴趣。民国年间，《泉币》杂志曾数次刊登有关应运元宝的研究文章。罗伯昭曾撰文称，《梦溪笔谈》中记载的庐山太平观出土铜钱，曰文有"应元保运"，则其读法不一定是顺读，也可能是直读。如果是顺读，则为

"应运元保",很可能是"应运元宝"的误读。老学庵笔记记载,李顺在大军覆灭前,披度为僧,潜逃三十余年,始就擒戮。罗伯昭认为庐山太平观出土的"应元保运"铜钱,很可能是李顺和他的同党所埋的应运元宝。这是有一定依据的有效逻辑推论。尽管有人表示异议,认为罗伯昭异想天开,"应元保运"可能就是一枚实实在在的道教厌胜钱。但是,时至今日,厌胜钱中并没有发现"应元保运"铜钱,而应运元宝却是客观存在的最早的农民起义钱。化无考为有考,求真务实。这是古钱币研究值得推崇的好事。

哲理启示

对古代文献记载的事要进行认真考证,不能臆测。理论与实践相结合,化无考为有考,才能拨开历史的层层迷雾,见证超越时空的真实存在。

国家博物馆藏应运元宝铜钱

上海博物馆藏应运元宝铜钱

梁山好汉用什么钱

　　记得小时候笔者鲍展斌酷爱看《水浒传》，崇拜梁山好汉。1975年8月，毛主席发起评论水浒，批判宋江投降派的运动，村里收到上级部门分发的一套《水浒传》小说，平时放在大队赤脚医生医疗室，少有人问津。笔者那时还是一个小学生，却喜欢看《水浒传》，经常去医疗室看书，大队赤脚医生看到笔者那么喜欢看书，就同笔者讲条件，要笔者帮他做事，于是笔者经常帮他做煎针筒、扫地等杂活，换来的报酬就是可以看《水浒传》，笔者常常看得如痴如醉，忘记回家吃饭。那时幼小的笔者渴望当梁山好汉，自己动手做了一些大刀、长矛的木制玩具，还做了一副铁铠甲，随时准备上梁山，学好汉劫富济贫、替天行道。那时，笔者经常想梁山好汉怎么都那么有钱，动不动就大块吃肉，大碗喝酒？梁山好汉们究竟用的什么钱呢？小说里和电视里经常提到的是金锭与银锭，还有碎银和铜钱。小时候搞不懂，长大后搞钱币收藏，才逐渐明白梁山好汉们究竟使用什么钱。

宣和通宝篆书小平母钱

　　梁山泊起义军起义的时间是北宋宣和元年（1119年）至宣和三年（1121年），这是宋徽宗的年号。宋徽宗在宣和年间铸有宣和通宝与宣和元宝两种钱币，铸作精良，宣和元宝铸量少，只有小平钱，目前存世皆为珍稀品；宣和通宝铸量虽较多，有小平、折二、折三、折五等品种，有铜铁钱，但珍稀品种也不少，如御书瘦金体、楷通、巨头宝、圆贝宝等名品。北宋时，人们日常使用的钱币主要是铜钱，很少使用金银，金银主要用于纳贡和战争赔款等。由于《水浒传》作者施耐庵是明朝人，那时社会上使用金银比较普遍，因此水泊梁山的好汉们也玩起了穿越，像明朝人一样普遍行使金银了。事实上，真正的梁山好汉所用的钱币应该主要是宣和通宝与宣和元宝铜钱。

宋徽宗用人不当，重用高俅、童贯等奸臣造成社会动荡，国家不安，铸币虽美，人民反对。

杨志卖刀的故事是《水浒传》中的著名情节，杨志押运花石纲失陷，被高太尉赶出殿帅府，身上无钱，被迫上街出售祖传宝刀，标价三千贯铜钱，不料遭遇泼皮牛二戏弄。牛二怀疑杨

北宋徽宗崇宁四年（1105 年）铸造的银绽

志卖的刀不是宝刀，竟然从别处弄来二十枚折三铜钱，叠在一起让杨志用宝刀去砍。杨志手起刀落，把二十枚叠在一起的折三铜钱砍为两半，证明了宝刀的确具有砍铜剁铁刀口不卷的优点。那么这二十枚折三铜钱是什么钱呢？据笔者分析，应为宣和通宝折三铜钱。宣和通宝折三钱制作精良，一般每个铜钱的厚度在两毫米左右，二十枚折三铜钱的厚度有4厘米，宝刀竟然可以剁为两半，的确锋利无比！

🏵 哲理启示

梁山好汉用什么钱的故事告诉我们，撰写历史小说和扮演历史人物要尊重历史，不要随意玩穿越，否则就会以讹传讹，误导后人。

秦桧借理发解决钱荒难题

南宋初期的临安府，忽然发生钱荒。不知道是南宋王朝的央行提高了存款准备金率，还是战争形势严峻使然，市面上忽然流动性匮乏，各大钱庄资金头寸开始吃紧。钱庄的伙计们背负着沉重的纳储任务。说不定当时还出现了存款送礼、存款返现等手段。

一个偏安的王朝，被钱荒苦恼着。怎样增大货币流量，把现金给逼出来？这个难题落到了丞相秦桧的肩上。秦桧虽是历史上臭名昭著的大奸臣，但奸臣往往也是能臣，起码看上去是能臣。秦桧可能运用了大量符合金融学原则的举措，然而收效甚微。某日，秦桧摸摸头发，哎呀，长了，也白了，白发三千尺，只为货币愁。该理发了。内阁大院里有理发厅，秦桧叫来理发师帮自己打理头发。剪刀声里，秦桧还在思索着如何解决钱荒问题。理发师也纳闷：丞相在思量什么烦心事呢？打理完毕，秦桧的眉头舒展开来，他看着理发师，似乎是在黑暗中看见了启明星，心生一计。他决定巧借理发师来发布货币流通的消息。于是，他拿出一枚当十的崇宁通宝大钱给理发师。理发时价是一枚折二的建炎通宝铜钱。理发师正忙着找钱，秦桧诡谲地一笑："不用找啦。"理发师正要谢，秦桧又低声说："师傅啊，知道我为啥不叫你找钱吗？"消息来了！理发师竖起耳朵听。

秦桧于是发布最新货币消息："千万不要对外头说，宫里传出密旨来，我们现在用的徽宗时的崇宁通宝大钱，过几天就不用了，还不如早点用出去。"

一场最新货币动态新闻发布会就在理发厅完成了。信息的第一个接受者——理发师，成了秦内阁在民间的消息发布人。他立即将秦内阁的意思传达给自己的"刀下客"，"刀下客"又传给桌上客，桌上客传给坊间老友：最新消息，据秦内阁理发厅消息人士透露，现行货币不日内将实行大更换，大家有钱快用啊。

于是，现钱如火山喷发一般喷向市面，现金流爆炸式地增大。钱荒解决了，秦桧笑了。

以上消息来源于南宋张端义的"博客"《贵耳集》，可靠性不敢断定。但是，整个宋朝经常闹钱荒，倒是不争的事实，秦桧也肯定面临过这类金融难题。

经济学现象往往有趣。通缩开始之时，百姓藏钱不用，导致通缩越来越严重，国家越来越缺钱，百姓生活越来越困难。然而，世事奇妙之处在于，如果有人造舆论带头大把花钱，别人就会跟风，因此，舆论导向很关键。秦桧老奸巨猾，他利用百姓的从众心理，通过非常规渠道发布虚假信息，使百姓信以为真，纷纷花钱消费。虽然秦桧的做法治标不治本，但在非常时期，能收到非常之效果。

哲理启示

虽然社会的发展趋势是客观存在的，但人的努力干预不是没有作用的。对通货紧缩或通货膨胀，不能听之任之，而是要充分发挥政府对市场宏观调控的主观能动性，找到解决问题的有效对策。

坐在钱眼里的人

　　南宋时候，有个大奸臣叫张俊，曾跟秦桧同谋杀害抗金英雄岳飞。他爱钱如命，贪得无厌，当时的百姓都恨之入骨。据褚人获《坚瓠集》载，绍兴年间，赵构在宫内大宴群臣，席间安排戏子演戏。某戏子扮演善识天文者说："凡世间贵人，必对应上天星象，只需一架浑天仪，并通过玉衡窥视，我便能见星不见人，从而得知其星象。不过，浑天仪与玉衡仓促间不易置办，用铜钱来代替亦可。"于是，他拿出一枚铜钱，先对着赵构一窥说："帝星也。"又对着秦桧一窥说："相星也。"再对着韩世忠一窥说："将星也。"最后，他对着当时已被封为郡王的张俊左看右看，端详了很久，非常失望地说："看不到星。"众人为之大惊，叫他再仔细看看。他又反复看了好一阵，然后一本正经地说："的确不见星，只见张郡王在钱眼里坐着！"

　　这位大胆的戏子，竟当着皇帝赵构的面，把张俊爱钱的性格大大揶揄了一番，引得在场的帝王将相们笑得前仰后合。可见，张俊爱钱如命的性格，在当时是家喻户晓、朝野共知的。

　　张俊有多富呢？历代史籍如《宋史》《宋会要》《宋宰辅编年录校补》《建炎以来系年要录》等，零星记载了一些数据，可大致一窥张俊家产规模。张俊盗贼出身，因随宋高宗赵构多年，待遇好、赏赐多，故家里金银堆积如山。张俊一生购置了大量房产，兴建了大批园囿，单就出租一项，每年收取租金就多达七万三千贯（北宋初，一两银兑一贯钱；北宋末南宋初，一两银兑两贯钱）。他兼并的田产遍及两浙路、江东路、淮东路等多个省、多个州府、数十县、数十个田庄，总量近百万亩，每年收租米百万石以上。据说，他的田产加上房产、园囿，面积比新加坡的国土都要大；他的年收入，比绍兴府（南宋政府所在地）财政收入的两倍还要多。

　　绍兴二十一年（1151年），宋高宗临幸张俊家，随行官员100多位，还不包括仪仗、侍从、侍卫等随从人员，加起来估计不会少于500人。为了接待好皇帝，张俊办了一桌"史上最豪华的宴会"，单是上等酒食果子就达数百种。宴会结束后，张俊还向宋高宗进献金器三千两、珠子六万九千多颗、玛瑙碗三十件、玉器四十多件、绫罗缎绵一千匹，其他名贵古玩、字画等不计其数。

张俊的财富来源，大抵不外乎四种方式：一是贪污受贿，卖官鬻爵。张俊任过多年的军区首长，官至枢密使，即三军司令，手握大官的荐举权和小官的任命权，手下送钱送物者不计其数；二是因战功或皇帝宠幸而得到的赏赐；三是发战争财。史料中就曾记载张俊纵容自己的"花腿军"（张俊从军中挑选高大英俊士卒，命令他们全身刺满锦绣花纹，人称"花腿军"）掠人妻女，夺取财物，并评价其残酷程度无异于金贼；四是他用发战争财得来的金银，购置田产、房产，再通过出租获利。

大富、暴富者往往有两怕，一怕偷，二怕查。针对偷盗问题，张俊可谓别出心裁，他家里的银子堆积如山，为了防盗，他命人将银子铸成许多一千两（五十公斤）一个的大银球，名叫"没奈何"，意思是小偷即使想偷，也只能是有想法没办法，搬不走。

针对朝廷审查的问题，张俊的后人煞费苦心，大量向朝廷捐献。张俊死后，有史料可查的是，他那些儿子们某一次曾向朝廷捐献黄金九万两，另一次捐献租米十万石，还有一次捐献田产三万七千多亩。这样，朝廷即便想查也下不了手，他的后人因此而保住了荣华富贵，没有开"和珅倒，嘉庆饱"的先河。

其实，张俊之所以成为南宋首富，还有最关键的一点，就是他对金钱充满着狂热的喜爱，贪得无厌，堪称爱钱如命。宋人有"台官不如伶官"的谚语，意思是台官御史说话，还不如皇帝身边插科打诨、取笑逗乐的戏子直率和大胆。沈从文先生在《宋人演剧的讽刺性》一文中说："许多国家大问题，幸臣御史说来有杀头充军危险的，一个普通优伶，却常常于弦歌酒宴接杯举觞欢乐光景中，出之从容不迫，不以触犯禁忌为忧虑。"

哲理启示

历史上多少贪官污吏，他们坐在钱眼里，满眼都是不义之财，看不到大千世界、芸芸众生。方圆乾坤里，多少使人迷。财迷心窍，欲壑难填，最终使多少不法官员成为金钱的俘虏。从南宋的张俊到清代的和珅，举不胜举，他们被钉在历史的耻辱柱上，接受人民的审判。

古代"钱荒"的现代启示

南宋理宗淳祐二年（1242年），日本太政大臣西园寺公经派遣商船赴台州、温州等地贸易，货物售罄不买商品，而专购铜钱，一次就带走10万贯铜钱，导致"台城一日之间忽绝无一文小钱在市行用"。这就是说由于日本商人大量非法采购，造成台州城内一日之间市面上没有一文铜钱在流通的严重局面。

南宋淳祐元宝

近代，在日本18个地方发掘出中国自唐至明的钱币55万3000余枚，其中就有大部分是南宋时输去的宋钱。

历史上，中国为何有大量铜钱输往日本呢？这是因为日本自镰仓时期以来，货币经济发展，但国内开采铜矿不足，加上铸币工艺落后，自铸货币极少，因此对中国货币的需求十分迫切。

北宋时期，许多中国商人顺应日本市场需求贩运大量铜钱到日本。12世纪60年代，日本武士平清盛掌权后大力推动海外贸易，其后的镰仓幕府亦一承其制。因此大批日本商人开始直接到中国收购铜钱。这些日本商船"先过温、台之境，摆泊海涯。富豪之民，公然与之交易。倭所酷好者铜钱而止，海上民户所贪嗜者，倭船多有珍奇，凡值一百贯文者，止可十贯文得之；凡值千贯文者，止可百贯文得之"，通过低价贩卖货物以换取宋朝的铜钱。

通过中日商人的民间贸易，元丰通宝、皇宋通宝等宋钱大量流入日本。据日本学者坂诘秀一《出土渡来钱的诸问题》统计，流入日本数量最多的十种中国铜钱依次为开元通宝、元丰通宝、皇宋通宝、熙宁元宝、元祐通宝、天圣元宝、圣宋元宝、祥符元宝、绍圣元宝、永乐通宝，其中宋钱就占了8种。

🏵 哲理启示

　　货币在全国必须是统一铸行，不能由各地自行其道，否则会扰乱流通秩序。而统一的货币必须是由政府出台相关法律来强制实行，要限制非法货币买卖，维持金融稳定。

临安府行用钱牌的故事

1127年，康王赵构带领宋室南渡建立南宋。宋高宗赵构以杭州为"行在所"，于建炎三年（1129年）升杭州为"临安府"，并中书、门下二省为一，仍与尚书省统称三省。官署合称，何谓三省？即尚书省、中书省、门下省。尚书、中书与门下三省并存。宋代地方行政管理府的管理体制中，有不同等级，大体可分为京师府、陪京府、都督府、次府与余府五等。南宋一朝，偏安江南一隅。南宋从宋高宗赵构1129年升杭州为临安府，至1276年元兵占领杭州，国祚延续147年（也有说153年）。

宋高宗升杭州为临安府，称为行在所（天子巡行所到之地，即临时首都）后，于绍兴八年（1138年）定都杭州。据史料记载，北宋元丰年间（1078—1085年），杭州户籍（包括属县）主户164293户，客户38123户，总共202000多户。宋高宗定都杭州后，承袭钱氏吴越国奠定的旧城格局。

关于临安府钱牌铸造时间，应在绍兴议和之后。因为南宋朝廷与金人议和后要向金廷贡白银25万两、绢25万匹，这是一笔数目巨大的财政支出，加上朝廷内外都需要真金白银开销，国库空虚，只能出此下策，开炉铸行这种大面值的钱牌，以一当百。

有一种钱牌上注明文值后再加"省"字，何意？有人说那就是面值。元人孙行素《至正杂记》载："钱牌"曰省者，建炎三年四月正官名，合中书省、门下省、尚书省为一，谓之知三省，此盖三省所铸也。

据《宋史》记载，宋帝南渡，杭州自建都后，高宗建炎三年（1129年）升为府，南宋约150年，皆名临安府。景定年铸文曰景定元宝，朝省因钱法不通，杭城增造焊锡牌，以便行用。

据《宋史·度宗本纪》记载，咸淳元年（1265年）七月，督州县严钱法，禁民间用牌帖（钱牌）颁令。钱文中"省"即省陌，是五代起沿用下来的金融流通制度。如《五代史·王章传》载，官库出纳缗钱，皆以八十为陌。宋代沿用其法，改为770文为一贯钱，77文当百。准伍佰文合兑为铜钱385文。

据《钱币考》记载，宋朝有铜牌，长三寸有奇，阔一寸强二寸弱，大小各不相同，面铸临安府行用，背云准伍百文省，亦有叁百、贰百、壹百不等款，有窃贯以致远。未知始于何时，史亦不载。

另据清人钱泳《履园丛话·古泉》记载：宋高宗南渡建都改杭州为临安府，铸铜牌行用，是当时国贫补救变通之法，其牌最小。有人认为该泉牌乃兑换券之类用处。但据《杭州府志》载，钱牌之属，亦钱类，而不是兑券类。

日本古泉藏家平尾聚泉编著的《南宋泉谱》记载：李佑贤置之南宋末，香哉翁则定为淳祐年间（1241—1253年）之物，当时因穷于财政故铸出唐以来无之当百钱，犹不足，而有省陌，省二百，省三百至省五百，于理或当然，故本谱未采李氏之说。

清代藏泉大家翁树培《古泉汇考》记载，销金锅里水衡钱，铸牌尚缺临安府。临安行用字，应共铃牌摹。由于该泉牌当时铸地窄、铸量少，加上损耗，故今已不多见，乃大珍名誉品，当代泉谱曾把它列为古泉五十名珍之一。

关于该泉牌铸造年代问题，由于缺乏史料记载，目前仍然众说纷纭。有人说在绍兴议和之后，这种说法本身就含糊其辞，没有一点说服力。有人讲在淳祐年间（1241—1253年），有泉友考证在景定年间（1263—1265年），也有泉家撰文说是咸淳

上海博物馆藏临安府行用准贰伯文省钱牌

年间（1265—1276年）所铸。从史料来看，宋度宗建元咸淳元年铸咸淳元宝钱，铸钱量比前朝锐减了很多。此乃南宋最后一种年号钱，其后的德祐、景炎、祥兴年间均无铸钱。笔者分析，最有可能铸该泉牌的还是最后铸行南宋年号钱的宋度宗在咸淳年间所铸行的一种地方性货币。

清朝钱币收藏家戴熙在《古泉丛话》中记载了这样一则故事：清代金石家夏子盛（字松如，浙江钱塘人）是一个钱币爱好者，一天他异常兴奋地把自己得到的一枚钱币珍品——南宋的"临安府行用"钱牌向客人展示。那位客人看后不以为意，说："你才有一枚，我可得到一百多枚了。"

夏子盛听了非常惊讶，第二天便满腹狐疑地来到那位客人府上观赏。只见那位客人果然拿出成串成串的钱牌，夏子盛一一认真审视，发现都是赝品。他没有当场揭穿让那位客人扫兴，便装出谦恭的样子，只见那位客人露出得意之色，重重叠叠地把钱牌包好，珍藏起来。夏子盛不禁暗自好笑，但不免又流露出了无奈、苦涩之心情。夏子盛的这种无奈、困扰持续到现在，打假、反假、防假，如何走出假币的困惑一直成为广大钱币爱好者，以及钱币行业探讨的问题。

🏵 哲理启示

真币与假币是一对矛盾，自古就有，如影随形。"假作真时真亦假"。如今，假钱牌的数量远远超出了真钱牌，有些高仿品足以乱真。笔者曾数次看到过高仿钱牌，既有铜的，也有铅的。面对赝品要头脑冷静，千万不能一时冲动去购买，冲动是魔鬼。当然，也有个别泉友过度谨慎，在古玩市场上发现真钱牌时不敢相信是真的，从而失之交臂。根本的原因还是自己眼力不济。俗话说："艺高人胆大。"练好眼力才是区分古钱中的李逵还是李鬼的关键。

贤母辞拾遗钞

陶宗仪是元末明初的学问家，其《南村辍耕录》卷十一中记录了一个元朝"贤母辞拾遗钞"的故事：聂以道任某县知县时，有一村民早出卖菜，"拾得至元宝钞十五锭"，回家交给母亲。母亲坚决认为拾到的钱应归还失主，并叫儿子到原地等候失主，果然有人前来认领遗失的钱。那个拾钱的村民是个老实人，未问对方丢了多少钱就把钱给了他，而丢钱之人未做任何答谢。旁观者就打抱不平，认为丢钱的人应该拿出一些钱作为给拾钱村民的酬谢，但那丢钱人不肯，还说："我元（原）三十锭，今才一半，安可赏之。"此事闹到了县衙门，聂知县询问了事情的全过程，最后裁决，对丢钱人讲："此非汝钞，必天赐贤母养老者；若三十锭，则汝钞也。可自别寻处。"文中的"钞"是指纸钞，而"锭"是纸钞的货币单位。元朝时习惯称钞一贯为一两，50贯为一锭，每贯当铜钱一千文。一锭纸钞当铜钱50千文，宝钞十五锭当铜钱750千文（即750000枚小平铜钱），是一笔巨款。

哲理启示

1. 拾金不昧是中华民族的传统美德。"贤母辞拾遗钞"的故事体现了一个乡村老母亲的崇高美德。

2. 社会上既有品德高尚之人，也有品德低下之人。那位丢钱人很可能是冒领村民捡到的遗钞，因为数字对不上。他不仅不给拾金不昧之人奖赏，还怀疑后者没有把捡到的全部纸钞交还给他，体现了品德低下者的自私自利，以小人之心度君子之腹。这种行为难怪要引起公愤，最后闹到县衙，偷鸡不成蚀把米。

3. 聂知县秉公执法，裁决合情合理。他一方面明确指出，此钞非汝钞，因为金额不对，失主不能冒领遗钞；另一方面又对拾金不昧的村民进行褒奖，把这笔钱赐给他的贤母养老，弘扬社会正气，令人钦佩。

徐天启换小唐镜的故事

清代乾隆嘉庆年间，杭州泉友创立钱社，社友们时常互换藏品，曾留下一段马爱林用徐天启钱换取姜怡亭唐镜的故事，颇具戏剧性。徐珂《清稗类钞·鉴赏类》曾有记载。

清代嘉庆、道光年间，收藏家马爱林与姜怡亭在路上相遇，互相询问新近有什么收获，姜怡亭从怀中掏出一块精美的小唐镜。马爱林则掏出一枚天启通宝钱币，好像也不怎么珍惜。姜怡亭提出互相交换，马爱林欣然同意。后来马爱林知道自己的那枚钱是徐天启钱，非常后悔，说："姜怡亭坑骗我！"民国收藏大家丁福保评论说，一块小唐镜仅值四元大洋，而徐天启小平当时值一百元大洋，折二值一百五，折三的也值四十元。要不是马爱林后来又得到一枚天启折二，恐怕要把那份悔恨带到坟墓中了。杭州周尔昌曾藏中泉一枚，后来卖给了别人，卖后也后悔了，就为自己的书斋取名"中泉小筑"，以志不忘。刘青园曾以唐人写经卷子换取了张叔未济阴钱，张马上就后悔了，写信给刘说："愿仍各有其宝。"

"明天启"与"徐天启"这两类不同时代铸造的"天启通宝"钱，很容易产生混淆。那么，该如何区分它们呢？一是从字体来看，徐天启面文有楷书、篆书两种，明天启面文只有楷书一种。二是以楷书钱文看，两者也存在明显差异，徐天启的启字和

徐天启

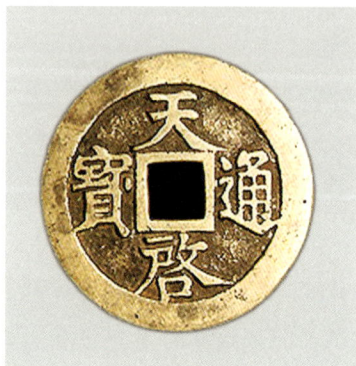

明天启

明天启的启字上的"户"字写法有明显不同。三是从币材来分，徐天启均用紫铜铸造，而明天启则多用黄铜铸造，紫铜质罕见。

哲理启示

任何时候都不要低估知识的价值，有时候不是一份辛苦一份收获，而是一份知识一份收获。对人对事不要光看外表，一定要透过现象看本质。世上最难以下咽的是"后悔药"！为了避免吃后悔药，就要提高自身修养，除了增强学识之外，还要告诫自己不贪小便宜。俗话说："贪小便宜吃大亏。"

太史公值几钱的幽默启示

明朝冯梦龙在《古今笑史·痴绝部第三·太史公》中记载了一件令人啼笑皆非的故事。有一位仕途失意、看破红尘而隐居乡间的文人，很为自己的文采自负，以为只有西汉太史令司马迁与他还有一比，其余的人全都不在话下。某日隐居文人偶尔外出走在大街上，听到乞丐讨要钱物的凄惨声音。隐居文人就把乞丐叫到跟前，说："像你这样苦苦哀求，能得到几个钱呢？如果你叫我一声'太史公爷爷'，我就赏给你一百个钱。"乞丐一连叫了三声。隐居文人高兴地把钱袋里的钱都给了乞丐，然后一笑而去。乞丐莫名其妙，逢人便问："太史公是什么东西，怎么会这样值钱？"

隐居文人孤芳自赏、自以为是，虽然隐居乡间，过着与世无争的生活，但内心深处并没有摆脱名利的困扰，为了满足自己的虚荣心，竟然赏一大笔钱让乞丐称呼他为太史公爷爷，此人貌似看破红尘，实则是为名利所累的可怜虫。宋代大诗人苏轼曾写诗称赞好友王巩（字定国）的侍妾柔奴（别名寓娘）不为颠沛流离所苦，心志坚定，泰然自若：此心安处是吾乡。

哲理启示

茫茫红尘，纷扰世界，唯有心安才能找到归处。心若不定，即使身处世外桃源，愁绪亦起。心若安定，何来那些名利得失之烦忧？王阳明先生说，心外无物，心外无理，世界上的一切都是心里的事。只有修得一颗平常心，才能真正做到不以物喜，不以己悲。宠辱不惊，闲看庭前花开花落；去留无意，漫随天外云卷云舒。否则，徒增笑耳！

古代文学作品揭示
"海上丝绸之路"中外货币交流奇事

明朝凌濛初《初刻拍案惊奇》卷一记载"转运汉巧遇洞庭红，波斯胡指破鼍龙壳"，这个故事讲述的内容正是明朝时期海外走私贸易的一个真实写照，并非子虚乌有。

故事主人公文实（字若虚）是明朝成化年间（1465—1487年）苏州府长州县阊门外人。成化是明宪宗朱见深的年号，这时距明朝初年和作者凌濛初生活的晚明各有100年，社会承平日久，是明朝经济、社会最繁华的时期，受郑和下西洋的影响，海运十分繁荣，在当时的苏南一带，资本主义开始萌芽，商品经济意识深入人心。下南洋到海外去做生意，在当时航运条件下虽然危险，但获利丰厚，去的时候带的是中国的丝绸、瓷器、茶叶之类，获利三倍，回来时，带回南洋的香料、珊瑚、胡椒、象牙等物品，又是获利三倍。一来一回，走海运的人，获利有九倍之多，所以当时冒险去海外走私的人不计其数。

这次文若虚参与的海外贸易故事首先发生在吉零国，该地离苏州只有三五日航程，走私船相对较小，笔者认为不可能短短几天到达西欧等国，很可能就是马来西亚的"吉令港"，在今马来半岛西岸，指马来西亚的巴生（Klang）河口和巴生港。吉令即 Klang 音译。中国货物拿到那边，一倍就有三倍价。换了那边货物，带到中国也是如此。一往一回，就有八九倍利，所以人们都拼死闯这条海路进行走私贸易。吉零国以银为钱，上有文采（图案）。有龙凤纹图案的最为贵重，其次人物，又次禽兽，又次树木，最下通用的是水草；都是银铸的，分量一致，都是八钱七分。钱币上有龙凤纹图案，说明该国受中华文化的影响，在中华文化圈范围内，不会是印度等地，更不是欧洲。故事主人公文若虚在售卖洞庭红橘子时无意中发现了该国币制与中国币制的差异，使他以极小的代价换得大量银钱。文若虚一筐橘子卖了1000来个银钱，每个重七八钱，1000个就有七八百两，用原来一两不到的成本，换来七八百两纹银。如果他后来继续去该国走私经商，专门换取币值低而成色重量一样的银钱，很可能会导致该国发生"钱荒"。类似的情况就在中国真实发生过。宋代，由于中日之间铜钱与金银的比价存在巨大差异，日本钱商长期采购中国高质量铜钱回国获取厚利，致使中国多次发生"钱荒"。因此，国家币制上的漏洞特别需要引起官方警惕，以防止被不法商人甚至敌国钻空子。

文若虚还在归途中从一荒岛上捡得一个大龟壳，由于不识货，便只是当作普通龟壳收藏，但当船只行驶到福建地方靠岸时，被一位识货的波斯商人"波斯胡"玛宝哈以五万两白银的巨款购去，原来乌龟壳是"鼍龙壳"，龟壳中藏有24颗价值连城的夜明珠。这个故事包含许多重要信息：其一，福建泉州当时就有波斯人等外国商人长期居住，海外贸易十分频繁，由于故事发生在明成化年间，笔者推测该地非泉州莫属。漳州月港、厦门、福州等港口的兴起要晚得多。其二，白银是那时泉州海外贸易的主要货币，另外丝绸、珠子等商品也能充当实物货币使用，铜钱较少。

🪙 哲理启示

俗话说："富贵险中求。"明朝的文若虚在身无分文的情况下，靠朋友施舍给他的一两银子，随着走私船去海外游历一番，竟然赚得一桩大富贵，的确富有传奇色彩。这期间，文若虚发了两笔财，一笔小财和一笔大财。第一笔小财是他无意间发现了该国币制与中国币制的差异，使他用一两银子购得的洞庭红橘子换来了几百两外国白银。第二笔大财纯属侥幸，在归途中他从一荒岛上捡得一个大龟壳，不料其中竟然藏有24颗价值连城的夜明珠，在泉州被识宝客波斯商人玛宝哈以五万两白银的巨款购走。文若虚的成功虽有运气的成分，但笔者认为与他的聪明机智分不开，机遇往往青睐有准备的头脑。其一，他敢于身无分文出海冒险，并独自登岛捡宝，有非凡的勇气和胆略；其二，他谙熟中庸之道，无论是用橘子换白银，还是用夜明珠换财富，他懂得随机应变，见好就收。其三，他知恩图报，善于处理与朋友的关系。得到大富贵后就看轻小财，把洞庭红橘子换来的几百两白银全部赠送给朋友，从而避免有人因嫉妒而起内讧，得以保全富贵。

杜十娘怒沉百宝箱的悲剧人生

　　金钱并不能解决所有问题，我们来看一则大家比较熟悉的故事——明代冯梦龙的通俗小说《警世通言》中的名篇《杜十娘怒沉百宝箱》。杜十娘是京城妓院里面一个漂亮又善解人意的女性，名气很大。公子哥儿李甲来北京读书，那时候有国子监，那条街是很多读书人出入的地方。李甲是一个爱慕香艳之人，在读书之余，他跟朋友去逛烟花巷，听说了杜十娘之后，就直奔她那儿去了。一看，果然是很漂亮，而且善解人意，就喜欢上她了。杜十娘在火坑里待了好多年，也很想跳出火坑。跳出火坑靠的是什么呢？金钱。所以她悄悄地攒了不少钱。她看上了李甲，觉得这个书生有文化，长得斯文，也善解人意。她就想，这可能就是她下半生值得托付的人了。

　　后来李甲经常去嫖妓，把钱都用完了。没有钱，杜十娘的鸨母就不愿意了，想把他赶走。鸨母说想带杜十娘走就拿三百金来，她知道李甲肯定没有钱了，所以故意吓唬他。李甲回去跟杜十娘说鸨母要三百金，就让你跟我走。其实杜十娘想听的就是这个话，但是她一直没有告诉李甲，自己身边有一个百宝箱。她让李甲自己想办法筹钱。李甲的父亲听说儿子在京城过这样的日子，便写信给亲朋好友，让他们不要再给他钱了。李甲出去借了半天，啥都没借到。后来杜十娘说，我的姐妹们帮我凑足了一百五十两，剩下一百五十两你再想想办法。后来李甲跟一个好朋友说，看来杜十娘是真心地要跟我过日子了，她自己愿意出一百五十两银子。所以他的好朋友就真的拿出了一百两银子给他。李甲再想办法凑了五十两，终于可以跟杜十娘远走高飞了。

　　可是，当他们的船到了瓜洲渡（今扬州邗江区的古渡，在镇江对面）的时候，李甲说我们终于可以松一口气了，给我唱一段吧。杜十娘能歌善舞，她的歌声在这个月白风清的夜晚显得格外动人。没想到在不远处还有一条小船，船上是一个叫孙富的富人。他一听在茫茫黑夜中，竟有这么动听的歌声，于是靠近，借着灯光一看，原来是个漂亮的女郎，顿时心生邪念，开始设计骗局。

　　第二天早晨，孙富靠近这个船，把李甲叫过去喝酒。在喝酒的过程中，孙富得知杜十娘的来历。李甲虽然很高兴把杜十娘带出来了，可是他不知道要带她到哪里去。

孙富看出了他内心的矛盾，一下子就抓住了他的弱项。他说，你不能带一个烟花女回家，我帮你想一个办法，我给你一千两银子，你把杜十娘留在这里，我来帮你保管，你先回家，你的父亲一看钱还在，就能原谅你。

李甲竟然接受了这个馊主意。他回去跟杜十娘一说，杜十娘本来还手扶着他，得到这样一个消息后，她一下子就把手松开了。她说，你答应了吗？李甲回答说，答应了。那天晚上两个人一句话也没说。第二天早晨，李甲在准备钱和人的移交之事。在两艘船靠近的时候，杜十娘携带百宝箱上了孙富的船，然后就把百宝箱拿出来放在船头，把箱子打开。第一层放的都是金光灿灿的黄金，大家莫不惊视，看着她把黄金扔江里去了；再打开第二层，是珠光宝气的各种珠宝，大家又瞪大眼睛看着她把珠宝扔到江里去了；第三层是价值万两银子的夜明珠，全都被扔进江里去了。最后，杜十娘抱箱自沉。为了买到平凡生活，杜十娘唯一能靠的就是金钱。可是在现实世界当中，金钱却成了她陷入地狱的恐怖力量，因为刚刚开出来的爱情之花，转眼之间就由于金钱的缘故被摧残了。当然，完全击垮杜十娘身心的金钱，也没有给其他人带来安宁，最后李甲、孙富的结局都很悲惨。

哲理启示

杜十娘怒沉百宝箱的故事让我们认识到金钱就像一把双刃剑，在不断给人类创造物质财富的同时，也给人类带来了不少灾难。古人把钱做成刀的样子，而且有一些地方也用"刀"作为钱的量词。钱称为"刀"，就是因为钱似利刃能杀人也。

1. 百宝箱是金钱的象征，更是利益的代表。明代中国正是商品经济兴起和繁荣的时期，专门用于商品生产和交换的手工工场已初具规模。随着商品经济的迅速发展，金钱和利益在社会生活中的地位日益提高，传统的价值观念受到严重挑战，根深蒂固的封建门第终于在金钱和利益面前开始动摇，人与人之间的关系已经由宗法伦理向利益驱动转变。这种背景在《杜十娘》这篇小说中是有所交代的，"古人云：'以利相交者，利尽而疏'"，"常言道：'说着钱，便无缘'"，"如今的世情，那有顾缓急二字的"。在这样的社会关系中，鸨儿与杜十娘，三亲四友与李甲，李布政与杜十娘，孙富与李甲，甚至李甲与杜十娘，都是建立在金钱和利益的基础之上的。这也正是杜十娘积攒百宝箱的原因，她幻想利用百宝箱来换取李甲的爱情。

2. 百宝箱是杜十娘价值的象征、希望的寄托。小说中的杜十娘，是一个聪明、美丽而热情的女子，但因"命运不辰"，落得"风尘困瘁"，饱经肉体的折磨和精神的蹂躏，过着人间地狱般的生活。她渴望摆脱这种非人的处境，做一个真正的有价值的人，因而"久有从良之志"。但是，一个女人，特别是处于社会底层的妓女，要想改变自己的命运，谈何容易。更何况，杜十娘所追求的，不是一时的欢爱、一般的婚姻，她要追求一种人间真情。所以，杜十娘才苦心积攒百宝箱，希望用百宝箱来证明自己的价值，用百宝箱来换取真正的爱情。在选择李甲托付终身之时，杜十娘一直不肯把百宝箱的秘密告诉李甲，也正是由于这个原因。但是，杜十娘太天真了，在利欲熏心的社会里，在充满铜臭的人与人的关系中，哪有什么真情可言！她的希望是注定要破灭的，她的悲剧是注定要发生的。

3. 百宝箱是社会和人性激烈冲突的象征，是杜十娘悲剧产生的真正原因。杜十娘生活的环境，是一个封建礼教占统治地位，同时又交织着利害关系的社会。在这样的社会里，没有生长真情的土壤；在这样的社会里，真情就像柔弱的嫩芽，没有养料和水分，只有枯萎和死亡。杜十娘太想要尊严了，太相信人性的力量了，她甚至误以为金钱可以买来真情。希望越大，失望也就越大！本来就算李甲负义，杜十娘也大可不必投水自尽，她有青春、美丽，还有金钱，她可以另寻新欢，就算独自一个也可以生存下去。但是吃人的封建礼教、自私自利的人际关系，使杜十娘彻底地失望了。一个曾经对自己感激涕零之人，一个自己真心爱慕之人，只为获得一千两白银，就不惜背信弃义，断然出卖自己，而且还面露喜色、心无愧意。试问天底下有什么地方可以容纳下这样一个弱女子，可以容纳她追求美满的生活？试问又有何药物可以治疗她那颗破碎的心，可以抚平她灵魂的创伤？杜十娘，她只有用怒骂来表示内心的极大愤慨，只有用死来反抗这个暗无天日的社会，来保全自己的尊严和清白！杜十娘沉下江去的不是百宝箱，是人性，是道义，是良知，是人心！因为当时的社会容不下这些东西，杜十娘始终没能躲开礼教的罗网，成为金钱和利益的牺牲品。杜十娘看错的不是李甲，而是没看透封建制度和封建礼教对人性的毒害与摧残，没看透金钱和利益对人间真情的践踏与戕害。而李甲、孙富之辈，只是成了间接的杀人凶手而已！

卖油郎十两银子独占花魁的喜剧人生

《卖油郎独占花魁》是明代小说家冯梦龙纂辑的小说集《醒世恒言》中的著名篇目，讲述了才貌双全、名噪京城、被称为"花魁娘子"的名妓莘瑶琴与卖油郎秦重之间的爱情故事。故事发生在南宋初年的临安（今杭州）。

主人公莘瑶琴出身在汴梁（今开封）城郊一个开六陈铺的小康家庭，自小聪明灵秀，十岁便能吟诗作赋，琴棋书画、女红刺绣无所不通。然而靖康之难时，汴梁城破，瑶琴在逃难时与家人失散，被人卖到临安做了妓女，改名称作王美，唤作美娘。

美娘凭着自己的才艺和容貌，成为临安名妓，得到了"花魁娘子"的称号，一晚白银十两，仍然慕名者众多。她厌倦沦落风尘的生涯，立志从良嫁人，但是一直没有遇到合适的人选。

临安城外卖油店的朱老板，过继了一个小厮。这小厮原本姓秦名重，也是从汴梁逃难过来的。秦重母亲早亡，父亲在他十三岁那年将他卖到油店，自己北上做生意去了。秦重过继给朱老板后，改名朱重。

有一年二月的一天，朱重到昭庆寺送油之后，碰巧看见了住在附近的美娘，被她的美貌所吸引，于是日积月累，积攒了十两银子，要买美娘一晚春宵。

老鸨嫌弃他是卖油的，再三推托，后来见他心诚，就让他等上几天，扮成个斯文人再来。然而当他等到美娘之时，美娘大醉，又认为朱重不是有名头的豪门子弟，接了他，怕被人笑话。

朱重不以为意，整晚服侍醉酒的美娘。次日，美娘酒醒后，怀着歉意，回赠朱重二十两银子以示感谢。

朱老板不久病亡，朱重接手了店面。这时美娘亲生父母来到临安寻访失散的女儿，到朱家油店讨了份事做。

一年之后，美娘被福州太守的八公子羞辱，流落街头，寸步难行，恰巧遇见路过的朱重。朱重连忙将美娘接回青楼。美娘为了回报朱重，留他过宿，并许诺要嫁给朱重。

花魁娘子对从良早有准备，把金银财宝分散储藏在一些可靠、稳妥的权贵朋友那里。现在时机成熟，美娘毫不吝啬地动用自己多年来储藏在朋友那里的钱财为自己赎身，嫁给了朱重，又认出了店里的亲生父母。朱重最后也与父亲相认，改回原姓，于是一家人团聚，皆大欢喜。

自古道："有志者，事竟成。"秦重立志要实现自己的愿望，想出一个聚沙成塔的存钱计策来。他道："从明日为始，逐日将本钱扣出，余下的积攒上去。一日积得一分，一年也有三两六钱之数，只消三年，这事便成了；若一日积得二分，只消得年半；若再多得些，一年也差不多了。"

时光迅速，不觉一年有余。日大日小，只拣足色细丝，或积三分，或积二分，再少也积下一分，凑得几钱，又打换大块头。日积月累，有了一大包银子，零星凑集，连自己也不知多少。秦重尽包而兑，一厘不多，一厘不少，刚刚一十六两之数，上秤便是一斤。秦重心下想道：除去三两本钱，余下的做一夜花柳之费，还是有余。又想道：这样散碎银子，怎好出手！拿出来也被人看低了！见成倾银店中方便，何不倾成锭儿，还觉冠冕。当下兑足十两，倾成一个足色大锭，再把一两八钱，倾成水丝一小锭。剩下四两二钱之数，拈一小块，还了火钱，又将几钱银子，置下镶鞋净袜，新褶了一顶万字头巾。

🌸 哲理启示

一个全部生意和生存本钱只有三两白银的人，辛苦工作一年多积攒了十几两银子，就为了和心爱的人亲近一晚。易得千金宝，难得有情郎。冯梦龙在这个故事的开头几段，就已经为故事的主旨点了题：虽然有时候看起来某些爱情像是一个人看上了另一个人的美色或钱财，但是其实多是因为那个人懂得"帮衬"而感动了他——用现在的话说，应该就是对方很用心关怀爱人、对爱人很好的意思，心诚则灵。

《卖油郎独占花魁》传递的社会内容、信息较《杜十娘怒沉百宝箱》更多。如"十两放光银子（即成色高、光泽好的纹银，笔者注）即可与花魁娘子同宿一夜"，反映了货币的社会地位、价值在提升，打破了以往嫖妓为权贵专属的官本位现象。杜十娘和花魁娘子两个人都通过私下储蓄的方式"赎身"改变自己的命运，但结局截然不同，这是何故呢？

笔者认为杜十娘与花魁娘子有以下几个不同之处：

1. 保管金钱的方式不同。杜十娘选择了同样遭际的十姐妹；花魁娘子选择了分头托付给交情可靠的权贵朋友。

2. 使用金钱的态度不同。杜十娘带有封建庄园经济色彩，守住钱财，没有完全信任下半生托付的人，最后抛入江心的正是太看重的东西。其悲剧是不信任的结果和杜十娘自身性格造成的。花魁娘子关键时候绝不吝啬，婚恋大事不重财、不重貌，而重情。

3. 选择情郎的眼光和对机会的把握不同。杜十娘没有脱俗，爱名声选择了没有主见、没有担当、没有真情的公子哥李甲；花魁娘子比较有头脑，她虽然一开始也有点瞧不上卖油郎，但当卖油郎救了她以后，及时改变观念，理性地选择了真正尊重她、可以依靠的忠厚老实人秦重，没有因为卖油郎的身份而嫌弃他，并在卖油郎救了她的当夜留住情郎，决意从良，搬离妓院，很好地把握了人生机遇。

值得一提的是，卖油郎这个重义轻利的小商人比起毫无情义的豪门公子李甲，更加凸显了他理智、仁义、负责任的好儿郎形象。"轻诺则寡信"，卖油郎谋定而后动，堪付终身。这写出了底层小商人身上体现的人性的温暖、人世的真爱。

刘大夏不为钱财诱惑

　　明孝宗时的兵部尚书刘大夏是历史上有名的清官。他还在广东当布政使时，一次到官库中视察，意外地发现了一批银两。库吏告诉他这是"羡余钱"，乃上缴朝廷赋税的余额，从来不入库账，历任布政使都将它装入私囊，这已成为惯例，因而取之不会算作违法。这次是由于前任官员未及时全部带走才有此剩余。面对这样一笔唾手可得的银两，刘大夏"沉吟许多时"，思想上产生了激烈的斗争。但他终于战胜了动摇，毅然命库吏将这笔银两入账充公，自己则"毫无所取"。

　　许多人往往不能战胜金钱的诱惑，遂一失足成千古恨！刘大夏面对金钱的诱惑，勇敢地战胜自我，克服了私心杂念，经受了考验。他说："居官以正己为先。不独当戒利，亦当远名。""人生盖棺论定，一日未死，即一日忧责未已。"（《明史·刘大夏传》）他是这样说的，也是这样做的，可谓言行一致、光明磊落，足以名留青史。

哲理启示

　　刘大夏狠斗私心一闪念，坚持当官以正己为先，一心为公的操守令人肃然起敬。表面上看，刘大夏这种当官分毫不取的做法似乎有些迂腐，更何况这是挑战了官场潜规则，可能还会遭到一批按官场潜规则做事的官员的排斥与憎恨。但是透过现象看本质，刘大夏这样做不仅坚持了良好的操守，而且保护了许多官员，使他们迷途知返，不至于私心膨胀，误入歧途。这种"居官以正己为先"的政治理念值得后人学习。

西王赏功金钱被熔毁的哲理启示

西王赏功是明朝末年的起义军首领张献忠于四川铸造的古钱币大珍，有金、银、铜三种材质，为大西国赏功之钱币（或勋章）。

西王赏功金钱最早见于清代光绪末年的四川成都，至民国时期，已相继见有金、银、铜三种材质，并被数位泉家所收藏。中华人民共和国成立后，这些西王赏功钱大多捐赠或出售给各级国有博物馆，一些泉谱著录有拓本，实物罕见。

著名钱币学家马定祥先生认为："金钱发现二枚，一枚早年被镕，另一为蒋伯埙旧藏，金色淡黄，珍。"第一枚金钱，于清光绪末年为四川成都张扫巴所得，却熔钱得金。罗伯昭先生详述此事：金质者，则闻而未见。据其友人说，清代光绪末年，成都市上五洞桥有一个卖古钱币的冷摊，悬一枚旧铁钱，大似折二，已经放了有好几个月了，无人问津。有一天一个名叫张扫巴的人，用手抚摸它感觉很柔和，知道它不是铁钱，就用八十文铜钱买下，看它上面的文字，才发现是"西王赏功"。拿回家后，磨其边轮，赫然赤金也，他高兴得不得了，向朋友们自夸道："我无意中得到一枚金钱！"消息传开后，钱商惊集其门，求观，则彼已熔之，得金二钱余重，钱商们顿足叹曰："若不镕，值黄金二十倍！"张扫巴瞠目丧气，后悔数月。

西王赏功金钱

🏵 哲理启示

　　其一，张扫巴此人能够发现看似无人问津的一枚普通铁钱，原来是一枚稀世金钱，在于他心细，进行细致的实地考察后做出正确的判断。因此，实践出真知，实践是检验真理的唯一标准是永远不会过时的。其二，张扫巴此人聪明反被聪明误。他无意中发现一枚金钱，觉得自己很了不起，沾沾自喜地把它熔化了。他没有学问，只关心钱币的材质，不了解西王赏功钱币的历史；只知道黄金的价值，不知道古钱币的文物价值甚至远高于金价，于是干了一件大蠢事。

鲍志道 "一文钱起家" 的传奇故事

　　徽州歙县棠樾世居鲍姓大族，乾隆年间族中涌现出一位少年奇才，名叫鲍志道。鲍志道（1743—1801年），字诚一，号肯园，自幼家贫，十一岁外出谋生。

　　由于家贫，出门时鲍志道身无分文。母亲便从箱柜底层拿出一直珍藏着的志道婴儿时的褓褓，将褓褓的虎头帽上配镶的那枚康熙通宝 "罗汉钱" 取下，给志道随身带上，告诉他说："儿啊，这可是我们家仅剩的一文铜钱了。今天给了你，咱家的兴旺就要看你了啊！" 鲍志道因家中只剩一文钱而得绰号 "鲍剩"。如今歙县、金华等地还流传着 "鲍剩一文钱起家" 的故事。鲍志道眼含热泪，郑重地将母亲给的这一文罗汉钱收在内衣夹层的口袋里，并暗暗发誓，总有一天，要把这一文钱，变成一座城。

　　鲍志道几乎是一路乞讨去到江西鄱阳，路上的辛苦自是不必说了，但不论多辛苦，鲍志道都没有动用那一文钱。

　　有一天，鲍志道出门学生意，因急于赶路，冷不防摔了一跤。爬起来后，见地上有个闪亮的东西，一看是个烟筒杯，他顺手捡起来放在衣袋里继续赶路。到了渔梁码头，见河上桅杆林立，商客熙熙攘攘，他愣住了，不知能上哪条船，谁能帮他。正在这时，一艘大篷船靠岸了，船老大挽起袖子打算擦甲板。机灵的鲍志道马上迎了上去，彬彬有礼地向船老大打听起来。听说船要去金华，他便向船老大诉说了自己的家世和打算，船老大被感动了，答应带他去金华。鲍志道上了船，就忙着帮船家做事，不是擦甲板，就是为商客送茶端水，船老大看着心里乐滋滋的。

　　船起航了，新安江的美丽风光吸引着船上的客人。一位儒雅的老先生蹩到甲板上边观景边吸烟，忽然 "扑通" 一声，他的烟筒杯掉下江了。老先生正着急时，鲍志道摸出那个捡来的烟筒杯递过去，老先生喜出望外，接过去使劲往烟筒杆上一套，大小正好。他高兴地连声说："巧合，巧合！" 又拍着鲍志道的肩膀，问这问那。当他得知鲍志道出门是想学生意时，热情地说："徽州人在家靠父母，出门靠朋友，当学徒这事，我包了！" 到了金华，鲍志道在老先生的帮助下，顺利地当上了徽商老店的学徒。出门千百里，他一文钱没花。他身上也只有一文钱——一枚 "康熙通宝" 罗汉钱，就这样他怀揣一文钱做生意，怎不让人称奇！20岁时，鲍志道来到当时的大都会扬州找工作，听说歙县大盐商吴尊德急需物色一名精干的经理。鲍志道和其他人一起前去应聘。吴尊德先让大家考会计科目，考完后，又安排伙计给应聘者每人端来一碗馄饨。吃完后，他宣布第二天再考一次。

翌日，当大家走进考场时，考题令众人大吃一惊，竟是要求每人回答昨天自己共吃了多少只馄饨，有几种馅，每种馅各有几只。应聘者个个瞠目结舌，谁也没有在意所吃的馄饨，还以为是老板礼节性的招待呢。只有鲍志道答出来了，而且答得完全正确。可见他智敏过人、精明心细。于是他被录用了。鲍志道颇有才干，在扬州叩开了成功之门，在吴氏盐号找到了施展才华的机会。受聘后，他对吴氏盐号进行了整顿，革旧习，立新规，靠质量和诚信两个法宝使吴氏盐号大有起色，生意日益兴隆，老板因此对他十分赏识，给他很高的薪俸。过了些年，鲍志道有了一定的积蓄，便辞职自己做起了食盐生意。他当伙计积累的经验也派上了用场，很快就发家致富，并以自己的人品和才干被盐商们选为总商，一干就是20年。

鲍志道在任职期间，创立了一些制度，促进了盐运事业的发展。如首创"津贴"之法，"建议一商舟溺则众商攒助"，实行风险均摊，深得大家的拥护。盐政部门对此义举也深表赞同，颁布法令将此作为一项制度来施行。又如"乾隆末年，福建盐阑入江西，其势蜂拥不可止，淮商颇困"。鲍志道面对当时复杂的局势，调动各方面的关系，疏通各种关卡，代表盐商和官府反复交涉，勉力支撑两载，终于扭转局势，使众淮商渡过难关。他当事期间，处理各种繁杂事件，一言既定，四方诚服。直至他去世，也没有遭到他人怨恨。纪昀称赞他"不自私其所有，而毅然敢任天下事"。鲍志道不仅在生意场上备受推崇，而且在去奢崇俭、抚困济贫方面更是被世人交口称赞。当时的扬州盐商富比王侯，逞豪斗富，奢靡成风。鲍志道对此深恶痛绝。他与歙籍盐商郑鉴元大力提倡程朱理学，厉行勤俭之风。虽然他拥资巨万，但其妻妇子女仍然亲自操持家务，门前不容车马，家中不演戏剧，淫巧奢侈之客不留于宅中。在他身体力行的倡导下，扬州"侈靡之风，至是人变"。

鲍志道平生对社会公益事业、慈善事业和贫民教育事业，总是慷慨解囊，热心赞助。当他看到许多贫家子弟没钱读书时，就在扬州捐建了十二门义学，专供贫民子弟入学。他又在京师助修扬州会馆，为往来商旅提供食宿、存货的便利。对故乡的公益事业，他更是不遗余力。歙县的紫阳书院、山间书院年久失修，是他与乡士大夫合力维修的，使紫阳书院焕然一新，还捐银3000两作为该院生员膏火之资；又捐银8000两置两淮生息，用以修复山间书院，保证书院经费来源如长流水不断线。此外，他还出资巨万修"古虹桥"、城西"五里阑干",以便行旅。他在故里棠樾重修"男祠",并创建"世孝祠",乐于把钱花在助学、置义田、修桥铺路、建祠修谱和为节妇孝子请旌上,赢得了极好的口碑。

鲍志道深受儒家思想的熏陶,少时经历了生活的种种磨难,深谙人生之不易与创业之艰辛。他能够取得成功,除了吃苦耐劳、经营有方之外,更重要的是他有"达则兼济天下"的襟怀,具备贾而好儒、商而兼仕的特点。他"急公议叙",在任盐务总商的20年间,凡政府有军需、赈济、河工水利等方面的需要,他总是亲率众商踊跃捐输,赤心报效,总计向清廷捐银2000余万两、粮食12余万石,因而受到朝廷的一再嘉奖,先后敕封他许多荣誉头衔,大大提高了他的身份地位。鲍志道任盐务总商20年,创造了骄人的业绩。他和众总商数迎乾隆帝圣驾南巡,深得皇上的赏识。他虽盐务倥偬,却手不释卷,喜与文士结交。在扬州时,他与诗人袁枚往来默契。著名书法家、篆刻家邓石如更是鲍家的常年食客,鲍志道修鲍氏宗祠、世孝祠、文会,俱请邓氏题写书联、匾额,所书《鲍氏五伦述》堪称鸿篇巨制。

为鲍氏祠堂中《鲍氏义田记》撰题的名家有梁同书、刘墉、朱珪、黄钺、陈大文等。另外,曹文埴、王文治、胡长庚等名家也留下珍贵墨迹。在扬州,与鲍志道过从甚密的还有罗聘、汪士慎、巴慰祖等文人名士。他为人忠实,与人交,生死不相背负。大学士纪晓岚在《鲍肯园先生小传》中说:"少而废书,老而勤学,著作颉颃于作者,于先生亦为余事。"鲍志道虽为大贾,犹不减书生本色,可以说是兼官、商、儒于一身的徽商代表。

🏵 哲理启示

中国有句古语:不如意事常八九。这说的是人生少有顺风的船。"穷则思变"。当你真正遭遇潦倒和穷困时,有没有想过用你最后的一文钱去做不屈的拼搏呢?也许,拯救你的不是万贯家资,而是你最后贴身的那一文。

康熙通宝"罗汉钱"

"一钱落职"的哲理启示

　　清代乾隆年间举人、文学家沈起凤的《谐铎》一书中有一个"一钱落职"的故事，如今读来仍然耐人寻味。南昌有一个男子，他的父亲是国子监的助教，所以他跟随父亲住在京城里。有一次，他偶然路过延寿寺街，看见书铺中有一个少年正在数钱，准备买《吕氏春秋》，正好有一个钱落到了地上，这个人就暗暗用脚踩着，等少年离去后，就俯身把钱捡了起来。旁边坐着一个老汉，对这事注视良久，忽然站起来询问他的姓名，然后就冷笑着走了。后来这个人以上舍生的名义，入了誊录馆，请见选官，得到了江苏常熟知县的职位。他准备好行装去赴任，投了一张名帖去求见上级官员。当时潜庵汤公任江苏巡抚，这男子求见十次都不能够见得一面。官衙的巡捕传达汤公的命令，叫这男子不必赴任，因为他的名字已经挂进被检举弹劾的公文中去了。这男子急问弹劾的是什么事情，对方回答道："是贪污。"此男子心想自己还没有上任，哪里得来的赃款呢？这其中肯定有差错，于是急着想进去当面向汤公陈述。巡捕入内禀告了汤公后，再度传来命令："你不记得当年书铺里的事情了吗？当秀才的时候，尚且把一枚铜钱看得像生命一样重要，如今侥幸当了地方官，能不伸手到人家口袋里去偷盗，成为乌纱帽下面的窃贼吗？请你立即辞官归去吧，不要让你经过的路上哭声遍地！"男子这才想起之前拜问他姓名的人就是潜庵汤公，于是羞惭地罢官离去。还没有赴任当官就被弹劾，这是意料之外的事情。把这些记下来，就作为对细小行为不检点的人的鉴戒吧。

哲理启示

　　还没有赴任当官的人就被弹劾，这的确是一件古今罕见的事情。也许有人认为汤公小题大作，不应该因为秀才"一时糊涂"所做的蠢事就把他看死。笔者却认为汤公的决定自有他的道理。作为一名秀才，经不起一枚钱的诱惑，其品格确实太低下了，很难想象他当官后能廉洁奉公，不让他当官也在情理之中。现代社会充满诱惑，这些诱惑比起一枚钱来要不知大多少倍，对个人都是一场考验。如果你经不起种种"糖衣炮弹"的诱惑，跌入罪恶陷阱，那么，你的结局肯定会比那位秀才更惨。这件事情告诫人们，要十分注意自己日常的道德修养，即便是十分细小的行为不检点，也会造成不良的影响。用当今的法律来衡量，秀才把一枚钱据为己有，严格地讲不能算作贪污行为，只能说是道德品质不好，他失去的也仅仅是官职。而如果当官后贪污受贿，违法乱纪，那恐怕不只是当不了官的问题了，还要受到法律严惩。

因"一钱"而"落职"，从表面上看，好像是"因小失大"，或是一着不慎，全盘皆输。但是透过现象看本质，这"一钱"背后折射的是该男子的道德品行及对钱财的贪恋。昔日面对一枚小钱尚且无法抵制诱惑，不择手段地据为己有，他日一旦当官，岂不成为巧夺豪取、搜刮民脂民膏的贪官污吏？正是男子"贪婪"的因，导致了"未赴任当官就被弹劾"的果。潜庵汤公明察秋毫，秉公执法，实不为过。因"一钱"而"落职"，看似偶然，实则必然。

刘备临终前告诫儿子："勿以恶小而为之，勿以善小而不为。惟贤惟德，能服于人。"不要因为坏事较小而去做，也不要因为好事较小而不做。只有贤能和品德高尚的人才可以让大家信任他。"一钱落职"讲的也是同一个道理——因为一枚铜钱而断送了大好前程，说明即便是十分细小的行为不检点，也可能会造成严重的后果。《伊索寓言》里说："有些人因为贪婪，想得到更多的东西，却把现在所有的也失掉了。"只有树立起正确的人生观，为他人利益着想，养成良好的思想品德，秉公持正，勿贪、勿捞、勿损人利己，时时告诫自己，事事谨慎小心，才不会在种种诱惑面前迷失自己。

乾隆通宝彩拓

"乾隆通宝"故事的当代警示

笔者鲍展斌在收藏钱币的同时，也喜欢搜集一些钱币故事，今录其一则，以飨读者，或许能起到某种警示作用。

清代乾隆通宝有一种把"隆"字下部写成类"山"字的异书钱，这是因为当时的钱局偶尔把字写成异体，并没有什么特殊的含义。

清朝末年，忽然有个人来到浙江省镇海县（今宁波市镇海区），对各家钱店的老板说，他要收藏铸有"山"字（俗称"山底隆"）的乾隆通宝钱币，愿意出二十文换一文，并预付一百枚银元为定金。问他什么缘故，他说那种钱里面含有金屑。于是各家钱店拼命到乡下搜集这种钱币，用十文换一文。等买了成百上千个这样的钱币后，那人却迟迟不来，不知到何处去了。镇海县的各家钱店程度不同地赔了一笔钱。

后来人们仔细查究此事的来龙去脉，才知道是那个人自己携带了大量这样的钱币来到镇海，当各家钱店大力收购此钱时，他再暗地里指使别人拿到乡下去出售，从中渔利。

乾隆通宝"山底隆"小平大样钱

哲理启示

　　乾隆通宝"山字隆"异书钱在古代就被人利用作为骗人的牟利手段，如今在古钱币市场上，乾隆通宝"山底隆"又异军突起，炙手可热。虽然当今社会没有人再相信该类钱币含有金屑，但仍有钱商在炒作该钱。因版式特殊，存世略少，就被称作嘉庆皇帝于嘉庆元年（1796年）为成功禅让的太上皇乾隆帝铸造的纪念币，取"寿比南山，福寿昌隆"之意，特铸该钱为乾隆祈福添寿。于是"山底隆"乾隆通宝钱价格一路猛涨，令人瞠目。这种古今如出一辙的炒作手段值得今人引以为戒，毋重蹈覆辙。

第二章　中国近代货币中的哲理故事

胡雪岩与"五帝钱"的神奇传说

五帝钱通常是指清朝顺治、康熙、雍正、乾隆、嘉庆五个皇帝的铜钱,据说有挡煞、防小人、避邪、旺财、祈福之功效。关于五帝钱有一个神奇的传说。

道光十二年(1832年)夏,西湖水系的一处浅滩旁,一个牧童正倚在林荫处的大石上纳凉,看着水中嬉戏的两头大水牛,不知不觉地就睡了过去。梦中,突然风雨交加、大水泛滥,牧童便拼命往山上跑,快到山顶了便忍不住回头一看,哪料大山便如空中楼阁,身后更是万丈深渊……牧童惊醒,顿觉浑身冰凉,便匆匆赶回家。然而,回到家后,牧童的身子却是一日比一日寒,找过大夫,看过游医,连方士也见过不少,无果。不出月余,其身如寒冰,不可近人。冥冥之中自有天定,就像所有小说中一样,一个外表落魄的高人来到牧童的家中讨水喝,自称脏道人。

道人对牧童道:"天有天命,人有人运。你命格偏阴,带鬼气,却也不是什么大事,但你万不该在那至阳之日,去那凶煞之地……"顿了顿,道人掐指一算,说道:"但这也是你我的缘分,你要听好了!十日后午时三刻,去三王山,也就是你家祖地所在的大鄣山北面五里处的三王庙,庙后有一个许愿池,历代都有人往里面丢钱许愿,你须在一刻钟内,爬进去,找出顺治、康熙、雍正、乾隆、嘉庆铜钱各九枚,取九五之意。"说着还拿出五枚铜钱给小牧童比划了几下,怕他不认识。然后又叮嘱他决不可多拿,以及铜钱取出后该怎么处理,如是云云。临走时,道人对童子道:"你身具阴气,需求龙气庇护镇压,从此怕是身不由己喽。且你名中要有'官',你姓胡,不如就叫'顺官'吧。"说完,便飘然而去。胡顺官对着道人远去的身影深深一拜,依言而行。年余,病愈,开始了另一段传奇。

哲理启示

故事中提到的五帝钱,就是中国历史中五位帝王在位期间所铸造流通的古钱,又称帝王钱。其分为大小五帝钱两种，小五帝钱指的是清代的古钱，是清朝最兴盛的五位皇帝在位期间所铸造的古钱，分别是顺治通宝、康熙通宝、雍正通宝、乾隆通宝、嘉庆通宝；大五帝钱，又称中华五帝钱，是指秦始皇、汉武帝、唐太宗、宋太宗、明成祖五位历史上功勋卓著的皇帝在位期间铸造流通的古钱，分别是秦半两、汉五铢、开元通宝、宋元通宝、永乐通宝。现在常用的五帝钱，是为了取其中的九五之意、帝王之气。五帝钱有挡煞之功，在民间流传很久，是传统文化的一种体现，反映了人们驱邪辟恶的美好愿望，不能以迷信简单视之。

小五帝钱

戴熙藏钱逸事

戴熙（1801—1860年），浙江钱塘（今杭州）人，字醇士（一作莼溪），号榆庵、松屏，道光十一年（1831年）进士，官至兵部侍郎，后因病回家，曾在崇文书院任主讲。其于咸丰十年（1860年）太平天国军队攻克杭州时死于兵乱，谥号文节。戴熙诗书画俱佳，所画花鸟人物、梅竹菊石，笔墨隽妙。他曾经被征到皇宫中，为皇帝作画。

戴熙既是一位书画家，还是一位古泉学家，其在古钱学方面很有造诣，所著《古泉丛话》四卷，记述了自己研钱心得及钱币界的佚闻趣事。

戴熙当时就被人称为钱痴。有人卖给他一枚孝建四铢钱，并对他说："我在羊肉铺见人拿100个铜钱买肉，中间有这枚孝建四铢钱，店主嫌小，让买家换一个，买家不换，两个人对骂起来，我拿了100枚大钱换这枚小钱，买家和卖家都大惑不解，他们说我痴，我则说他们痴，今天你又拿数百倍的价钱买这枚钱，不是比我更痴吗？"原来孝建四铢被当时的人视为奇货，往往要价二三万钱。

三铢钱传世很少。戴熙为人画扇面，那家人藏有不少古钱，就赠送给他一枚三铢，作为画扇润笔费。戴熙也喜滋滋地将这件事记在他的书中。

《古泉丛话》中记录了另一位钱痴的故事。陈南叔是一位癖嗜古泉的人，一天，两人同赴宴会，听同席人说，街上人都在争着看开元钱，听说是新出土的。陈南叔一跃而起，说："有开元，必有大历，必有建中，子少坐，我去矣。"原来大历和建中钱都是很少见的唐代钱币。不一会儿，陈南叔带回来了大历八枚、建中一枚。

戴熙痴爱古币，原来自幼家学渊源，他父亲就是一位钱币爱好者。五代十国时期楚国马殷的天策府宝铜钱非常珍罕，有个朋友将此钱送到戴熙家，那时他父亲正因为患病在床而痛苦呻吟，一见到这枚钱，拿在手里反复观看，不知不觉竟多吃了一碗饭。十六国时汉李寿的汉兴钱，当时也很珍贵，吴逸庵曾得一枚，其后吴所藏悉至京师售卖。钱币收藏家刘燕庭将去汀州做官，就借了数十万买下来。后来他邀请戴熙观赏，戴熙因此见到了汉兴、壮布、宝庆、康定等十多个珍稀品种的古钱，其他平常钱，也有一千多枚。他笑着对刘燕庭说："老兄搜求古钱，一次就买几千个，不说见面分一半，最少也得赠给我一二枚吧。"刘说："要是不懂钱的索要，就是几千枚我也不会吝惜，要是你啊，一个也不给。"他是怕戴熙把汉兴抢走。戴对此钱一直记挂在心，后来还是他父亲得到了一枚给他，才算是满足心愿。他也得到过刘燕庭的赠送，不过那是一枚永安一百铜钱。事情的经过是这样的，永安一千铁钱，不见旧谱，只刘燕庭有藏。刘还将永安一百铜钱让戴熙观赏，表示只要戴熙说出来历，就送他一枚。戴熙想起，陈氏《图经》引用王举《大定录》内容，其中有显德五年江南李氏铸永通泉货，永安五铢一条，因为永安五铢不见他书记载，猜测是传写之误，估计永安五铢为一千一百之误。刘燕庭认为他说得有理，就送给他一枚。

戴熙在京师炎官时，曾得大泉五十泉范残铜一块，上面的文字为阴文。他将这块铜范让张叔未看，张叔未看后大为惊诧，说："余藏十余范，未有阴文者，此必范母也。"

备受瞩目的大齐通宝也是戴熙的父亲得到的，这枚钱是一个酒徒赠送的，100多枚古钱中只有两枚出众好钱，一枚是南宋铁宝庆通宝，一枚是五代十国创见品缺角大齐通宝。后来戴熙将缺角大齐通宝钱拓在其《古泉丛话》中首次予以披露，引起泉界的轰动。此泉一直藏于戴熙手中。1860年（咸丰十年）太平天国的军队攻克杭州时，戴熙死于兵乱，此泉也就在战乱中消失。因为这枚"缺角大齐"，据说戴氏故居曾引来了古玩商关注，高价买下，掘地三尺，又几经转卖，甚至泥土都要用细箩过筛，但再也见不到这枚钱币的影子。

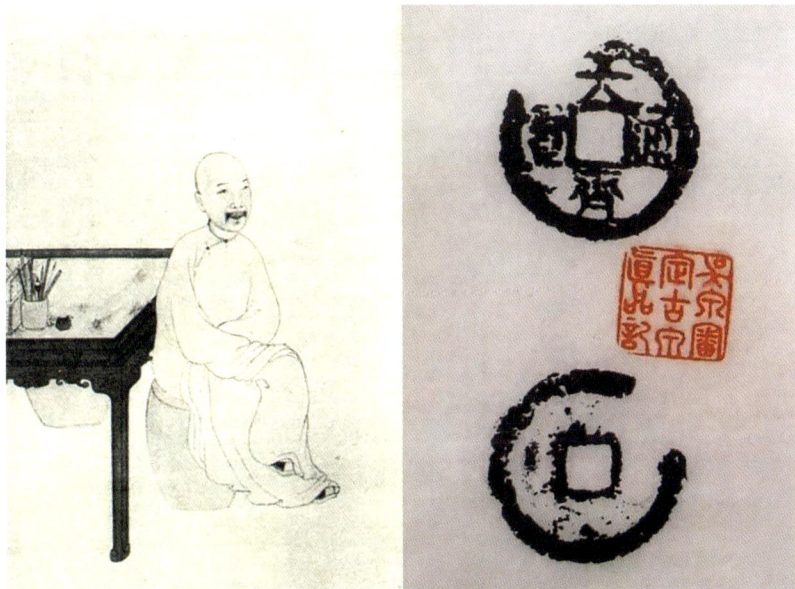

戴熙画像与"缺角大齐"墨拓

戴熙喜爱古币，和他研习书法有关。因为钱币上的书法，不仅真实记录了历朝历代的文字形状，还记录下来了钱文变迁的情况。比如北朝钱币，上承秦李斯篆法，下启唐李阳冰篆法，正是篆法改变时期。他收集了很多北钱，时常摩挲，就是为了学习书法。

他书写钱文的钱币也为后世珍爱。咸丰钱有一种被称作"戴书"或"瘦金书"的，传说是戴熙手书。"戴书"咸丰铁钱除有窄缘、宽缘两种小平钱外，还有"铁母"传世。该"铁母"钱制作精工，笔意凝练清峻、秀丽飘逸，居咸丰小平钱之冠，存世极罕。"戴书"咸丰铁钱是钱币面文中书法艺术水平最高的一种。

哲理启示

戴熙酷爱古钱，著有《古泉丛话》，对后世传播钱币文化影响很大。后人往往对他曾经收藏并下落不明的"缺角大齐"钱币珍品抱有浓厚兴趣，而对他普及钱币文化的贡献知之甚少。从笔者看来，戴熙记载的钱币收藏轶事极大地激发了后人收藏与研究钱币的兴趣，包括对破损古钱的珍惜，值得当今社会一些片面追求钱币品相，不重视钱币历史文化内涵之人深刻反思。

聊斋《宫梦弼》埋银子的哲理故事

清代蒲松龄《聊斋志异·宫梦弼》记载了一个寓意深远的理财故事。话说河北保定人柳芳华富甲一方，喜欢结交朋友，许多人慕名投奔他，家中常常宾朋满座。他经常不惜千金帮人解救急难，借给宾客们的钱，从来不去索还。只有一个叫宫梦弼的陕西人，从来不找柳芳华借钱。但是，他每次来保定，在柳家一住就是一年。宫梦弼谈吐文雅，柳芳华和他相处得不错。

柳芳华的儿子柳和很喜欢和这个宫叔叔玩耍，每次从私塾放学回来，宫梦弼就和他揭开屋子里的地砖，把石头埋进去，戏称是在埋银子。慢慢地，把五所大房子的地面下全埋过了。柳家人都笑宫梦弼和孩子一样淘气，任由他哄着柳和玩，没有去阻止。

一晃就过去了十年，柳家渐渐衰落，好多酒肉朋友疏远了他家，不再上门。然而，瘦死的骆驼比马大，柳家酒宴通宵达旦，仍是常事。等到柳芳华晚年时，已经无力支撑下去了，只得变卖田地来款待投奔而来的客人们。柳和长大后，遗传了父亲豪爽的秉性，学着父亲结交年轻的朋友，挥霍起来也是没有节制，柳芳华也不禁止他。

等到柳芳华去世的时候，家里穷得连棺材也买不起，还是宫梦弼拿钱出来，办了丧事。柳和很信赖和依仗宫梦弼，家里的事情都委托他去负责。宫梦弼每次外出回来，都会从兜里掏出一些砖头瓦片，扔在屋角。柳家人不解其意，听之任之。

柳和觉得生活困苦，常常对宫梦弼抱怨。宫梦弼说道："孩子，你还小，涉世不深，还没有真正感受到贫困的滋味。假如现在给你一笔巨款，你仍然会拿去挥霍一空。再说了，真正的男子汉，应该忧患不能自立，哪里忧患贫穷呢？"

后来，宫梦弼告辞而去，再也没有回来过。柳家能变卖的东西早就卖完了，已经穷到吃糠咽菜的地步。柳母就对柳和说，让他去未来的岳丈家求助，顺带谈论婚事。岳丈是无极县的黄大户，听说柳家败落，起了悔婚之意，柳芳华办丧事时，他也没有去吊唁。柳家以为路途遥远不便，也就没有在意。

谁知柳和长途跋涉到了黄家，黄大户听说柳和衣衫破烂，一副落魄的样子，吩咐看门人不让他进来，并且让看门人转告，"要想娶亲，先拿一百两银子来"。柳和在黄家门前哀求了一天，饿得头昏眼花，还是对门的刘老太看不过眼，把柳和叫进屋里饱餐一顿，送了他三百个铜钱的路费，劝他回家。

回到家里，听完柳和的哭诉，柳母想，过去在他家欢宴的宾客们，十有八九借过钱，就让柳和找他们求助。柳和犹豫着说："假如我家仍然富有，骑着高头大马去借钱，千儿八百的，他们都会给。如今我家穷困潦倒，他们怎么可能借钱给我们？再说了，当初也没有留下借据，他们会认账吗？"柳母无奈地说："正所谓病急乱投医，试试看吧。"

结果正如所料，柳和花了二十多天时间，跑遍借钱的人家，连一文钱也没有借到，有的甚至闭门不见，连饭也不管一顿。只有唱戏的李四，从前得到过柳家的照顾，无意中碰见柳和，得知柳家拮据的现状，赠送了一两银子。母子二人大哭一场，自此就断了娶亲的念头，苦度时光。

再说黄家的闺女，黄大户逼着她重新说亲，她誓死不从，还怒斥父亲背信弃义、不仁不义。黄大户夫妇很是生气，整天呵斥女儿，女儿也不理他们。

忽然一天夜里，一群强盗闯进黄大户的家里，采用炮烙之刑，逼迫黄大户夫妇说出家里藏钱的地方，把钱财席卷而空，黄家顿时沦为贫困之家。三年过去，黄家实在支撑不下去了，这时来了一名富商，贪图黄氏的美貌，拿出五十两银子的聘礼，要娶黄氏。黄大户夫妇贪财，也不管富商年纪大了许多，当即答应下来，逼迫女儿嫁人。

黄氏在成亲的前夜，撕毁了新娘服装，在脸上涂抹泥土，连夜逃了出去，沿途乞讨两个多月，终于到了柳家。柳母还以为是乞丐，拿出一点剩饭款待她。黄氏哭着说道："我是您的儿媳妇！"听闻了黄氏的遭遇后，柳母抱着她痛哭不止。

哭了一阵，柳母擦干眼泪，把黄氏拉进屋里梳洗一番，黄氏从此住在了柳家。但是，柳家太穷了，一天只能吃一顿饭。柳母担心黄氏吃不了粗茶淡饭的苦，黄氏笑着说："一家人能在一起，我已经知足了。再说了，我尝过讨饭的滋味，家里再苦，也苦不过乞讨吧。"

有一天，黄氏打扫卫生，发现阴暗的偏屋角落里堆着一堆东西，用脚一踢，硬邦邦的，捡起来一看，竟然是银子。黄氏惊喜地跑去告诉柳和。柳和一看，竟然是以前宫梦弼扔的砖头碎瓦全部变成了银子。

柳和暗想，当初他和宫梦弼在屋里埋石头，宫梦弼说埋的是银子，会不会是真的呢？但是，那些宽敞的大屋都卖给了别人，他们一家人住在偏屋里。柳和手里有了银子，就把五间大屋全部赎了回来。

柳和发现屋里有些地面破损了，原先埋的石头露出来，仍然是石头，不觉有些失望。但是他不死心，翻挖地面，发现埋着的石头果真都变成了银子，忍不住喜极而泣。

柳家转眼间成了富户，柳和赎回了田地，购买了奴仆，其繁华超过了以往。柳和暗暗下定决心，一定要自强自立，不能辜负了宫梦弼叔叔。他一改以前的豪爽个性，对于那些重新讨好柳家的所谓朋友，一概拒之门外，再也不挥霍了。

柳和闭门苦读，三年后，高中举人，光耀了柳家门庭。柳和为了感谢刘老太，特地鲜衣怒马，仆从成群，来到她的家里，送给她不少银子。刘老太很是惋惜地说："可惜黄家女儿失踪了，不然与你是多么好的一对。你现在娶妻了吗？"柳和说："已经娶了。"

黄大户因为女儿逃走了，被富商追讨五十两银子的聘金，可是，钱财已经花去一大半，无奈之下，只得卖掉房屋以偿还聘金，夫妇住在矮小的偏屋里，穷困潦倒，上顿不接下顿。听说柳和发达了，来感谢刘老太，他俩感觉无颜相见，闭门不出。

柳和把刘老太接到家里，让她看看自己的老婆。刘老太一见，想不到竟是黄氏，惊讶得嘴都合不拢了。两人坐下来，谈论起别后的境况，也谈起了黄大户的境遇。黄氏不免唏嘘起来。后来，在刘老太的调解下，黄大户夫妇来到柳家谢罪，柳和看在妻子的面子上，原谅了当初黄大户夫妇的绝情，两家和好如初，走动起来。

在柳和的帮衬下，黄家也渐渐富裕起来，成了小康人家，黄大户夫妇得以安享晚年。刘老太也得到柳和的照顾，帮她养老送终。至于柳和与黄氏，子女成群，恩恩爱爱，一直白头到老。柳和常常告诫儿女们，要勤俭持家，切不可挥霍无度！

哲理启示

笔者认为《聊斋志异·宫梦弼》里的故事有一定真实性，并非完全虚构。宫梦弼与柳和做埋银子游戏所用的石头很可能是经过他专门挑选的陈旧碎银，这些碎银颜色黝黑，看起来像石头，不会引人注目。同时，埋银子的游戏经历了好多年，是极具远见卓识的储蓄项目。当柳家五所大屋的地下都埋了银子后，宫梦弼又故意在上面放一些真的石头、砖瓦，目的是防盗。

1. 俗话说："花无百日红，人无千日好。"《易经》里提到的物极必反的辩证法思想，就是说矛盾总是要向自己的对立面转化。因此要有居安思危，早做准备的前瞻意识。尤其是在家境富裕的时候切不可挥霍无度，否则就会坐吃山空。

2. 积少成多，量变引起质变。在条件允许的情况下做好储蓄工作，哪怕是供小孩子游戏的储钱罐在急难之时都有意想不到的用处。

3. 窖藏金银在当今时代虽已是过往云烟，但存储贵金属并没有过时。所谓乱世黄金是指乱世的时候物价飞涨，黄金是硬通货，能够保值。银子在今天虽然不如黄金值钱，但老银元在中国民间仍非常受人喜爱，同样具有保值功能。

4. 患难见真情。酒肉朋友要不得，患难之交不可忘。

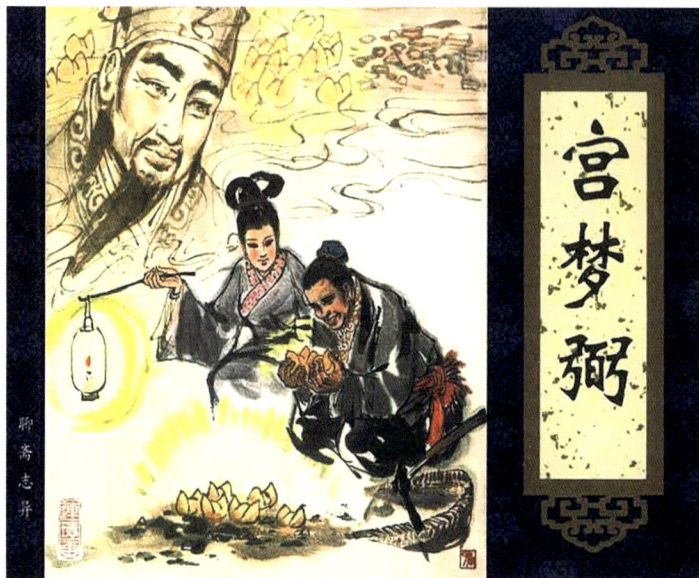

《聊斋志异·宫梦弼》连环画封面

富翁借钱识人

《聊斋志异》记载了一位富翁，很有钱，做买卖的生意人多向他借贷。一天，富翁出门，有一个青年人跟随在他马后，富翁问他有什么事，原来也是来借本钱的。富翁答应了他。一会，他们到了富翁家，凑巧桌上有数十枚大钱，那年轻人就用手叠钱，高高低低地摞成几叠。富翁见此便婉言谢绝了，临走也没借给他钱。有人问那富翁什么缘故，富翁说："这个人一定善于赌博，不是一个规矩人。他熟悉的赌博技艺，不知不觉就流露在手脚上了。"问的人一打听，那青年人果然是个赌徒。

哲理启示

哲学上的透过现象看本质，其实就是掌握事物发展的规律、摸索其起因、了解其过程，透过事物的表象来发现其形成的原因，达到对其本质的认识。对一个现象进行推理，就是透过现象看本质。富翁通过观察年轻人用手叠钱的熟练技法，猜测他是个赌徒，最后证明富翁的判断是正确的。学会透过现象看本质，需要去粗取精，去伪存真，由表及里，由此及彼。本质和现象互为事物的里表，它们是互相依存的。本质决定现象，是现象的根据，总要表现为一定的现象；现象是由本质产生的，总是从不同的侧面这样或那样地体现着事物的本质，它的存在和变化归根结底是从属于本质的。

清代库丁窃银的启示

徐珂《清稗类钞·盗贼类》记载了清代库丁窃银之事。大清户部银库内共有四十个守银库的库丁。银库开库之日称为堂期，每月九次，算上有一次加班堂期，共十次。每个库丁每月值班三四次，值班时进出的银两多达上千万两，而这些库丁没有不乘机偷窃的。任库丁满三年退役，除去向户部尚书行贿六七千两及支付保镖费用外，每个库丁还可以结余三四万两银子。堂期时进入银库，一年四季都需要赤身裸体，面对户部尚书的办公桌鱼贯而入，再到银库内取官制衣裤穿上。搬运银两疲乏时，可以外出稍事休息。结束工作出库时，仍旧裸体来到户部尚书的办公桌前，张开两臂，露出两胁，胯部也要微微弯曲，还要张口说话，以表示全身上下没有夹带任何银两出库。然而被盗银两藏在库丁的肛门中，实在是人们难以料想到的。

听说干此事的人事先都要进行练习，先用鸽蛋塞入肛门中，然后换以鸡蛋、鸭蛋、鹅蛋，在这些塞入肛门的蛋上均要涂上油脂润滑。久而久之，肛门中就能塞入十两重的铁丸六七枚。练就这种本领后，库丁每次在肛门中塞入银锭时，至少可以塞入五十两银子。

清代银两

还有一个办法，就是在底部带有夹层的水桶中藏银。由于京城的街道灰尘很多，因此每个堂期必须准备清水洒路，库丁就在水桶底部加上夹板一层，把银两藏在里面，等到管理银库的官员们离开后，就从容地担着夹带银两的水桶出来。

❋ 哲理启示

清代库丁监守自盗的故事告诉人们，没有做不到，只有想不到。金融监管丝毫不可松懈！许多金融犯罪分子利用手中的职权瞒天过海，侵吞国家和集体财产，此类现象一经发现，就必须严惩不贷，以儆效尤。反腐倡廉永远在路上。

盗窃银角子

清朝末年，广州铸钱局的会计人员每天结账时，都发现铸造的小银钱会缺少几十两，无法推测其原因。后来经过调查才了解真相。当工人入厂时，每人携带几根香蕉，乘人不备时，就取一二角之小银钱嵌入香蕉中吞吃到肚子里，出厂后从大便中取出来。工人工作很辛苦，不能禁止他们吃香蕉，因此竟没有办法来禁绝这种盗窃现象。

哲理启示

把银角子嵌入香蕉中吞吃到肚子里进行盗窃与前文肛门藏银盗窃有异曲同工之处，皆通过摧残身体的方式铤而走险，可谓"富贵险中求"。这是许多犯罪分子的惯用伎俩，在技术不发达的年代很容易蒙混过关。如今科技发达，金属检测仪广泛应用，犯罪分子通过身体来藏赃物的伎俩很快会原形毕露。但道高一尺，魔高一丈，犯罪分子还会想出新的花招来从事犯罪活动，因此，要时刻注意防微杜渐，不断提高反贪防盗能力。

清末广东省造光绪元宝银角子

光绪年间的拾金不昧、逢凶化吉故事

清光绪八年（1882年），江苏的贾先生在上海租界一洋行工作，深得老板信任。端午节前，老板派他去城南一带收欠款，他带上皮袋子就出发了。

事情进展得还算顺利，到中午，共收得银元一千八百多块。贾先生走了半天，说了半天，早已是口干舌燥，疲惫不堪。正好来到上海"十六铺"的茶楼，他进去喝了点茶就急忙赶回去交差，以便好好休息一下。

贾先生回到商行才发现装钱的皮袋子不见了，顿时如雷轰顶、大汗淋漓，吓懵了，慌乱中更加说不清，道不明。老板看他神色慌张、张口结舌、语无伦次，认为其中有诈，于是厉声斥责他辜负了东家的信任，并说如不赶快归还就送他见官。

一千八百多块银元在当时可是一笔巨款啊，如果不乱花，足够一个人用一辈子，他贾先生又如何赔得起呢？责任重大，又有口难辩，他感到这辈子完了，绝望地大哭起来。

话分两头，另有一位浦东人，姓义，也在租界从商，因运气不好，赔了个精光，于是买好了那天午间的船票准备渡江回乡。因为离上船时间还早，义先生也来到"十六铺"茶楼，想慢慢喝着茶来消磨这段时光，也好考虑一下以后的生活怎么办。

恰好是在贾先生匆匆离去时义先生就到茶楼了。义先生刚坐下，发现身边的椅子上有个小皮袋子，也没多加理会，慢慢喝起茶来。许久仍不见有人来取，义先生疑惑起来，提了提感觉沉重，打开一看，惊得眼珠子差点没掉出来：竟然全是亮闪闪的银元！

义先生惊喜交加！这可真是一笔大财啊，它不但可以改变自己目前的穷困潦倒状态，而且后半生衣食也有余了。他又转念一想：不行，钱财各有其主，这钱我不能要！要是因为我把钱拿走了，失主因此而丧失名誉，甚至失掉性命，我的罪孽可就大了！

那个年代，一般正经人都知道"不义之财不能取"的道理。义先生心想：既然今天让我拾到了这些钱财，我就应该尽到责任，物归原主。

到了吃午饭的时候，茶楼的客人只剩了八九个，看他们的神色，没有一个像是丢了钱的，义先生只好饿着肚子等下去。

一直等到掌灯时分，茶客都回家去了，只剩了义先生一人，他仍然聚精会神地注视着过往的人……

突然，他看到一个人面色惨白、踉踉跄跄地朝这里奔来。来人正是贾先生，后面还跟着两个人。一进茶楼，贾先生就指着这个茶桌对那两人说："就是那里，我当时就是坐在那里的！"三人径直向义先生的桌子走来。

义先生看得出他们就是失主，笑着对贾先生说："你们掉了钱袋吗？"贾先生不可置信地盯着他一个劲地点头。"我等你们很久了。"义先生说着，拿出那个皮袋子给他们看。贾先生感激得浑身颤抖，说："您真是我的救命大恩人哪！没有您，我今晚就要上吊了！"

原来，贾先生发现钱丢了，就想返回去沿途找一遍，虽然能找回的希望渺茫，但也只有这一条路了。可是主人怕他潜逃，不准他出门，他费尽口舌说了半天，主人才叫两人陪他出来寻找，还嘱咐两人务必把他带回去。

二人互报姓名后，贾先生要以五分之一银钱作为酬谢，义先生坚决不要；又改为十分之一，义先生还是不要；再改为百分之一，义先生生气了，严词拒绝。

贾先生不知如何酬谢才好，于是说："那我请您喝酒，好吗？"义先生仍然坚决推辞。最后，贾先生说："不谢我心怎安！明天早晨在下在酒楼恭候，恳请恩公大驾光临，不见不散。"说罢一揖，掉头走了。

第二天早晨，义先生居然来了。贾先生正要施礼再谢，义先生却抢先道谢，说："多亏您昨天丢了钱，让我捡回了一条命！"

贾先生一头雾水，正待细问，义先生接着说："我昨天原定渡江回乡的，已经买好了午间一点钟的船票，因为等您来取钱，故把船耽误了。回到住处得知，那条船行驶到半途被急浪打翻，船中23人全都淹死了。我如果上了那船，岂不也一命归西了？是您救了我的命啊！"说罢再拜。两人互相感激得一塌糊涂。

周围的客人听了都啧啧称奇，纷纷举杯向他二人祝贺，说义先生一桩善举挽救了两条人命。

故事到此还没结束。贾先生三人回去后，把事情一说，老板也十分惊奇，感慨地说："这么好的人真是难找啊！"于是非要见见义先生不可。

结果两人见面后非常投缘。经过一番长谈后，老板极力挽留义先生，并高薪聘请他当账目主管。几个月后，老板就招义先生当了上门女婿，再以后干脆把生意全交给了他打理。

　　穷困潦倒的义先生拾金不昧的故事很快传开了。他的诚信、仁义赢得了人们的赞叹，大小客商纷纷找上门来与他做生意，他家的生意越做越大，后来义先生竟拥有资产数十万银元，成了当地的大富翁。

哲理启示

　　这个拾金不昧的故事告诉人们，因果律是客观存在的，种什么因，结什么果，"善恶有报"有一定依据。关键时刻的那一念善恶，将决定自己的命运。

"宁波帮"先驱叶澄衷捡钱还钱的故事

叶澄衷，宁波镇海人。清末资本家，宁波商帮的先驱和领袖，北外滩最早的开发者之一，捐资创办了沪上第一所班级授课制新式学堂——澄衷蒙学堂。

叶澄衷6岁丧父，9岁入村塾发蒙，后因学费不继被迫半途而废。11岁就在一家铁匠铺当学徒，备尝艰辛。14岁那年，少年叶澄衷来到虹口租界讨生活。在他"三山六水一分田"的家乡镇海，近代以来多有同乡外出闯荡，那也是一种置死地而后生的冒险精神。

叶澄衷（1840—1899年）

1854年，14岁的叶澄衷在上海黄浦江摇着小舢板以摆渡维生，劳累一天也只够糊口，但转机在他17岁时降临。

上海是个大码头，虹口北外滩，江面宽阔，码头毗连，帆樯云集。叶澄衷驾一叶小舟，载些日用品和食品，自晨至昏，出没风波里，回旋浪涛间，给江边的外轮船员供应物品和摆渡。

一日，叶澄衷送一英国人上船后，回棹途中，发现船内有一鼓鼓囊囊的钱包，他料定是刚才那个英国人遗失的。打开一看，包里装着英镑和找零的便士，大概价值1000美元。他想：失主一定很着急，我虽然穷，这钱可不能要。在家时母亲一直对我说，人穷，但志气不能穷。昧良心的事哪能干呢？于是，他马上掉转船头，划回去，把缆绳系在外轮上，等候失主来认领。一直等到暮色苍茫，江面上一片灰蒙蒙，还未见失主。

那么那个失主英国商人是谁呢？原来他是英国洋行经理劳勃生，他遗失的公文包里装着大量现金。叶澄衷把公文包物归原主，而且不收任何报酬。他的诚实打动了这个英国人。劳勃生当即提议：由他提供小五金，供叶澄衷代销，销后再结算本金。

英国商人还把叶澄衷介绍给自己的一个英商好友，好友对他也倍加赏识，请他去自己公司当买办，并请来教师教他学中文和英语。1862年，在这个英商的帮助下，叶澄衷在虹口百老汇路（今东长治路）开设了上海第一家"老顺记"五金商号，主营码头船舶五金，并且获得了当时美孚石油在中国的独家代理权。在那个还是煤油的时代，美孚的煤油业务一家独大地掌控在叶澄衷手中。因为这样的独家代理，让叶澄衷迅速地利用各方关系和商业手法，创造下自己的商业帝国。

此后，叶澄衷又在北苏州路乍浦路东开设可炽铁号，在北京路增设新顺记五金店，在汉口和苏州开设燮昌火柴厂等，还投资银行业、房地产业，遂成为沪上巨贾。

叶澄衷致富后，不娶三妻四妾，无涉声色犬马，依旧是一袭青布长衫，平民本色。晚年念及自己童年因贫失学之苦，为天下学童计，他出资在虹口唐山路创办了澄衷蒙学堂，尊请著名教育家蔡元培来做校长。这所学堂就是今天澄衷高级中学的前身。

光绪帝师翁同龢为澄衷蒙学堂题写的校名

叶澄衷是我国晚清史上首善商人，他的慈善贡献值得后人学习。与那些只是捐款的富豪不同，叶澄衷更加注重教育，并且建立了一个从小学到中学的持续性计划。这种前瞻性的规划，可以说是我国商界中创办体系教育的第一人。而在那个还没有出现如今国家规划教育体系时候，这种社会力量创建的教育体系可以说是孕育出了非常多的人才。比如，大家熟知的船王包玉刚、邵逸夫等等都受过这个教育体系的照顾。

哲理启示

叶澄衷以贸易起家，继而办实业、做金融。他身上有两种性格，一是"敢为天下先"，二是"谨慎从事"。两者完美结合，最终让这位出身贫穷的少年一跃成为早期"宁波帮"的首富。

这位传奇商人即使后期达到富可敌国的地步，也依旧节俭度日，用赚来的钱兴办义学，报效桑梓，至今宁波镇海还保存着叶澄衷当年创办的江南第一学堂——叶氏义庄。相比于财富而言，叶澄衷的商人境界影响深远，并且在慈善上的成就更加值得铭记。即使是到了1899年叶澄衷去世之前，他也都心怀教育，遗嘱中要求必须做好学校的规划。于是在1901年，这所学校正式完成，命名为"澄衷蒙学堂"。而这所学校在后来的很多年中，除了蔡元培担任过校长之外，更是培养出了胡适、竺可桢等近代史上有名的学者。这位一直心念教育、富可敌国的传奇富豪，却一生都没有坐过马车，没有穿过绸缎衣服，节俭地度过了自己的一生。

幸得"义记金钱"的难忘记忆

1993年6月18日上午9时许，笔者鲍展斌到宁波三市旧货市场去淘宝。在快到市场的路上碰到一对父女（经打听是绍兴市新昌县城关镇人），手里拿着一本钱币册在出售古钱币，钱币册中多为普品，笔者没有看上，就问他们是否还有其他钱币。于是那位父亲从口袋中摸出一枚品相极美的义记金钱来，该钱为笔者首见，当时的钱谱也没有记载，不知其历史背景与价值，但是凭直觉认为这是一枚好钱。笔者就问价几何。那位父亲说："我也不知价值如何，家里只留下这一枚，要卖50元。"那时的50元不算小数目，笔者口袋里只有20元钱，就跟他讨价还价，希望便宜一点，但对方价格扳得很牢，非50元不售。笔者说那就请你们等我一会儿，让我去附近的岳母家里借钱来买。他们同意了，于是笔者飞奔到岳母家借来钱就赶紧返回三市，不想中途下起雨来，笔者未带雨具，淋了一身。当笔者赶回三市时却找不到卖古钱的父女了，这时懊恼万分，觉得自己错过了好机会。正当笔者惆怅之时，卖古钱的父女又出现了，原来刚才他们去附近躲雨了，现在雨停又回原处等笔者。笔者喜出望外地把50元钱塞给那位父亲，拿到了渴望的义记金钱。正当笔者拿着刚刚购得的义记金钱端详时，过来一位宁波老资格的钱币藏家，此人让笔者把钱币先给他鉴赏一下，笔者就给他了。他看了一会儿说，东西是真的，但只是一枚普通的花钱而已，并再三建议笔者将此钱币同他的一枚价值近百元的银花钱交换。笔者当时虽然钱识尚浅，但是认定此义记金钱绝非寻常的花钱，因此坚决不同意交换。笔者回家后马上去学校图书馆翻阅大量钱币资料，终于弄清楚义记金钱原来是一枚太平天国友军浙江金钱会的凭信钱，身价不菲，20世纪90年代的标价是几百元，如今义记金钱美品价格已逾数万元。这是笔者集币初期收藏到的第一枚古钱珍品。

🌸 哲理启示

1. 收藏讲究机遇，"机遇往往青睐有准备的头脑"。当遇到收藏新品时，直觉很重要。直觉判断来自丰富的实践经验和独立思考能力。

2. 要相信自己的判断，不要轻信一些所谓老资格藏家或专家的话。

3. 实践出真知，实践提高认识。

义记金钱彩拓

义记金钱墨拓

驱邪辟恶保安康的民俗厌胜钱

"厌"字此处念 yā，通"压"，压制邪魔，取得胜利，就是压胜。"厌胜"一词最早典出《汉书·王莽传》第六十九下的记载："是岁八月，莽亲至南郊，铸作威斗。威斗者，以五石铜为之，若北斗，长二尺五寸，欲以厌胜众兵……"《后汉书·清河孝王庆传》中记载："因巫言欲作蛊道祝诅，以菟为厌胜之术。"以后的史籍对"厌胜"屡有记载，"厌胜"成为一种方术，被引用在民俗信仰上，转化为对禁忌事物的克制方法。厌胜钱也称作压胜钱。厌胜钱形似钱币而实非流通币。这是民俗用作避邪物的一种古钱币。它起源于西汉，至清末民国初都有铸造。它最初的本意主要是压邪攘灾和喜庆祈福两大类。此后，厌胜钱所涵盖的范围越来越广，诸如开炉、镇库、馈赠、赏赐、祝福、辟灾、占卜、玩赏、戏作、配饰、生肖等等，都铸厌胜钱。发展到后来，按不同的用途，大略可分为纪念、厌胜、凭信、上梁、供养、博弈、吉语、成语、游戏等品类。纵观历朝历代的厌胜钱，各种文字、图案内容，多体现当时的礼俗时尚和人文信仰，因此厌胜钱对考察历史上各个时期的政治、民俗、文化都具有极高的参考价值，不是毫无意义的迷信用品。

哲理启示

庚子年春节，暴发新型冠状病毒肺炎疫情。为避免被感染，笔者宅在家中整理研究古钱币。现在与读者朋友们分享这组古代厌胜钱，学习中华优秀传统文化，增强抗击疫病的信心。崇尚科学，弘扬人文，雷霆灭毒，万众一心，全民战疫，携手共进，驱邪辟恶，天佑中华。在党中央的英明领导下，坚信瘟神终将被英雄的中国人民击败，我们一起加油！

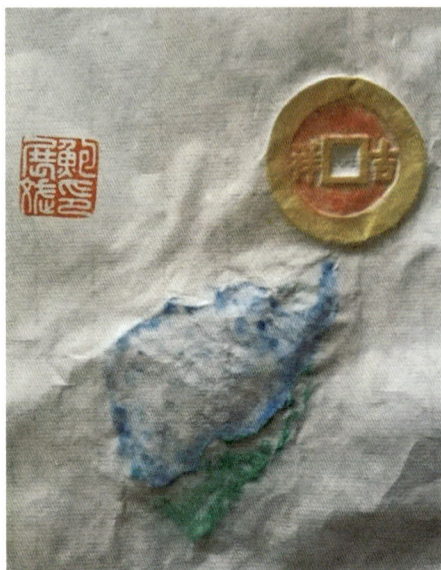

清代·吉祥钱与奇石吉象（祥）彩拓

清代·福寿康宁厌胜钱彩拓

清代·老君炼丹厌胜钱[1]

---

[1] 背面为道教咒语，曰"雷霆雷霆、杀鬼降精、斩妖除邪、永保神清。奉太上老君急急如律令敕"。左右为四字符文，又名"仙篆"，符文释为"雷令杀鬼"，左为"雷令"，右为"山鬼"。"山鬼"在此释读为"杀鬼"，原意是"鬼"头上放置三枚雷丸，丸生火焰，象征雷神击鬼，生火。

清代·驱邪辟恶"五毒"[1]厌胜钱（正反面）

清代·太上老君太极图·太上咒厌胜钱[2]

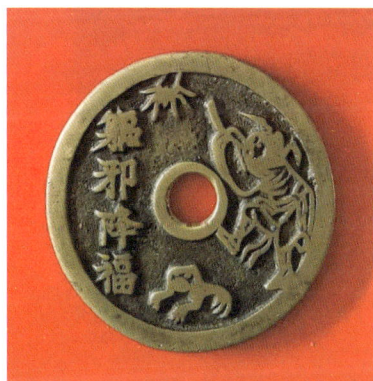

清代·躯（是"驱"字之误）邪降福厌胜钱

---

① 该钱币背面的"五毒"为猛虎、蜘蛛、毒蛇、蟾蜍、蜈蚣。
② 正面为八卦太极图，左为符篆，右为老君。背面为道教咒语。

清代·五铢背"五毒"厌胜钱[1]

清代·八卦方孔厌胜钱

清代·太平通宝方孔厌胜钱（背图：百福百寿）

① 该钱币背面的"五毒"为猛虎、毒蛇、蜈蚣、蝎子、蜘蛛。

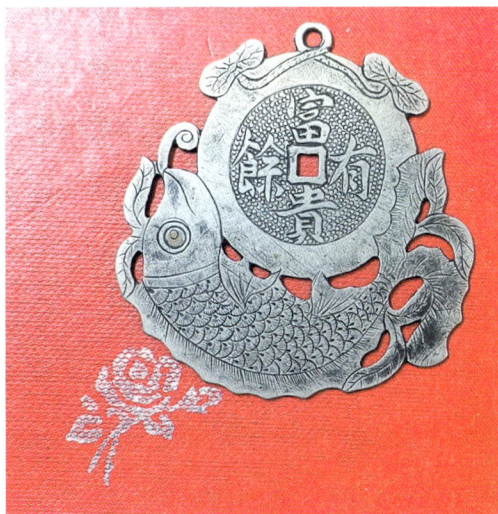

富贵有余（鱼）银质花钱（背面：长乐永康，鲤鱼莲花图）

"顺风大吉，满载而归"花钱
——渔民的吉祥物

笔者鲍展斌平素喜集花钱，尤其这一枚"顺风大吉，满载而归"背归航图的吉语花钱，更受笔者钟爱。该钱黄铜质，清代苏炉铸造，品相佳美，是笔者于1993年秋在宁波三市旧货市场购得的。当时，一个卖旧货的摊主放在地摊上的有两枚花钱，一枚就是该顺风大吉钱，另一枚是白铜十八福、十八寿花钱。摊主的两枚花钱开价30元，一位顾客还价20元未成交后转身离开，笔者瞅准机会以25元购得，心里美滋滋的。现在这类苏炉花钱，精美者价格都在万元以上，但在当时，即使几十元一枚也属高价！

"顺风大吉，满载而归"背归航图吉语花钱

该花钱正面楷书"顺风大吉，满载而归"八字，边缘上装饰十六个银元宝；背面为归航图。该钱精妙之处就在归航图上：钱图下方两艘渔船正鼓满风帆，载着丰收果实从远方归航，顺风顺水，波平浪静。前船帆上书"大吉"两字，船舱里隐约可见渔人，人形虽小，却轮廓清晰，形态毕肖。钱币上方是起伏的山峦和连绵的小岛，一轮红日徐徐落下，数只海鸟正匆匆飞向岸上的树林。整幅归航图布局巧妙，意境优美，很像一幅铜雕版画，令人赏心悦目。

哲理启示

　　顺风大吉，满载而归。这是渔民们渴望的丰收景象。这枚苏炉花钱是笔者在钱币收藏初期渴望得到的花钱精品。但是在20世纪90年代初期，还没有专门的钱币市场，旧货市场里古钱币也是可遇不可求。想不到机缘巧合，笔者在踏破铁鞋无觅处时，得来全不费工夫。当时，许多钱币收藏者对花钱的认知非常有限，一者认为花钱不是正用品，历史价值不高；二者没有花钱参考书，对花钱的文化价值缺乏正确判断。因此，才有人为了省下区区几元钱而放弃这枚如今人见人爱的花钱精品。真是此一时彼一时啊！物归有缘人。该类花钱应属渔民出海捕鱼时或海商乘船从事海上贸易时所佩戴的吉语花钱，宁波、舟山一带多渔民与海商，故本地偶尔能发现这类花钱。

　　（本文原载于1998年8月11日第8版《宁波日报》四明副刊·综合版，略有修改）

大文豪痴迷小钱币的人生哲理

鲁迅先生是家喻户晓的伟大的文学家、思想家和革命家，但许多人不知鲁迅先生还是一位古币收藏家。大文豪为何痴迷小钱币呢？鲁迅先生收集古钱币，从一开始就不是为了猎奇，而是把收藏古钱、广泛涉猎钱币知识和钻研钱币理论紧密结合在一起，弘扬中国博大精深的货币文化。鲁迅先生具有丰富的钱币知识，因此时常在市场上"捡漏"。他收藏研究钱币的经历记录在《鲁迅日记》中。《鲁迅日记》中，有关古钱收藏的记录有40余条，所记购入古钱数量有170多枚，明确标出名称的有50余种，其中还包括不少先秦货币，如空首布、尖足布、圆足布、齐刀、赵刀、燕明刀等。在鲁迅的古钱币集藏中，以先秦、两汉和魏晋南北朝，以及唐朝和两宋的钱币为多。

鲁迅先生在北京定居时，常去琉璃厂的广文斋、李竹泉等古玩铺购买古钱币，还爱逛古玩"小市"，在地摊上淘宝。一次，他在小市地摊上发现了一枚"端平通宝"折三钱混在大堆宋钱中。这种南宋钱较为稀有，普通收藏者难以发现。鲁迅先生以30个铜元（1块银元大约相当于135文铜元）买下后，高兴地连连称"佳"。

1915年2月12日，鲁迅先生见有一农民打扮的人在摆地摊，摊子上有一枚王莽时期的"壮泉四十"。这是王莽执政期间铸造的"六泉十布"中的极品。他当即以20铜元买下，并在日记中记载：此币"系伪造品"。由此可见，鲁迅对钱币鉴定也具有相当功底。

鲁迅先生不仅仅收藏古币，而且注重考证和研究，为此，他购买了许多钱币书籍，如《历代钞币图录》《古泉丛略》等。他曾断定"得壹元宝"为唐朝"安史之乱"时史思明所铸，而这点并无先论，殊非易事，足见鲁迅先生博学多才。他还在前人研究的基础上，编写了钱币图录《泉志》。这些都是潜心研究钱币的结果，也是他留下的宝贵资料。

鲁迅先生是1912年5月来北京的，除了忙于文章创作外，茶余饭后经常光顾北京琉璃厂。从他的日记记载中发现，6年的时间里，他共购买古币27次，有166枚。这些品种几乎能按历史更替顺序排列起来。中华人民共和国成立后，许广平女士将鲁迅先生的遗物交给国家。1956年建鲁迅博物馆时，人们对鲁迅先生的藏品进行了整理，发现数百枚古钱币，大部分为普通品种，较为知名的品种有齐法化、甘丹刀、白人刀、兹氏币、安阳布，以及得壹元宝等。

1981年，著名钱币学家马定祥先生发表了《从日记看鲁迅收藏的钱币》一文。2001年，浙江的古钱研究人员在中国国家图书馆善本特藏部（今古籍馆）的名家手稿文库中，发现了鲁迅钱币图录《泉志》手稿真迹。

清代古钱学家倪模撰写了《古今钱略》。成书后不久，倪模仙逝。太平天国战乱后，《古今钱略》书稿一度不见踪影。直到光绪三年（1877年），其从曾孙倪文蔚（著名书画家、清代名吏）得知同邑方姓人家仍存其稿，于是用200金将其赎回，交由自家"经锄堂"制版，并请当时名泉家杨惺吾、饶登秩两先生校勘监印，这才让倪模的《古今钱略》走向社会，流传后世。此书刻工精细，装订考究，校勘质量高，图文精美。古钱学家王贵忱先生在《古今钱略》题记中称此书"图文并胜，资料性强，是一部大醇小疵，具有学术价值和历史价值之巨作"。

这部差点失传的巨著在复出刊行36年后，引起了鲁迅先生的注意与喜爱。他不仅花大价钱购买了此书，而且据此系统进行了古钱币研究。鲁迅在阅读倪模《古今钱略》时，着重根据不同时期各种钱币的折值、文字、纹饰和材质进行鉴别、梳理和归类，用最精干的文字保存了原著精华。自此之后一二年，鲁迅收藏古钱币的兴趣大增。从

鲁迅参与设计的民国银币

1913年8月16日到1916年2月，仅鲁迅日记记载其购买古币就达25次。

可以说，《古今钱略》将鲁迅领进了门，使其从一个凭兴趣"瞎买"的文玩爱好者成长为术业有专攻的古钱币藏家。而鲁迅的慧眼相择和潜心研究，也使其成为倪模古钱币收藏与研究的传承者与弘扬者。

哲理启示

收藏、研学古钱币的那几年或许印证着鲁迅的郁郁不得志，但"藏癖"亦使其获得了知识与力量，更慰藉了他的心灵。

鲁迅自己也说，"一方面可以研究中国字体史，另方面可以作为写中国文学史的风俗习惯的正确了解的一面"。鲁迅在《且介亭杂文》序言中，称自己的文章"决不是英雄的八宝箱，一朝打开便见光辉灿烂"，而只是"深夜街头摆着一个地摊，所有的无非是几个小钉，几个瓦碟，但也希望，并且相信有些人会从中寻出合于他的用处的东西"。笔者认为这是鲁迅当年为收集古钱币、收集历史文物而游逛各类地摊时留下的真实印象，也是他内心真实想法的一种投射。

鲁迅深受传统文化熏陶，多才多艺。他不但擅长古文，还有出色的美术设计功底，是一位杰出的设计师。不为大众所知的是，他也是我国历史上第一个国徽——十二章国徽的主要设计者。此外，北大校徽也是"鲁迅造"，创意"源"自古钱。

鲁迅设计的初版北大校徽

2007年北大校徽是在鲁迅设计的基础上丰富而来

赠送古钱报友恩

郑家相（1888—1962年），古钱学家，宁波市鄞县（今鄞州区）人，自号"梁范馆主""梁范富翁"，自幼受其父影响，对泉币颇有兴趣。抗战期间，他避难到上海，与丁福保、张絅伯等人发起创办了《泉币》杂志，任总编，不仅为组稿、发行等事务奔走，且几乎在每期上都有论文发表，为钱币学的发展做出了重要贡献。

天德通宝为年号钱。943年三月，闽太祖王审知之子王延政在建州称帝，国号大殷，年号天德，铸天德重宝背殷和天德通宝。天德重宝背殷存世稀少，天德通宝为孤品。

1918年，郑家相从陈信高处得到一枚"天德通宝"光背大铜钱，据说此钱出自浙江嘉兴硖石镇。郑氏在戴葆庭编辑的《珍泉集拓》中，对此钱流传有一段叙述："天德通宝铜钱，为海内孤品。民国七年，陈信高为余收于浙之硖石镇，价仅三十元也。"

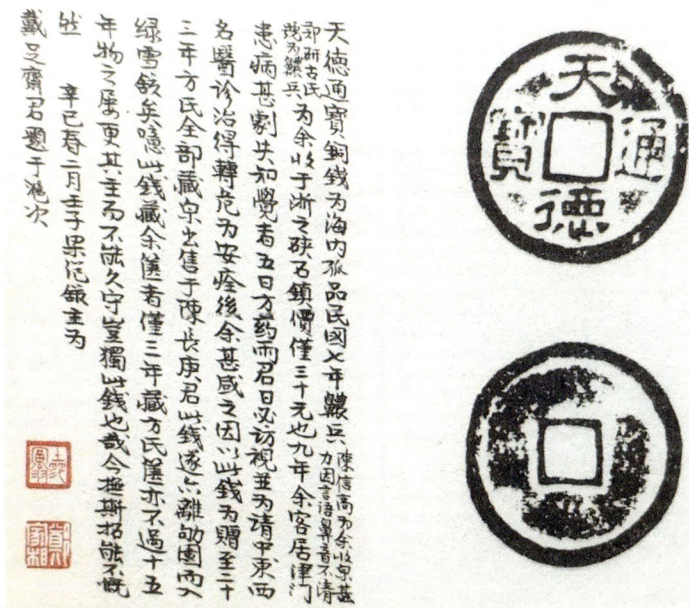

郑家相原藏的天德通宝铜钱拓本和图注

郑家相泉德高尚，为了成人之美，经常以珍钱割爱相赠。郑家相与钱币界号称"北方"的大藏家方药雨素有交情。

1920年秋天，方药雨得了病。郑家相知道方药雨喜爱自己所藏的两把齐国六字刀（一枚背上字，一枚背化字传形），于是在探望方药雨时，特地带上这两把六字刀珍品赠予他。方药雨获此两把刀币，颇为感激，即向郑家相致谢道："承惠二刀，得速疗吾疾，古泉之魔力，诚伟大哉。"

也在这一年，郑家相在天津时，突患重病，昏迷不醒。方药雨闻讯后，请名医诊断，百般照顾，使郑家相转危为安。

后来，郑家相不惜将早年得于浙江硖石镇的稀世孤品"天德通宝"光背铜钱赠予方药雨，以报救命之恩。

🐚 哲理启示

郑家相爱古钱，更珍爱友情。他的高尚泉德和成人之美的品格值得后人学习。

丁福保经营普通古钱赚大钱

丁福保（1874—1952年），是近代中国无人不知的泉界泰斗。他在民国时期编著的《古钱大辞典》和《历代古钱图说》，自20世纪三四十年代出版以来，多次重印，是钱币收藏者案头必备的工具书。物以稀为贵是收藏界的铁律，普通钱币因多得随处可见，便不受人们的重视，但丁福保却对普通古钱情有独钟。

民国时期的上海名医、理财家陈存仁在《银元时代生活史》中记载了丁福保和他利用人们看不上眼的普通钱币，编制《泉品宝鉴》钱币册，从中获利丰厚的轶事，不能不佩服丁福保眼光独到、生财有道。

丁福保

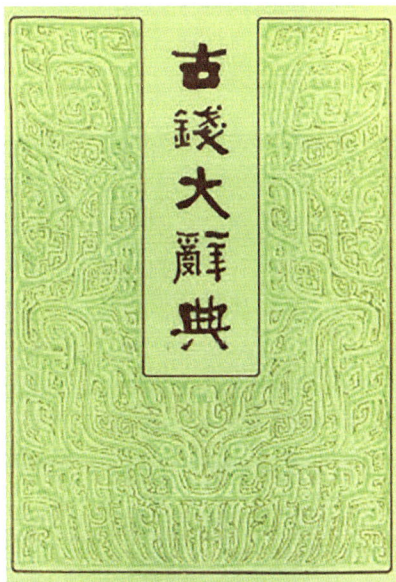

丁福保编纂的《古钱大辞典》与《历代古钱图说》

陈存仁曾是丁福保为编纂《古钱大辞典》而聘用的工作人员。《古钱大辞典》出版以后，丁福保在钱币收藏界名声大噪，前来请求鉴别、商购古泉的人络绎不绝。丁福保和陈存仁在讨论投资项目时，觉得投资普通古钱大有市场，将古钱币汇集成册，一册在手，历代古钱尽现眼前，正可满足人们全面了解历史的兴趣，于是便开始行动。

他们先在上海五马路的古玩摊点收购古钱。由丁福保出面，对经营古钱的人说，有一位陈先生收购古钱，不论钱币是大路货还是珍稀品，一股脑全包下，但价钱要合适。当时铜价每斤五角二分，古玩摊点老板只要求依铜价加倍，双方同意后，整个摊点的古钱币便全部售给了陈存仁。消息传开，整个上海经营古钱币的钱商都主动找上门，将钱币卖给他们，一共收购了几十斤。他们又托人在北平、西安等地大量收购古钱。结果，丁福保家中的古钱成筐成箩，数以担计。

丁福保曾经收藏的吉语花钱

丁福保将收购回来的古钱币，按照朝代顺序，挑出品相好的，每品选一枚，用红丝线缝在一张一张的红丝绒底版上，对于其中所缺的珍稀品，以翻砂法仿制作旧，补充在古泉集中，并说明是仿品。又将若干真钱镀上真金，编入集中，再附上品名及一本详细说明，每一古泉集共廿四大张红绒底版，分别盛于定制的紫檀木锦盒中，定名为"泉品宝鉴"。紫檀木锦盒面上的"泉品宝鉴"四字，用石绿填上颜色，看上去典雅高贵，令人心动。

接下来便开始营销活动。丁福保将"泉品宝鉴"放在五马路的古玩店寄售，每套定价240块银元。当年上海一位小学教师的工资是每月30块银元，一块银元可兑换100个铜元，街头挑担子卖馄饨的，一碗才10个铜元，他们收购时每斤古钱才一块多银元，获利丰厚可想而知。更令他们意想不到的是，这套"泉品宝鉴"在市场上推出后大受欢迎，第一批12套，三天时间就销售一空。以后每隔两月，就推出10套，并事先声明，只是有限度地供应，结果每次都被全部抢购一空。

　　丁福保打算将这套"泉品宝鉴"向外国博物馆推销。陈存仁建议丁福保先向各国驻上海领事馆赠送《古钱大辞典》一部，并向各领事函询他们国内的博物馆数目及地址，计划给每个博物馆赠送一部《古钱大辞典》。于是，世界各国的博物馆分布情况及地址便马上了解得一清二楚。丁福保向这四五百家博物馆赠送《古钱大辞典》，并附上"泉品宝鉴"订单，每册售价400块银元。1951年，定居香港的陈存仁游览大英博物馆时，还见到该馆展出的"泉品宝鉴"。丁福保一共售出多少套，就无人得知了。

🏵 哲理启示

　　司马迁在《史记·货殖列传》中说："人弃我取，人取我与。"这是一种手段高明、出奇制胜的投资理财辩证法。从无人看好的普通钱币上发现商机，先廉价购得大批普通古钱，经过挑选后再通过精美的商品包装和巧妙的营销策略，让丁福保在这笔以钱生钱的生意中赚得盆满钵满。

中国货币史上面值最大纸币背后的通胀教训

民国时期，一张由新疆省银行发行、史上最大面值（60亿元）的民国纸币，写下的是民国末期国民政府金融政策的败笔，在中国货币史上留下的是千古教训。

1944年9月，新疆由国民党领导的国民政府统治。由于军事上连遭败绩，军费开支急剧增加，当时的新疆政府不得不发行更多的钱币，以应付庞大的财政开支。1944年时，省币最小面值尚有1分的，而最大面值不过100元。1946年省票的最大面值上升为200元，而1947年时已达2000元。到1948年，最大面值到了100万元。

进入1949年后，新疆省币的发行已完全不受限制，犹如脱缰之野马，数量越印越多，面值越印越大，600万元、3000万元、6000万元、6亿元、30亿元等大面额钞票相继出笼。1949年5月，新疆省银行终于发行了面值60亿元的钞票，可谓旷古未闻。

我们来看看统计数字吧。1945—1949年新疆银行共发行"新币"6.57亿亿元，而60亿元面额的钞票仅在1949年5月10日—5月29日不到20天的时间内，就发出14次，共计480万张，总金额为2.88亿亿元。这是一个多么庞大的天文数字！那么，一张60亿元的巨额钞票，当时的实际价值到底有多大呢？

在这张钞票正面的下方，有一行醒目的字写道："折合金圆券壹万圆。"有人算了一下，根据当时130元金圆券能够买一粒米的行情，这张60亿元（壹万元金圆券）的大钞可以买到大米约77粒，基本上可以吃上一口。这是当时新疆货币贬值的真实情况，也是当时国民政府滥发金圆券造成恶性通货膨胀的真实写照。为什么这么说？因为当时新疆发行的省币必须与中央政府发行的金圆券紧紧挂钩，所以每张新疆省币上都注明"折合金圆券若干圆"。金圆券与省币的固定比率为1元比60万元。进入1949年后，国民党政府在全国的统治已摇摇欲坠，金圆券从关内大量流入，每当中央银行用飞机运来一批批面值越来越大的金圆券，新疆的物价就跟着一次次猛涨。当时新疆有一句民谣是这么唱的："天上飞机响，地下物价涨。"随着新疆省币面值成倍、成十倍地疯狂递增，市场的物价跟着一日数涨，到最后，需要100张60亿元的钞票才能换取现大洋1元（即6000亿元省币折合现洋1元）。市场上已没有人愿意使用这样的钞票，市面上的交易干脆用实物来代替了。例如，用小半块砖茶或一支香烟代替一张60亿元的钞票。这种史上最大面值的纸钞几乎成了一张废纸。

有意思的是，70多年后的今天，这张当年形同废纸的亿元大钞却又成了宝贝疙瘩。在钱币收藏品市场上，你不花费数千元高价就无法购买到它。它珍贵之处在哪呢？其一，它是中国有史以来最大面值的钱币。其二，在这张60亿元的钞票上，还印有"折合金圆券壹万圆"字样。它是中国货币史上唯一并列两种不同货币单位和金额的纸币。其三，它的教训会让你在谈笑之余留下深思。

新疆省银行60亿元面额纸币（中国钱币博物馆藏品）

哲理启示

1.新疆省银行发行中国货币史上面额最大（60亿元）的民国纸币，体现了民国末期严重的通货膨胀这一历史事实。

2. 现代人感觉这种人人可以当上"亿万富翁"的纸币很好玩，但历史无情地告诉后人，严重的通货膨胀，60亿元面额的纸币只能购买77粒大米的现实把人民的生活推到了水深火热之中。

3. 国民党政府的腐败统治，通过发行大面额纸币掠夺民脂民膏，置人民生活于不顾的反动政策，只能加速其失去民心，导致腐朽政权的垮台。

第三章

红色货币中的哲理故事

中国共产党发行的最早纸币：
耒阳劳动券

该劳动券系湖南耒阳工农兵苏维埃政府于1928年2月下旬发行，在耒阳全县37个区325个乡广泛流通，发行量达1万余元。同年4月，劳动券停止流通。耒阳工农兵苏维埃政府劳动券虽然流通时间不到2个月，但它是我党早期政权自行设计、印刷、发行的第一张纸币，具有极为重要的价值。

劳动券实际上和当时的所有纸币一样，是一种通用货币。之所以称劳动券，是因为这一名称来自革命导师马克思。它是马克思所设想的在消灭商品货币以后的共产主义社会里，劳动者按其所参加的公共劳动而得到的领取个人消费品的凭证。它表达了当时的中国共产党人对共产主义理想的向往和对革命胜利的信心。年号用的是中华苏维埃元年。

劳动券的流通时间虽短，但对当时扩大红色政权的影响，适应当时政治和经济斗争的需要，打击国民党反动派所统治的金融市场起到了极其重要的作用。

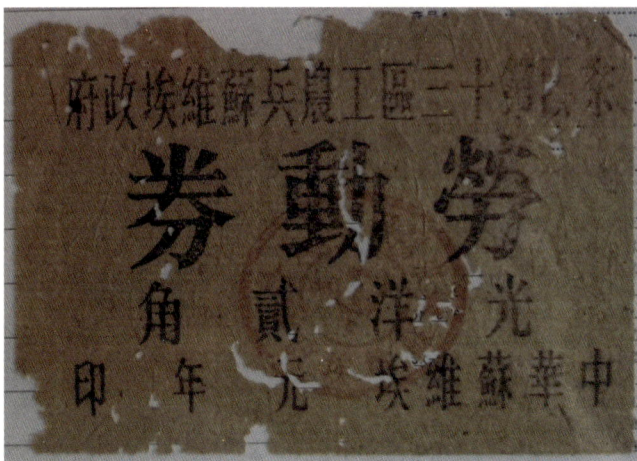

耒阳第十三区工农兵苏维埃政府劳动券

哲理启示

20多年前，在宁波收藏品市场上，笔者鲍展斌在一堆旧纸中发现该劳动券时，以为就是一张普通的货币代用券，当时只是觉得好奇才以普通代用券的价格购得。购回后，经过查阅文献资料仔细研究，才发现该劳动券原来是我党早期苏维埃政权自行设计、印刷、发行的第一张纸币。"真是踏破铁鞋无觅处，得来全不费工夫。"人们在认知事物时往往受习惯性思维影响，先入为主，笔者也不例外。认知的真正任务是透过现象认识本质。不要被表面的假象所迷惑，应该努力去拨开迷雾，求真务实。

毛主席给老百姓打欠条

1929年2月9日，正是大年三十。一个月前，毛主席带领红四军离开井冈山，转战赣南。这天，刚好来到了瑞金大柏地一个叫前村的村庄。

除夕之夜，红四军没有丝毫喜庆的气氛，领军的毛主席心情沉重，有些连队早已断粮，两餐没有吃东西了，而赣敌刘士毅部两个团正在背后紧追不舍。

无论如何，也得让战士们吃上一顿像样的年夜饭。毛主席将这个想法告诉了朱德，叫人找来军需处长范树德，交代了这项重要任务。然而，一个小时过去后，范树德前来报告说："当地家家户户大门紧闭，空无一人。"这天正是除夕，是个家家户户团圆的日子，怎么会"大门紧闭、空无一人"呢？村民们都去哪里了？原来，这天早上，家家户户很早就起来，为美味的年夜饭做准备。然而，前村的村民刚刚把火生好，就听说一支几千人的队伍正朝前村开进。大家一听，不好，要打仗！于是，全都拖家带口躲到山上去了。由于走得匆忙，村民们连过年的鸡鸭鱼肉也来不及带走。这不正好解了红四军的燃眉之急吗？不过，红四军有军规："主人不在时，不能随便动用老百姓的东西。"再说了，部队早已没有经费，也拿不出钱来向老百姓买吃的。

就在毛主席陷入沉思的时候，军需处长范树德也在跟司务长商量对策。最终，他们向毛主席提议："能不能让部队借用村中老百姓的食物，算清价钱、留下欠条，待以后如数归还？"毛主席批准了这个提议。就这样，红四军以连队为伙食单位，严格执行"先过称算价，再打欠条的手续"，把村民家的食物收集起来。大家忙碌到晚上，终于吃到了一顿久违的饭菜，还喝了米酒，这样就算是过了年。毛主席对吃得高兴的战士们说："大家过个好年，吃饱了好打刘士毅。"

毛主席像章彩拓

　　第二天，农历大年初一，下午两点左右，刘士毅第15旅先头部队在黄柏与大柏地交界处附近，与红四军28团2营营长肖克和营党代表胡克俭率领的诱敌部队接上了火。到了年初二上午9点，敌人全部钻进红四军的伏击圈。朱德见时机已到，一声令下，大柏地峡谷顿时枪声大作。紧要关头，朱德亲自带队冲在前头。平时很少摸枪的毛主席，这时也提着枪、带着警卫排向敌军阵地冲锋。战斗进行到中午才胜利结束。刘士毅的部队被打得溃不成军，八百多人成了俘虏，彻底扭转了红四军自离开井冈山，转战赣南一个多月以来的失败状况，变被动为主动，重振了红四军的雄风，这也算是1929年新年的开门红。

　　大年初三，红四军高高兴兴地离开了大柏地，向宁都县城进发。然而，他们留给村民的一张张欠条，真的能够兑现吗？

　　当村民们从山上回到家中，发现家中准备过年的食物都给吃光了，顿时怒火中烧。可是家家户户掀开锅盖、米缸盖一看，只见都留着一张纸条，上面说明红军不得已吃了什么食物，价值多少，但因红军经费紧缺，一时付不了钱，以后一定如数归还，嘱咐房主人要妥善保管好纸条，当作以后还钱凭据。

　　人们难以置信：世上哪里还有这样的军队呀？可留下的纸条又说得明明白白，大家只好将信将疑地收起来。

大柏地战斗旧址（油画）

50多天后，红四军由宁都县城向闽西进军，重返大柏地。毛主席没有忘记红军对老百姓许下的诺言。他亲自召集大柏地群众开大会，向大家说明当时红军被迫向老百姓借粮借菜的情况，表示衷心的感谢！部队当场向老百姓兑现所欠的款项。有的老表原来不相信红军的承诺，把欠条撕毁或丢弃了，只要说个数目，红军照数给款，分文不少。这一次，红军共发出3500块大洋。

大柏地全村立刻欢腾起来，群众都说："红军说话算数，钉是钉，铆是铆，我们信得过。"

哲理启示

共产党、毛主席最讲信用。红军做事从来不让群众吃亏，即使面临困境，也不愿揩群众的油，即使留下的是一张白条，也要认真兑现承诺！因此，能够赢得人民的支持，得民心者得天下。

毛泽民：廉洁奉公的红色金融开拓者和奠基人

毛泽民是中国红色金融事业的开拓者和奠基人，首任中华苏维埃共和国国家银行行长，在中央苏区是廉洁自律的模范。他从不搞特殊，就连他的兄长、中华苏维埃共和国临时中央政府主席毛泽东前来视察时，也绝对不用公费招待，有时仅是一杯白开水而已。毛泽民长期执掌财政大权，却廉洁奉公、一尘不染。他常说："不能乱花一个铜板，领导干部要带头艰苦奋斗。我们是为工农管钱，为红军理财的，一定要勤俭节约！"在毛泽民的率先垂范和严格要求下，苏区国家银行从未发生过贪污盗窃和行贿受贿案件。可见，当年的苏维埃政府被称为历史上空前廉洁奉公的政府，这是言之不虚的。此外，以下两个红色金融故事也体现毛泽民对红色金融事业的卓越贡献。

一、准备金的存储，建立秘密金库

苏维埃国家银行在建立秘密金库的保密工作中，毛泽民首先不让国家银行的人沾边，然后组织了四批战士来运送，每一批人只掌握一部分信息。包裹金银的不知道储藏何处，负责运输的不知道终点在哪里，储藏包裹的不知道里面是什么，最后警卫的更是毫无线索。不仅如此，毛泽民在清册上还以黄酒白酒来掩饰，真可谓思虑周详。实践证明，这一决策十分高明，确保了准备金的存储安全，对维护苏维埃金融稳定和苏维埃纸币的信用关系重大。在后米红军被迫撤离中央苏区进行长征时，当初储备的这部分资金发挥了极大的作用。

二、马背上的银行，尤其注重信用

毛泽民在遵义时的金融工作为红军在遵义立足奠定了坚实基础。为了使红军在遵义发行的"红军票"在遵义得到流通，他必须两头兼顾：一方面，他要动员遵义商贩积极开门营业，为红军提供尽可能丰富的商品；另一方面，他要为红军使用的苏维埃纸币建立信用，方便这些红军票在遵义城里的流通。作为苏维埃国家银行行长的毛泽民，每天亲自挑着大洋，到兑换处去让群众兑换苏维埃纸币。因为苏维埃纸币有信用，老百姓都愿意使用苏维埃纸币。此后，当红军撤离遵义时，毛泽民又认真负责回收红军票，不让当地老百姓吃亏。马背上的银行，为苏维埃货币建立了良好信用。

哲理启示

毛泽民为开创中华苏维埃金融事业呕心沥血，他特别注重为苏维埃货币建立良好信用的做法，值得后人学习借鉴。

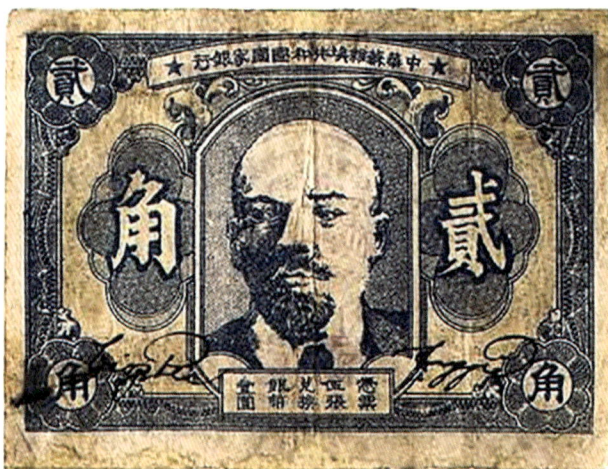

红军票贰角

毛泽民与苏维埃纸币的故事

　　毛泽民与苏维埃纸币的诞生关系重大，他是中华苏维埃国家银行第一任行长、国民经济部部长。他是毛泽东的大弟弟，1896年4月3日出生在韶山冲。1921年，在毛泽东的教育和影响下，他毅然离开朝夕劳作的韶山冲，走上了革命道路，成为革命家，47岁时被反动军阀盛世才杀害于新疆。

　　毛泽民和苏维埃纸币之间的故事有很多。首先，他让"社会民主党嫌疑分子"黄亚光设计苏区纸币。

　　福建省汀连县中心县委宣传部部长黄亚光是一名优秀共产党人，因有人告密他是"社会民主党"而被捕入狱。1932年初，中央苏区还没有流通纸币，工作、生活都很不方便。作为中华苏维埃国家银行第一任行长的毛泽民，为了尽快造出纸币，他带领手下不分白天黑夜地赶制，终于造出了印钞纸，还从白区买来了两台石印机。可以说，一切准备工作都已经做好，可钞票上的图案却没有人会画。

　　毛泽东告诉毛泽民：闽西的汀连县中心县委宣传部部长黄亚光不仅写得一手好字，绘画方面的才能也很了得，可以去了解一下。毛泽民听完，立即连夜赶到闽西。这时黄亚光的身份是被关在监狱里的一名"社会民主党嫌疑分子"，随时都有可能被枪决。

　　毛泽民查阅了黄亚光在审讯时的口供，并对他过去的表现、出身都做详细的调查，然后立即返回瑞金。他找中央保卫局的同志交涉，表示一定要用黄亚光。刚开始对方以为毛泽民是随便问问，不会太认真，就说："有人告密他是'社会民主党'。"

　　毛泽民神情严肃地说："据了解，还没有发现有关他的更多的证据。"对方有些理屈词穷了，但仍然武断地说："那也不行，这个人不能放。"毛泽民为了尽早得到黄亚光这个难得的人才，始终耐着性子，谈到银行需要黄亚光这位有专门技术的人才，不然钞票印不出来，完不成党交给的任务等道理。对方见毛泽民已经横下一条心，非要不可了，并且也担心钞票印不出来，耽误了国家的大事，终于软了下来，答应跟闽西保卫部门联系一下。

　　这之后不久，黄亚光就来向毛泽民报到了。在很短的时间内，他就设计出了壹圆、伍角、贰角、壹角、伍分五种纸币的图案。经中央政府批准后，很快，中华苏维埃共和国国家银行的纸币正式开始发行了。在设计纸币图案的过程中，毛泽东对黄亚光说，设计苏维埃政府货币，一定要体现工农政权的特征。因此黄亚光在设计每张纸币时，都绘制了镰刀、锤子、地球、五角星等图案，并把这些图案或分别摆放在适当的位置上，或有机地组合起来，既美观大方，又突出政治色彩，壹元和贰角面值的纸币还绘上了列宁头像。黄亚光设计的"苏币"朴实、精美，表现出精湛的艺术水准。他设计的这套红军钱币，其中以伍角币的存世量相对较多，有很高的收藏价值。

苏维埃纸币图案设计完成之后，由上海请来的一位雕刻铸版老师傅把它雕刻在铜版上，而后送往中央印刷厂印刷。当时中央苏区纸张匮乏，能印制"苏币"的高质量纸张更难找到。毛泽民、黄亚光带领同志们到处采购烂鞋底、断麻头，采集纤维较韧的树皮，自己造纸。在他们的领导下，硬是在瑞金办起一个造纸厂。

1932年7月中华苏维埃共和国国家银行的纸币正式开始发行，"苏币"票面主要是壹元券，也印刷了四种辅币：伍角券、贰角券、壹角券和伍分券。1932年下半年内，国家银行共印制了壹元票37.5万元，贰角票10.3万元，壹角票12.98万元，伍分票4.83万元。1933年增印伍角票，约400万元。

这套纸币开辟了土地革命时期中华苏维埃政权发行统一货币的新纪元，对苏区抵制国民党法币的渗透、繁荣当地经济、活跃市场、稳定人民生活起到了很大作用。

从这里我们可以看出，毛泽民敢于大胆起用争议性人才，体现了他用人实事求是的科学态度。这件成功用人的事例，成为中共早期货币史上的传奇故事。

1933年9月，蒋介石调集100万国民党军队对革命根据地进行第五次"围剿"，通向外界的交通基本上被封锁死了，中华苏维埃共和国国家银行用于印刷纸币的油墨没有了。怎么办？为了解决油墨问题，当时任国家银行行长的毛泽民同志心急如焚，得知这些情况后，二话不说带着印钞厂厂长杨其鑫直奔福建省长汀，找到长汀城区区委书记毛钟鸣，请他想办法解决这事。毛钟鸣告诉他们："用土法可以生产油墨，用灶上火烟筒里的烟灰或锅底灰伴油就能生产。这是我师傅临死时告诉我的，但他没有说用什么油。"

毛泽民和杨其鑫回到瑞金后，马上进行试验。他们用煤油伴烟灰，怎么搅拌也掺和不到一起。后来改用花生油，结果也不行。正在他们一筹莫展的时候，带头搞试验的油墨部主任钟同兴看见房东端了一罐猪油进房间，双眼一亮。他向房东讨来一勺猪油掺入烟灰中，一试竟然成功了。

毛泽民等人总算松了口气。油墨部主任钟同兴抽出几名工人，开始大量生产油墨的工作，采购猪油，收集烟灰。他们不辞劳苦，走村串户，如果女主人不在家，他们就亲自动手，从灶上的烟筒里扫烟灰。油墨部的工作人员，都变成了烧炭老翁。

这段感人的故事，激起了我们对毛泽民等老一辈无产阶级革命家的崇高敬意。

哲理启示

1. 毛泽民慧眼识人才，大胆起用当时的"社会民主党嫌疑分子"黄亚光来设计苏维埃纸币，体现了一个共产党人实事求是、追求真理的科学态度。黄亚光在枪口下被毛泽民解救出来后，成为首套中华苏维埃共和国纸币的设计者，受到毛泽东等中央领导同志的高度赞扬。他后来还担任过陕甘宁边区银行行长，在对日货币斗争中建立功勋。

2. 用土法制作油墨，大胆试验，实践出真知，终于找到成功的方法。

3. 不辞劳苦，以人民利益为重，体现了公而忘私的精神。

1932 年中华苏维埃共和国国家银行"伍分"纸币

毛泽民为苏区纸币防伪出妙招

从古至今，纸币最忌讳造假。世界各国发行的纸币，都有各自的防伪措施。1932年7月在瑞金发行的中华苏维埃共和国国家银行纸币，也有自己的独特防伪措施。这一项防伪技术，是由中华苏维埃国家银行行长毛泽民发明的。1931年秋，毛泽民与妻子钱希钧一起，从白区辗转来到中央苏区瑞金。次年2月，经过中央执行委员会集体讨论决定，他被中华苏维埃临时中央政府任命为苏维埃国家银行行长。上任后的毛泽民深深知道自己所肩负的重任，因为国家银行掌管着苏维埃国家的经济命脉，非常重要，何况还要"白手起家"创办一家国家银行。为了保障新生的苏维埃财政良性运行，他一方面到各级苏维埃政府挖掘金融人才，另一方面组织人员设计苏区纸币，设法生产印钞纸。

有一项事情，令毛泽民食不甘味，寝不安稳，那就是苏区纸币防伪问题。试想，如果苏区纸币没有防伪技术或技术含量很低，白区大量伪造苏区纸币，势必会严重影响苏区的经济。为了纸币防伪，毛泽民一连好几天都在冥思苦想。有天深夜，一不小心，毛泽民身上穿的毛衣袖口被桌子上的油灯烧了一下，发出"吱吱"的响声，一股火烧羊毛的焦臭味顿时弥漫了整个屋子。良久，毛泽民忽然一拍桌子，欣喜地说："对呀，这就是很好的防伪办法嘛！"接着，他朝妻子钱希钧说了一句"我去找一下菊如（菊如是指曹菊如，福建龙岩人，早年曾在印度尼西亚从事救国活动，1930年回国后加入中国共产党。先在闽西工农银行担任会计科长，后被毛泽民推荐选为苏维埃国家银行任业务处长，是毛泽民的得力助手）"后，便飞奔出门去了。妻子钱希钧愣了，不知道毛泽民为何如此激动。

天快亮了，毛泽民才回来，钱希钧忙问发生什么事了。毛泽民抑制不住内心的激动，回答说："我刚才与菊如同志商量了一下，纸币防伪问题解决了！""怎么解决的？"钱希钧也异常兴奋起来。见妻子追问，毛泽民板起面孔，严肃地说："这是国家机密，不能告诉你。"妻子见丈夫这样说，也就没敢多问。1932年7月起，经过"加密"的苏区纸币开始在整个苏区流通。原来，毛泽民正是从火烧羊毛产生焦臭味当中得到启发，在生产印钞纸的纸浆中加入了细羊毛后，制成钞纸，印刷出来的苏区纸币，若烧之，就会产生焦臭味，反之则没有。毛泽民利用这一方法，巧妙地解决了苏区纸币防伪问题。

这套"苏币"采取了双重防伪标志。一是在下方印了一行看似英文字母的文字，银行对外宣称是财政部长邓子恢和银行行长毛泽民的英文签名，其实写法很不规范，既非英文字母，也非汉语拼音，这是当时这套纸币的第一个防伪标志。这种做法看似简单而又违背常理，但不经意间很难发现其中的奥秘。二是这套纸币的印钞纸制造过程中加入了羊毛，既可以增强钞票的韧性，又可在燃烧时发出焦臭气味，以辨别钞票的真伪。

哲理启示

毛泽民因地制宜，通过自己的创造发明成功解决钞票防伪的重大问题，这种敢于创新、善于创新的精神值得我们学习。

中华苏维埃共和国国家银行纸币

用好革命事业中的每一个铜板

我从事革命斗争，已经十余年了。在这长期的奋斗中，我一向是过着朴素的生活，从没有奢侈过。经手的款项，总在数百万元；但为革命而筹集的金钱，是一点一滴的用之于革命事业。这在国方（指国民党方面）的伟人们看来，颇似奇迹，或认为夸张；而矜持不苟，舍己为公，却是每个共产党员具备的美德。……清贫，洁白朴素的生活，正是我们革命者能够战胜许多困难的地方！

——方志敏《清贫》

学习方志敏烈士《清贫》一文，传承廉洁奉公优良传统，用好革命事业中的每一个铜板。

中央苏区时期，由于国民党的经济封锁和连续"围剿"，苏维埃政府的物质生活条件极为艰苦。1933年9月，随着第五次"围剿"开始，苏维埃政府的日子更加举步维艰。在这种情况下，苏维埃政府通过发展经济来增加财政收入的同时，坚持节省的原则安排财政支出，号召广泛开展节省运动，自觉艰苦奋斗、勤俭节约，尽量减少各项开支，这既体现了中国共产党自我革命的精神，也彰显了一心为民的执政理念。

1934年3月13日，苏维埃政府机关报《红色中华》发出"为四个月节省八十万而斗争"的号召，并提出了节约的具体办法，包括政府工作人员每人每日照规定食米量节省二两，减少国家企业工作人员的津贴，节省笔墨纸张，减少运输费，等等。这些节省号召是在苏区党政机关办公费用和工作人员伙食标准本来就很低的情况下发出的，这意味着苏区干部要过更加清苦的日子。可是，号召一发出，就得到了中央党政机关的率先响应。为节约口粮支援前线，在瑞金的中央机关后方，工作人员成立了"节省总会"，要求干部每天只吃两餐饭，节约一餐口粮支援前线。家住本地的许多干部纷纷表示：自带伙食来办公，不要公家发伙食费。当时，江西省苏维埃政府主席刘启耀的妻子一时不理解，埋怨说："当个主席，连饭都赚不到吃，真没有用。"刘启耀耐心地解释说，共产党人当官，不是为发财，而是为老百姓谋利益。后来，他妻子逐渐想通了，还主动从兴国县老家送米到宁都县省苏维埃政府机关去。"苏区干部好作风，自带干粮去办公"，这一首广为流传的山歌，反映的正是苏区的真实情景。

节省运动的开展，取得了巨大成绩。1934年9月11日，中央审计委员会在审计中央各部5月至8月的经费开支后，发布了《关于四个月节省运动的总结》报告，公布了四个月节省运动的成绩："不仅完成了八十万元计划，而且可以说将近超过了一倍即一百三十万以上。"这为支援革命战争、巩固红色政权做出了重要贡献。

过紧日子，首先是经济上、生活上从"紧"，但也不是简单地节省节约，关键在于党员干部从思想上真正"紧"起来，在工作上"紧"起来，从而达到工作作风、执政理念的转变和升华。苏区干部没有因为口粮和支出减少了，就消极敷衍，反而在艰苦的环境中激发了斗志，锤炼了党性。在物质极其有限的条件下，苏维埃政府积极开展各项建设，在工农业生产、财政、金融、法治、文化、教育、卫生等领域都取得了显著成效，创造积累了许多治党治国治军的丰富经验。

过紧日子，也并非"一刀切"地一切从紧，该花的钱一定要花，不该花的一分也不能浪费。当时，在经济极度困难的情况下，苏维埃政府仍给有技术专长的专业人员发特殊津贴，以优惠待遇招揽白区的专业技术人员。同时，苏维埃政府"眼里不容沙子"，采取铁腕手段打击贪污浪费现象，坚决防止当面吃紧、背后紧吃。毛泽东指出，"应该使一切政府工作人员明白，贪污和浪费是极大的犯罪"，"节省每一个铜板为着战争和革命事业，为着我们的经济建设，是我们的会计制度的原则"。在这一思想指导下，苏维埃政府坚决、及时查处了各类贪污浪费案件。

🏵 哲理启示

政府过紧日子，是为了让老百姓能过上好日子。中央苏区时期，苏维埃政府以极其有限的资源，支撑起长达数年的持续战争，将节省发挥到了极致。物质生活上虽然紧张了，但中国共产党却赢得了群众的支持，革命的前途也越来越宽广。这一段艰苦的岁月虽然已经远去，但仍时时启发人们：治党治国治家，无论什么时候，任何机关单位和个人坚决反对贪污浪费的立场和态度，以及厉行节俭、艰苦奋斗的精神永远不能丢。

红军长征在宁夏使用过的货币

1935年10月5日，毛主席率中央红军长征到达宁夏西吉县境的单家集地区，回族群众热情欢迎红军。

红军为了尊重回民风俗习惯，大部分在露天宿营。回民群众见到后，亲切地称红军是"回民的军队，仁义之师"，并积极为红军筹集粮草，红军按价付钱。当地回民中一位叫单举才的，积极给红军筹办粮草，在红军付给的银元中看到有"四川省造银元"和"云南省造银元"，还有"川陕省造币厂造"的红军银币，当时他们谁都没有见过这种银元，就产生了疑问，怕在当地不好使用。红军供给部长杨至诚得知回民的反映后，当晚就和后勤人员找到单举才家，用当地通用的银元换了回来，使回民很受感动。

那么这枚"川陕省造币厂造"的银元又是怎样流传至宁夏的？要调查清楚，才能显示出这枚银币的真正价值。

这枚川陕根据地的银币，重26.1克，直径38.2毫米，厚2.9毫米；银币的正面中间是"壹圆"，字高9毫米，字的外围是22毫米直径的点状圆圈；银币的上半部分呈半圆弧排列着从右向左的"中华苏维埃共和国"八个字，其中"华、苏、维、国"为繁体字；在"中"和"国"的下方各有一个实心五角星；下面从右向左为"川陕省造币厂造"，其中"陕、币、厂"三字为繁体字；银币边有沿，紧贴着沿是一圈长点状装饰。银币的另一面，中间是直径23.8毫米的地球图案，有经纬线，在地球上是用斧头和镰刀连在一起组成党旗图案；在上方呈圆弧形从右向左排列着"全世界无产阶级联合起来"十一个字，其中"无、产、阶、级、联、来"均为繁体字；在地球图案的下方是"一九三四年"；银币边沿的纹饰与另一面相同；银币上还有两个空心圆四瓣梅花图案。银币的厚边整圈是用"T"形上下饰边，不同于其他银币的边饰呈直条齿状的。银币上所有的字体均为行书体。这枚银币的表面虽有些轻微划痕和磕印，但品相还是很好的。铸造工艺很精细，成色在88%左右，泛出银色的光泽，观之很显豪气。以前人们不了解这枚银元，总认为当时只有中央根据地才有条件和时间铸造"红军货币"，其他各根据地的红军主要是作战很多，没有条件和时间铸造红军自己的货币。其实在川陕根据地，红军不仅自己铸造了工艺精美的货币，还制造了很多物资装备红军，发展了根据地。透过这枚"川陕省造币厂造"的银币，印证了川陕革命根据地那一段艰苦峥嵘的岁月。

1932年底，红四方面军离开鄂豫皖根据地，转战到达川陕，建立了以通江、南江、巴中为中心的川陕革命根据地。1933年10月，红军在川北军政中心通江县城，建立了中华苏维埃共和国川陕省工农银行，时任总供给部部长的郑义斋担任银行行长。1933年12月底，在四川省通江城郊建立"川陕省造币厂"，利用缴获四川军阀刘存厚在达县内经营多年的造币厂的全套设备，铸造发行了一批根据地货币，先后用"川陕省苏维埃政府工农银行""中华苏维埃共和国国家银行川陕省工农银行"名称，印制发行了纸币、布币、铜币，其中有些货币上的马克思、列宁头像是由郑义斋特请廖承志亲手绘制的。1934年初，川陕根据地又特别制作发行了部分银币，到1935年4月红四方面军长征离开川陕根据地时，停止了各种货币的发行。这样，川陕根据地的银币发行时间很短，数量有限，能完好留存至今的，确实是很珍贵的。

1935年6月16日，毛泽东、朱德率领中央红军到达懋功，受到红四方面军第30军政委李先念的热烈欢迎。会师后，负责中央红军粮草工作的林伯渠，见到红四方面军供给部给中央红军准备的粮草，同时供给部长郑义斋又送来一批银元，其中就有部分川陕造币厂的银元。随着中央红军长征的步伐，这枚"川陕银元"来到了宁夏西吉县公易镇的单家集。

当时毛主席率中央红军长征到达宁夏后，在向回民群众征购粮草付银元时，把这枚"川陕银元"给了回族群众。回民没有见过，来向红军说明原因，负责后勤的杨至诚立即用当地通用银元换了回来，可回民群众又觉得这枚银元制作精良，又有些舍不得，就用粮食换回了这枚银币，留作纪念。

"川陕省造币厂造"苏维埃银元壹圆

哲理启示

毛主席率领的红军是一支仁义之师，从这枚"川陕银元"在回族群众的曲折交易中建立良好信用，使人民群众真心实意地拥护红军，心甘情愿地喜欢上革命根据地货币。

浙东抗币，"浙东一绝"

　　1941年4月，日寇的铁蹄践踏我浙东大地，浙东人民在中国共产党领导下，建立了抗日武装力量"三五支队"（后改称新四军浙东纵队），开展敌后游击战争。经过4年的艰苦斗争，浙东抗日根据地成为全国19块解放区之一。

　　1945年4月，抗日战争胜利在即，日本侵略军苟延残喘，沦陷区伪币恶性贬值，物价飞涨，严重威胁了根据地人民的生活和生产。为加强对敌经济斗争，稳定物价，浙东行政公署成立了浙东银行，发行纸质抗币，有"壹角"到"壹佰圆"七种面值，维持抗币"壹圆"接近食米一市斤的币值，受到根据地广大人民的热烈欢迎。由于在流通中辅币不足，找零困难，部分县区发行了浙东银行支行币地方镴质辅币，品种繁多，达百余种。浙东革命根据地镴质抗币是"浙东一绝"。

　　浒山区于1945年8月19日，在现今的慈溪市浒山镇解放中街52弄9号高伏大铜匠店内浇铸镴质小抗币一套3种，面值为"壹角""贰角"和"伍角"。该镴质抗币为圆版状，青灰色、有廓，镴币正面的上缘为楷书"浒山区临时辅币"币名，中间为竖写币值，两侧分列"抗币"两字，下缘为发行年份"1945"，系铅锡合金（浙东民间称这种合金为"镴"），背面无文字。

　　1945年10月初，我党为避免内战，按照国共《会谈纪要》精神，新四军主动撤出浙东根据地。临行时，浙东银行大量抛售库存大米和其他物资，回收抗币并就地销毁。浙东抗币发行仅半年时间，浒山区镴质临时辅币的流通时间在20天左右，是珍贵的革命文物。镴质抗币在全国是独一无二的，曾被著名钱币专家马定祥先生称为"浙东一绝"。该币虽然是浒山区发行的地方抗币，但实际上当时由于区署所在地是浒山镇，而镴币的发行、流通时间很短，

浒山区"贰角"镴质抗币

主要投放在浒山镇区域。镴币发行、流通弥补了当时浙东银行抗币辅币的不足。抗币是革命根据地货币的组成部分，从货币的种类上来看，为冲破日伪的经济封锁发挥过积极的作用，在浙东革命根据地货币史上留下了光辉的一页。浙东抗币短暂而繁荣，是中国抗币中的风采一族。

哲理启示

浙东抗币中的镴质抗币由于流通时间短暂，存世罕见，收藏价值和研究价值都很高。回顾浙东革命根据地货币史，可以看出，当时的浙东银行善于因地制宜，利用当地常见的金属镴来制作辅币，满足了根据地军民的生活需要，受到民众的好评。新四军主动撤出浙东根据地时，浙东银行又抛售库存大米和其他物资，回收抗币并就地销毁，维护了革命根据地货币的信用。

人民币小故事——周总理的妙答

有一次，周恩来总理在北京举行记者招待会。会上，周总理先介绍了中国经济建设成就，以及我国的对外方针、政策，然后谦和地向记者们笑笑说："下面请诸位提问题。"话音刚落，一位西方记者急不可待地站起来，说："请问，中国人民银行有多少资金？"这句话实质是讥笑中国贫穷。周总理幽默地回答道："中国人民银行的货币资金嘛，有十八元八角八分。"听到这一回答，全场人为之愕然！场内鸦雀无声，静听周总理做解释："现在中国人民银行的发行面额值分别为拾元、伍元、贰元、壹元、伍角、贰角、壹角、伍分、贰分、壹分，合计为十八元八角八分整。中国人民银行是由中国人民当家作主的金融机构，有全国人民作后盾。信用卓著，币值稳定，实力雄厚，是世界上最有信誉的一种货币，在国际上也享有盛誉。这是众所周知的嘛。"周总理的话，再次激起了场内热烈的掌声，发问的西方记者哑口无言，呆呆地坐在那里，不知所措。

哲理启示

当西方记者提出这个问题来刁难总理，想嘲笑中国穷，或者刺探中国经济情报。周总理的回答风趣幽默，既有力回击了西方记者的刁难，又十分巧妙地宣传了人民币，体现了周总理避实就虚、机智灵活的辩才。

（注：当时中国人民银行发行的第三套人民币只有拾元、伍元、贰元、壹元、伍角、贰角、壹角、伍分、贰分、壹分十种面额。）

周恩来廉洁自律的金钱观

周恩来一生没有积蓄，他的钱取之于民，用之于民，真正做到了"取之有道，用之有方"。从1955年国家实行工资制以来到1976年1月他逝世，总理每月工资404.8元，邓颖超是343.7元，他俩的开销除支付生活费以外，其他主要用于五个方面：一是资助亲属；二是补助生活困难的人，包括身边的工作人员；三是抚养烈士后代；四是开会人员和客人的餐费；五是上交的党费。据初步统计，周恩来、邓颖超用于补助工作人员的钱有10218.6元，资助亲属的钱有36645.5元，拿出节余的钱先后三次交党费共14000元，仅上述三项支出高达60864.1元，相当于12年零5个月的工资。在"金钱观"上，周恩来为共产党人树立了光辉典范。

一次，福州军区副司令员龙飞虎因为思念老领导周恩来，就托人从福建送来了一筐橘子，并让人捎话说请总理尝个鲜。知道此事后，周恩来当即说："我不要！"大家觉得这样做有点不通人情，就劝他道："既然已经送来了，不能再送回去。"

周恩来想了想便问橘子多少钱一筐，在得知是25元一筐后，他马上吩咐秘书给龙飞虎寄去50元。

据了解，周恩来经常会收到一些老部下馈赠的土特产，对此他一概推辞，实在推不掉的总是按市价付钱，这次却超出一倍。对此身边的工作人员都感到不解，于是周恩来解释说："我多付钱，他以后就不会再送了。"果然，自此以后龙飞虎再也不送东西给周恩来了。

哲理启示

榜样的力量是无穷的。周总理率先垂范，成为廉洁自律的好榜样。表面上看，高价购买老部下馈赠土特产的做法似乎不通情理，实际上这是总理真心爱护老部下，使他们懂得廉洁自律人人有责，没有亲疏远近之分！

年轻干部金融犯罪的启示

习近平总书记说，金融是国家重要的核心竞争力，金融安全是国家安全的重要组成部分，金融制度是经济社会发展中重要的基础性制度。要强化监管，提高防范化解金融风险能力，防止金融犯罪。"管住人、看住钱、扎牢制度防火墙。"

2019年5月22日，习近平总书记在江西考察工作结束时的讲话中提到：第五次反"围剿"失利后，江西省苏维埃政府主席刘启耀背着金条乞讨数年，历尽千辛万苦寻找党组织继续干革命，不动用一分一毫党的经费。我们只有继承和发扬党的优良传统，才能应对"四大考验"、克服"四种危险"，才能正确处理公私关系、破除"四风"顽疾。

与此相反，现在的一些腐败分子往往由于理想信念的缺失，不能正确处理公私关系而走上犯罪道路。河北省南宫市水务局财务股"90后"原干部李晓飞在网络赌博的世界里越陷越深。2018年4月，面对催债消息，李晓飞盯上了单位的公款，他趁股长不在、副股长请产假在家的机会，从单位账户里挪出20余万元。随后短短8个月时间里，他共挪用、贪污公款1921.88万元。[1] 浙江省余姚市房地产管理中心财务科原科员毛凯利用职务便利，私自开具现金支票从银行取现。他先后37次从余姚市房地产管理中心经济适用房专户挪用公款266.45万元，并将其中的236.42万元用于网络赌博非法活动。[2] 浙江省杭州市钱塘区义蓬街道春园村原报账员朱锐锋曾负责村里与农户之间的资金收缴和支付等工作，经常接触到大量现金。2014年1月，这名"85后"年轻干部把赚钱的目光瞄准了代收代缴的村民农医保款。他沉迷炒股，资金缺口越来越大，公款越挪越多，时间越延越久，在犯罪道路上越走越远。2020年3月，朱锐锋因犯挪用公款罪、挪用资金罪被判处有期徒刑2年。[3]

---

① 《多名"90后"干部被查 他们为何自毁前程》，光明网，2021年7月20日。
② 《莫用贪腐赌未来》，《中国纪检监察报》2021年7月18日。
③ 《莫用贪腐赌未来》，《中国纪检监察报》2021年7月18日。

哲理启示

梳理近年来多地通报的年轻干部违纪违法案例，从"80后"到"90后"甚至"95后"，案情触目惊心。学历高、能力强、潜力大，这些原本前途无量的年轻人，为何自毁前程、堕入违法犯罪的深渊？年轻干部腐败的原因有多方面，最根本的是理想信念缺失，私心作祟，成为精致的利己主义者。因此教育引导年轻干部牢记习总书记的嘱托，以革命前辈为榜样，树立正确的世界观、价值观、人生观刻不容缓。

第四章

外国货币中的哲理故事

泰勒斯的赚钱哲学

泰勒斯是古希腊第一个哲学家，他往往去探索一些别人看来没用的事情，所以挣不到什么钱。因此，他经常被人嘲讽说，你们搞哲学的人就是赚不到钱。泰勒斯说，那我就赚钱给你看看。

因为气候的原因，希腊的橄榄（当地的主要油料作物）已经连续几年歉收了，米利都的榨油作坊都快要倒闭了，许多做榨油生意的商人因连年亏本而心灰意冷。

那年冬天气候还不见好转，泰勒斯夜观天象，利用自己掌握的天文学知识，预测来年的希腊必定风调雨顺，橄榄会有一个很好的收成，而其他人都不看好。于是他在第二年开春的时候拿出手头仅有的一小笔钱租下米利都所有的榨油机。由于当时没有人和他竞争，租赁费特别低，几乎不要钱。到了秋天橄榄成熟的时候发现，哇，橄榄大丰收啦！于是各处的人都去找榨油机来榨橄榄油。结果人们发现所有的榨油机都被泰勒斯给预定了，大家就只好花高价找他租榨油机来榨油，泰勒斯因此获得大量金币，赚得盆满钵满。

古希腊琥珀金币

哲理启示

实践出真知。泰勒斯用实践告诉人们：哲学家只要勇于行动也能赚到钱，假如他们愿意的话。可是泰勒斯说："研究挣钱那套学问，我完全可以做，但那都是二流人才干的事情。"也就是说，泰勒斯的本意并非赚钱，他有更重要的事情要做，有更好的东西要去追求。他不过是要向世人证明，哲学家只要愿意，就可以发家致富。泰勒斯志不在此，他的理想不在物质世界，而是精神世界。这个故事在英国著名哲学家伯特兰·罗素的著作《西方哲学史》中也有记述，可见其是哲学史上一件重要的事。

买卖古钱币成就大生意

德国人梅耶·罗斯柴尔德（1744—1812年）从小就很会做生意，在他10岁的时候，就从父亲那里学到了许多赚钱的方法。当时，他对古钱币特别感兴趣。他收集了许多中东和欧洲国家的古钱币，不过，当时普通人对古钱币并不感兴趣，他的生意很难做。但是，梅耶深信"功夫不负有心人"，只要自己做好准备，幸运女神一定会来的。有一天，一位将军请梅耶带着他的古钱币到自己家里做客，梅耶打听到将军的朋友都是贵族，他知道自己赚钱的机会来了，于是他十分卖力地给将军和他的朋友们讲解每一枚钱币的故事。虽然那时候梅耶只有20岁，在别人眼里只是个毛头小伙子，但他那些生动的古钱币故事深深吸引了贵族们。故事讲完了，梅耶也做成了多笔生意。

不过，这样的古钱币"故事会"不可能经常举行，聪明的梅耶针对上流社会的贵族不愿意在商场购物的特点，发明了世界上最早的邮购商品：他把古钱币编印成精美的目录，写上有关古钱币的故事，然后用邮寄的方式送到各地的皇室贵族手里。那些不轻易走出宫廷的贵族们，很快被这种新奇的邮购方式所吸引。当地领主比海姆公爵请梅耶带着古钱币到他的城堡去，聪明的梅耶以近乎赠送的低价，向公爵卖出了他收藏的古代徽章和钱币。果然，高兴之余，公爵给了梅耶"宫廷御用商人"的称号。凭借"宫廷御用商人"的名头和比海姆公爵的信任，梅耶与越来越多的贵族做上了生意，他经营的商品也扩大到棉制品、烟酒及金融产品。40岁的时候，梅耶已经成为法兰克福城的首富。

这时，目光远大的梅耶·罗斯柴尔德让他的五个儿子走出自己的国家，分散到欧洲各地，共同创建罗斯柴尔德国际金融王国。

哲理启示

1.思路决定出路。梅耶的古钱币生意独树一帜，他发明了世界上最早的邮购商品的交易模式。他卖的其实不是钱币，而是故事。故事是钱币的灵魂，钱币是故事的载体，有故事的钱币就能成为畅销商品。

2. 细节决定成败。梅耶能够成为"宫廷御用商人"，得益于他做事精益求精的风格取得了贵族们的信任。

3. 视野决定格局。梅耶目光远大，不满足于小打小闹的古钱币生意，他以通过买卖古钱币积累的商业信誉扩大经营范围，并把他的五个儿子送到欧洲各国去经营，扩大商业版图，创建了罗斯柴尔德国际金融王国。

爱因斯坦把支票当书签

现代著名物理学家爱因斯坦（1879—1955年）在物理学的多个领域均有重大贡献，在学术界担任很高的职务，但对名利、金钱十分淡然。他把相对论的第一篇论文《论动体的电力学》的手稿卖给一位美国人，所得的600万美元全部捐赠给为正义事业而斗争的西班牙人民。他曾把洛克菲勒基金会寄给他的一张价值1500美元的支票当书签用，有人见了大为惊奇，他却平静地说："重要的不是这个，而是科学。"

哲理启示

1. 爱因斯坦把毕生的精力投入到科学研究之中，他的人生理想不是追求金钱，因此金钱对他来说并不重要，把支票当书签不足为奇。

2. 爱因斯坦难能可贵之处是追求正义，把卖手稿所得的600万美元全部赠送给为正义事业而斗争的西班牙人民。

3. 人生应该有大格局，追求金钱不是目的。要以科学大师为榜样，坦然对待名利与金钱，把追求科学真理作为人生的奋斗目标。

纸币上的苍蝇

在澳大利亚 1994 年版 50 澳元纸钞背面的右下角六边形框中印有一只金黄色的大头苍蝇图案。大头苍蝇本应是臭名昭著的害虫，终日与污秽为伍，与病菌为伴，糟蹋食物，传播疾病，还有着极强的繁殖能力，可谓人见人厌。如此龌龊的形象，为什么堂而皇之地印在了一个国家的纸币上呢？经考证了解才知其背后有一个"澳蝇从良"的故事。

很久以前，澳大利亚的苍蝇也曾经生活在肮脏不堪的地方，以食腐为生，且数量庞大。为了防止过多的苍蝇传播疾病，勤劳的澳大利亚人民积极行动起来，万众一心将公共场所的污垢统统消除殆尽，导致苍蝇失去了赖以生存的脏污环境。多年以后，整洁环境中的澳大利亚的苍蝇迫不得已"入乡随俗"，转变了自己的生活习性，改为以吸取植物浆汁、花蜜、嫩叶嫩果等为生，身上几乎不带细菌和病毒，甚至还承担起传播花粉的职责，为当地农业带来了累累硕果。此外，针对澳大利亚畜牧业发达而草原粪便清理劳动力不足的问题，当地科学家还研究出了无菌苍蝇，用以消化草原粪便，而它们自身却不带细菌。由于澳蝇的种种特性，许多国家的学校及科研机构每年都会

澳大利亚 1994 年版 50 澳元纸钞背面右下角六边形框中的苍蝇图案

从澳大利亚进口大量的苍蝇用以科学研究。澳蝇为当地人的美好生活做出了巨大贡献，受到了人们的尊崇，不仅成了澳大利亚的特色物种之一，还登上了国家的货币。

在人们的传统印象中，苍蝇是人人憎恶的害虫，是丑恶肮脏的代名词。北宋文学家欧阳修曾作《憎苍蝇赋》，把苍蝇比作祸国殃民的谗人，细数苍蝇的三大害处，鞭挞小人的可恶、可憎与可畏。谁料，不讨喜的苍蝇却在澳大利亚摇身一变，成为受人青睐的昆虫小可爱，完全颠覆了我们通常对苍蝇的认知。可见，传统印象虽然可以在一定范围内对某类人或事物进行一个概括的了解，但往往会因为思维定势的作用而形成偏见，导致不符合客观事实或忽略了认知对象的特殊性，从而形成认知偏差，造成认识的片面性。我们把苍蝇看作肮脏与丑恶的典型代表，殊不知并非全世界的苍蝇都是害虫，有些苍蝇也可以是人类的朋友，我们应予以尊重，并与之友好共处。唯物辩证法认为，同一事物在不同发展阶段具有不同的特点，我们在看待事物时一定要坚持具体问题具体分析的原则。对待苍蝇如此，对待周遭的人和事物亦如此。

哲理启示

从唯物辩证法的视角来看，世界上的万事万物都存在着矛盾，既相互对立又相互统一，苍蝇也是如此。这就要求我们用"一分为二"的辩证观点看问题，既看到它的缺点，也看到它的优点，既关注主要特征，也关注其他特征。譬如，苍蝇可以传播病菌也可以传播花粉，数量庞大的苍蝇可以给人类带来威胁，也可以成为造福人类的益虫。关键在于如何积极创造条件，促进矛盾双方的相互转化，这是值得我们深思的问题。同时，事物的因果联系是普遍存在的，有因必有果，有果必有因。任何事物的产生、发展和灭亡，总是内因和外因共同作用的结果。原因和结果相互依存，相互作用，在一定条件下可以相互转化。澳蝇"从良"是环境与苍蝇共同改变的结果。澳蝇"从良"的外因是澳大利亚人民共同努力提升了整体卫生环境致使传统苍蝇无以逐臭，这是澳蝇变化发展的条件；内因是澳蝇为求生存而被迫向大自然谋求新的生活方式，这是其变化发展的根本原因；外因通过内因而起作用，最终澳蝇"弃恶从良"，成为人类的朋友。而这一结果又成为作用于改善环境的原因，致使澳大利亚的生态环境进入良性循环。把握利用好事物的因果联系并指导实践，方法正确，持之以恒，再复杂的矛盾也可以变得简单，再难的事情也能得以解决。

金币与烧饼的价值

古时候有一位钱币商和一个卖烧饼的小贩，被一场洪水困在野外的山岗上，不知道洪水会持续多久。两天后，钱币商身上的食物已经吃完了，只剩下一口袋金币。而烧饼小贩还有一口袋烧饼。钱币商提出一个建议，用一个金币换一个烧饼，若是在平时，这是再便宜不过的事了，此时烧饼贩子却不同意，认为发财的机会到了，提出要用一口袋金币来换取一口袋烧饼，钱币商同意了。

一天又一天，洪水还是没有退下去，钱币商吃从烧饼贩子手里买来的烧饼，而烧饼贩子饿得饥肠辘辘，最后实在忍不住了，就提出来要用这口袋金币买回他曾经卖出而如今已为数不多的烧饼。钱币商没有完全答应他的条件，只允许他用五个金币换一个烧饼。洪水退去后，烧饼全部吃完了，而一袋金币又回到了钱币商的手里。

哲理启示

1.同一事物在不同的发展阶段具有不同的特点，看待事物时要坚持具体问题具体分析。生死存亡之际，食物比金钱更重要。

2.要善于分析、比较形势和大局，做出正确决策。币市低迷可以买到任何想要买的好东西，这是机遇。一旦洪水退去，市场格局就变了，机遇不可重复。

3.任何事物都是变化的，要以发展的眼光看问题，善于在变局中抓机遇，在变局中创新局、求发展，这才是智者。

一枚铜钱背后的人生哲理

古代有个年轻人，抓了一只老鼠，卖给药铺，得到了一枚铜币。经过花园，听花匠们说口渴，他又有了想法。他用这枚铜币买了一点糖浆，和着水送给花匠们喝。花匠们喝了水，便一人送他一束花。他到集市卖掉这些花，得到了8个铜币。

一天，风雨交加，果园里到处都是被狂风吹落的枯枝败叶。年轻人对园丁说："如果这些断枝落叶送给我，我愿意把果园打扫干净。"园丁很高兴："可以，你都拿去吧！"年轻人用8个铜币买了一些糖果，分给一群玩耍的小孩，小孩们帮他把所有的残枝败叶捡拾一空。年轻人又去找皇家厨工说有一堆柴想卖给他们，厨工付了16个铜币买走了这堆柴火。

年轻人用16个铜币谋划起了生计，他在离城不远的地方摆了个茶水摊，因为附近有500个割草工人要喝水。不久，他认识了一个路过喝水的商人，商人告诉他："明天有个马贩子带400匹马进城。"听了商人的话，年轻人想了一会儿，对割草工人说："今天我不收钱了，请你们每人给我一捆草，行吗？"工人们很慷慨地说："行啊！"这样，年轻人有了500捆草。

第二天，马贩子来了要买饲料，便出1000个铜币买下了年轻人的500捆草。几年后，年轻人成了远近闻名的大富豪。

故事很简单，也很有意思。年轻人的成功不是偶然的，因为他具备了现代人的管理素质。

他很有思想：他明白要想得到就一定要付出。他先送水给花匠喝，花匠得到了好处，便给了他回报。这也是双赢的智慧。

他很有眼光：他知道那些断枝落叶可以卖个好价钱，但如何得到大有学问。所以，他提出以劳动换取。这也符合勤劳致富的社会准则。

他很有组织能力：他知道，单靠他一个人难以完成这项工作。他组织了一帮小孩为他工作，并用糖果来支付报酬。从这一点看，他具备领导艺术和管理才能，用较低的成本赢得了较大的投资收益。

他很有信息意识：他可以从和商人的谈话中捕捉赚钱的机会，用较低的价格收购了一大批草，转手卖了个好价钱。这一点，与我们今天在信息时代的经济贸易非常吻合。

哲理启示

每个人都梦想成功，而财富的宝藏就在我们身边等待挖掘。有的人抱怨财运不佳，有的人埋怨社会不公，有的人感慨父母无能……其实我们真正缺乏的是勤奋和发现财富的慧眼。此外，这个故事也验证了《论语·雍也》中的名言："己欲立而立人，己欲达而达人"理念的正确。你自己想有所树立，就想到也要让别人有所树立；你自己想腾达，就想到也要帮助别人腾达。能够从身边小事做起，推己及人，这既是实践仁义的方法，也是获得财富的高明之举。

铜币与金币的故事

从前，有一位富有的商人，他把自己的财富全都换成金币，堆放在自家地下室。

不知为什么，在这堆闪闪发亮的金币中，还躺着一枚锈迹斑斑的铜币。它的面孔瘦黄暗淡，身上还刻有一些奇怪的符号，显得格外疲惫沧桑。金币们注意到了它，纷纷嘲笑道："看呐，他是怎么混进来的，这穷酸的模样简直是在给我们抹黑！"

"是啊，是啊！主人怎么会把他跟我们放一起呢？"

不管周围的金币如何议论嘲笑，铜币始终没有反驳。它静默地躺着，仿佛根本不知道金币的存在。

这时，有个脾气大的金币生气了，它无法相信一枚卑贱的铜币竟对尊贵的金币爱理不理。它气急败坏地说："呸！我们把他轰出去！这小子太嚣张了！"四周的金币纷纷附和，随即它们开始扭动沉重的身躯，往地面上一立，然后骨碌碌地朝铜币滚了过去。

眼看铜币即将被金币包围，地下室的门外忽然响起了钥匙转动门锁的声音。

"是主人回来了！大家快躺下！"

金币躺下的一瞬间，富商和他的儿子从门口进来了，他们看着满地凌乱的金币困惑不已，但富商很快把目光转移到了那枚铜币身上。

"天呐，终于找到你了。"富商不断亲吻铜币的面孔，就像见到了久别的爱人一般。

"爸爸，就一枚铜币，有这么重要吗？"他的儿子困惑地问。

"傻孩子，这是当年我祖父的祖父流传下来的，价值一千枚金币呢！"

哲理启示

内容决定形式。铜币的材质虽然不如金币的材质贵重，锈迹斑斑的外表也不及金光灿灿耀眼，但物以稀为贵，一枚铜币如果具有特殊的历史价值和稀缺性，那么它就值一千枚普通金币。

石币的信用

密克罗尼西亚是太平洋的三大岛群之一，其中最西边的雅浦岛上曾住着一群非常古怪的土著居民。1899—1919年，太平洋上密克罗尼西亚的加罗林群岛还是德国的殖民地。群岛上的最西端是瓦普岛，或称为雅浦岛。当时，这个岛上的人口为5000—6000人。1903年，一位名叫威廉·亨利·福内斯三世（William Henry Furness Ⅲ）的美国人类学家到这个岛上住了几个月，他发现当地人使用的货币是一种石轮。这种特殊的货币令他印象深刻。他后来就把在当地所见的风俗记录成书，书名《石币之岛》。

因为该岛不出产金属，他们的资源就是石头，他们的劳动都耗费在搬动石头和磨制石头上了。石轮就像文明社会里的所有物和铸币一样，是劳动的代表物。石轮内部中空，外部呈环形，可以作为货币使用。

他们把自己的这种交换媒介称为费（Fee）。费是由大而坚硬、厚重的石轮组成的。这些石轮小的直径30多厘米，大的直径有3米多。石轮的中央有一个孔，这个孔的大小随石轮直径大小的不同而不同。为了便于运输，有时会往中间插一根粗壮的木柱用于搬运。这些石轮"硬币"（是在离这个岛400里远的另一个岛上找到的石灰岩石），最初是由一些敢于冒险的当地探险人在这个岛上开采并打制，然后用独木舟和木筏运回雅浦岛的。

这种石币值得说道之处在于——石币的拥有者不必减少自己的拥有物。在做成一笔交易之后，如果这笔交易所涉及的"费"太大，大到无法方便地搬动石币的地步，石币的接受者会很乐意接受单纯的所有权认可，他们甚至都不愿意费力去做个标记来表明这种交换，石币仍然静静地躺在以前那位拥有者的地头。有意思的是，村子附近有一户富裕人家。这家的财富是毋庸置疑的——也就是说，他家的财富得到了每个人的认可——然而，没有一个人，甚至这家人自己都没有亲眼看见过或触摸过这笔财富。这笔财富是一块巨大的费，这块费的大小是通过传说而众所周知的，而这个传说已经传了两三代人。从那时起，这笔财富一直躺在海底。

很多年以前，这家人的一位先祖在探险寻找费之后，获得了这块大得出奇并极具

雅浦岛上的石币

价值的石头。这块石头后来被搬到木筏上，准备运回家来。木筏行到半途的时候，海上起了风暴。为了拯救自己的生命，这群人砍断了木筏的缆绳，任其漂流，石头也因此沉入海底，从人们的视线中消失了。这些人回家后，所有的人都证明说，费的体积极其巨大，质地尤其优良，石币的丢失也不能怪罪于拥有者。于是从那时开始，所有的人都从心底里承认，石头落入海中只是一个意外事故，这事故太小，小得不值一提，离岸几千米的海水影响不了石币的买卖价值，因为石头已经被凿制成适当的形式了。因此，这块石头的购买力依然存在，就像在人们的视线中毫发无损地躺在拥有者的家里一样。

1898年，德国政府从西班牙人手中买下加罗林群岛后，获得了这个群岛的所有权。当时，岛上的这些道路状况非常差，有几个地区的首领得到通知后，让人们必须把道路修好，而且要维护好。但是，用大块的珊瑚胡乱铺就的道路，对赤脚走路的当地人来说非常适宜。所以这个命令反复重申了多次，仍然没有人在意。最后，德国统治者决定向抗拒命令的地方首领征收罚金。但是，用什么形式来体现这笔罚金呢？后来，德国人想出了一个巧妙的办法，他们派了个人，走遍了那些抗拒命令地区的每一家石屋和公共聚会场所，去收取罚金。到那儿之后，这个人只在一批最有价值的费上画一个十字，表明这块石头已经被政府征收了。这个办法真的很有用，那些愁苦的贫苦民众马上就修好了连接岛屿两端的道路，而且修得很齐整。现在，这些道路看起来就像公园里的车道一样。然后，当局派出了几位办事人员，擦掉了画在石头上的十字。

一眨眼工夫，罚金抵销了，那里的人们重新获得了资本所有权，并尽情享受着自己的财富。①

哲理启示

石币之岛的案例是关于货币如何达成信用的典型案例。岛民对石轮货币的认可是在他们彼此信任的基础上达成的，因为岛民对货币价值的态度取决于他们对货币的信心与预期。它给人的启示是：信用是货币的本质属性，在经济交往中具有至关重要的作用。马克思说："金银天然不是货币，但货币天然是金银。"这说明：①金银最适宜充当一般等价物；②金银不是唯一的固定充当一般等价物的商品；③作为一般等价物，金银和石头的本质是相同的，是商品交换历史过程的产物。石轮币也是如此，石头并非天然是货币，而是商品交换的信用产物。

---

① ［美］米尔顿·弗里德曼：《货币的祸害——货币史片段》，安佳译，商务印书馆2006年版，第7—9页。

阿里巴巴获取藏宝洞财富的秘诀

　　古代阿拉伯文学名著《天方夜谭》中记载了一个穷小子阿里巴巴获取宝藏致富的故事。从前，在波斯国的某个城市里住着兄弟俩，哥哥叫戈西母，弟弟叫阿里巴巴。父亲去世后，为了糊口度日，兄弟俩不得不日夜奔波。

　　有一天，阿里巴巴赶着三头毛驴，上山砍柴。远处突然出现一支马队，正急速向他所在的这个方向冲过来。阿里巴巴心里害怕，他只得爬到一棵大树上躲起来。

　　原来这群骑马的人是杀人越货的强盗，一共有四十个！强盗们在树下拴好马。这时，一个首领模样的人背负沉重的鞍袋，从丛林中一直来到一块大石头跟前，喃喃地说道："芝麻，开门吧！"于是石门打开，强盗们鱼贯而入。那个首领走在最后。

　　阿里巴巴待在树上观察他们，直到他们走得无影无踪之后，才从树上爬下来。他暗自道："我要试验一下这句咒语的效果，看我能否也将这个石门打开。"

　　于是他大声喊道："芝麻，开门吧！"他的喊声刚落，石门立刻打开了，呈现出一个幽深的山洞，洞中堆满了各种金银财宝，让人目瞪口呆。阿里巴巴进入山洞后，石门又自动关闭了。

　　他在洞中无所顾虑，满不在乎，因为他已掌握了这道门的启动方法，不怕出不了洞。他迫切需要金钱，对洞里的其他财宝并不十分感兴趣。因此，考虑到毛驴的运载能力，他想只拿出几袋金币，捆在木柴里面，扔到驴子上运走。这样，人们不会看见钱袋，只会仍然将他视作砍柴度日的樵夫。

古代波斯金币

想好了这一切，阿里巴巴把盗来的金币搬出洞外，随即说道："芝麻，关门吧！"石门应声关闭。阿里巴巴驮着金币，赶着毛驴很快返回城中。

到家后，他急忙卸下驴子，解开柴捆，把装着金币的袋子搬进房内，摆在老婆面前，把实情告诉她。他老婆去嫂子家借量器量金币时不慎泄露了秘密，阿里巴巴在哥哥的威逼下，只好把山洞的所在地和开关洞门的暗语，一字不漏地讲了一遍。戈西母仔细听着，把一切细节都牢记在心头。

第二天一大早，哥哥戈西母赶着雇来的十匹骡子，来到山中。待一切准备妥当后，他来到那紧闭的石门前念咒语，打开了藏宝洞。戈西母走进藏宝洞，藏宝洞自动关闭。戈西母被满山洞的金银财宝吸引住了，恨不得把全部的珍宝装入囊中。等装满几袋子珍宝后，才想起出洞，但由于先前兴奋过度，他竟忘记了那句开门的暗语。这天半夜，强盗们抢劫归来时发现了困在藏宝洞中的戈西母，于是愤怒的强盗拦腰一刀，把他砍为两截。

哥哥久久未归，阿里巴巴预感到发生了什么不幸的事，但他稳住自己的情绪，仍然平静地安慰着嫂嫂。他去藏宝洞找回了被强盗杀害的哥哥的尸首，顺便又盗取了几袋金币。阿里巴巴的行为最终被强盗们察觉。强盗头子数次派人去城里打探阿里巴巴家的地址，并标上记号，均被阿里巴巴家聪明的女仆马尔基娜识破。后来强盗头子亲自打探到阿里巴巴家的地址，伪装成贩油商人，把另外三十九个强盗藏在油瓮中企图半夜去偷袭阿里巴巴一家，又被女仆发现并偷偷用热油把三十九个强盗烫死在油瓮中，强盗头子也被阿里巴巴杀死。随后趁着天黑，阿里巴巴把四十个强盗的尸体都埋了，没有留下任何痕迹。阿里巴巴拥有了藏宝洞中的全部财宝，他把财宝分给穷人，让大家都过上了好日子。

🏵 哲理启示

1. 强盗们把杀人越货得到的不义之财藏在山洞里，以为万无一失。不料人算不如天算，若要人不知，除非己莫为。贪心的人永远都只有一个悲催的下场，坏人终将不得善终。

2. 做人不应该贪心。要像阿里巴巴一样，对强盗藏在山洞中的不义之财，取之有道，理性看待这笔意外财富，获取时既注意分寸，又不暴露行踪，可他的哥哥却因为财迷心窍而丧命。

3. 应该向阿里巴巴学习，美好生活要靠自己的辛勤劳动和勇敢胆魄去打拼，不能总希望天上掉馅饼，所以需要从小打好基础，长大后为社会和家庭创造财富。

4. 芝麻开门，打开信用之门。在当今社会，恪守信用就是打开财富宝藏大门的密码。

5. 人生路上要有贵人相助。聪明的女仆马尔基娜就是阿里巴巴身边的贵人，在几次危急时刻，都是马尔基娜出手相助，化险为夷。不要轻视身边的普通劳动者，人民群众才是真正的英雄。

6. 不忘初心，致富不忘乡亲。善良的阿里巴巴在拥有了强盗藏宝洞中的全部财宝后，把财宝分给穷人，让大家都过上了好日子。这是典型的先富带动后富，实现共同富裕的目标。正是阿里巴巴发现财富并与人分享财富的高尚情操使他成为被人们千古传颂的传奇。

《百万英镑》故事的哲理启示

美国著名作家马克·吐温的短篇小说《百万英镑》描写了一个贫穷、诚实的年轻人亨利，也就是这个故事的主人公收到了一对英国富豪兄弟的信，信里面寄给他一张无法兑现的百万英镑支票。原来这对兄弟打了一个赌，赌如果一个贫穷、诚实的人收到天上掉下的一百万英镑，他会有怎样的结果。哥哥认为他会饿死，因为他无法证明这些钱是他自己的，会受到别人的怀疑，连银行都不会让他存钱。弟弟则认为他会过得很好。于是兄弟俩将这一百万英镑的支票借给了这个贫穷的年轻人，并出国去旅游了三十天。没想到在这段时间内，面对这位突然暴富的年轻富翁，人们竟拼命地拉拢他，从免费吃饭、买衣服，到免费住宿，一个个像乞丐般讨好他，并不断提高他的社会地位，一直到了除王室外最高的公爵之上！不光如此，他还得到了一位娇妻和三万英镑的银行利息。从此以后，这位贫穷的年轻人过上了幸福的生活。

《百万英镑》连环画封面

🌸 哲理启示

1.《百万英镑》是一部很好的作品。文章对"金钱就是一切""金钱是万能的"的拜金主义现象进行了辛辣的讽刺,揭穿了资本主义社会的丑恶面貌和黑暗统治。

2.一张无法兑现的百万英镑支票如同当今社会的虚拟货币,人们虽然知道它值钱,但它并非真实有用的流通货币。它具有无穷的魅力,在资本主义社会能够像财神一样诱导人们去拜金,为金钱而疯狂,使整个社会成为金钱的奴仆。

3.资本主义社会经常利用金钱来造神,如购买股票、彩票等,制造人人平等、穷人运气好也可以发财的假象。事实上,资本主义社会的私有制才是社会贫富分化的根源。极少数穷人一夜暴富无法改变绝大多数穷人始终受剥削与受压迫的命运。

百元大钞的价值

在一次演讲会上，一位著名的演说家没有讲一句开场白，只是手里高举着一张一百元的钞票。

演说家面对参会的人，问："谁要这一百元大钞？"

只见台下的一只只手都齐刷刷地举了起来。

演说家接着说："我打算把这一百元送给你们中的一位，但在这之前，请准许我做一件事。"说着他将钞票揉成一团，然后问："谁还要？"但是仍有人举起手来。

演说家又说："那么，假如我这样做又会怎么样呢？"于是，他把钞票扔到地上，又踏上一只脚，并且用脚碾它。之后他拾起钞票，这时的钞票已变得又脏又皱了。

"现在谁还要？"台下依然有人举起手来。

"朋友们，你们已经上了一堂很有意义的课。无论我如何对待那张钞票，你们还是想要它，因为它并没有贬值，依旧是一百元。人生路上，我们会无数次被自己的错误决定或碰到的逆境击倒、欺凌甚至碾得粉身碎骨。我们觉得自己似乎一文不值，但无论发生什么，或将要发生什么，在上帝的眼中，你们永远不会丧失价值。在他看来，不管肮脏或洁净，衣着齐整或不齐整，你们依然是无价之宝。"

哲理启示

不要让昨日的沮丧令明天的梦想黯然失色！一件物或一个人，不论干净还是肮脏，只要价值没有失去，没有缩水，其本质就不会改变。

金子与矿渣的故事

安德鲁·卡内基曾经是美国最富有的人。当他还是一个孩童时，他便从家乡苏格兰来到美国谋生。父母虽穷，却为人正直，始终充满着积极进取的精神，对小卡内基影响很大。因出身贫寒，他干过各种各样的零工，直到最终成为美国最大的钢铁制造大王。当他辉煌时，曾有43个百万富翁为他做事。要知道，在当时，百万富翁可是非常罕见的。那时的100万美元至少相当于现在的2000万美元。

一位记者问卡内基，你怎么会雇43个百万富翁为你工作？卡内基回答道："你应该记得，他们刚开始为我工作的时候，他们并不是百万富翁。他们成为百万富翁，是为我工作的结果。"

这位记者又接着问道："那么，你又是如何把这些人培养成功的，以至于你甘愿付给他们百万之巨的报酬呢？"

卡内基回答道："培养人才和挖掘金矿的道理是完全一样的。当开采金子的时候，每获得一盎司的金子，都要先除去几吨的矿渣和废石，但是，人们进入矿区，并非为了寻找矿渣，而是为了寻找发财的金子。这正是管理者看待员工的正确方法。不要去寻找他们身上的缺点、瑕疵和毛病，那不是我的目的。我的人生目标是为了寻找发财的金子，而非矿渣；我们要去寻找优点，而非短处。事实上，当我努力地去寻找他们身上更多的'金子'时，我就能发现更多的'金子'，他们就得到了自己想要的财富，我也获得了更多的财富。"

哲理启示

宝贵的金子来自矿渣，不凡的英雄起于草莽。在矿渣中找到金子与在草莽中发现英雄的原理是相同的：是金子总会发光。每个优秀的人身上总有闪光点，当我们寻找到这些闪光点时，就能获得杰出人才。

货币文化中的哲理故事

第五章

"扑满"之哲思

"扑满"是古时人们用于存储钱币的容器，又称悭囊、积受罐、闷葫芦、哑巴筒等。扑满的名字第一次出现是在《史记》中。"扑"就是用棍子或锤子击打的意思，扑满一般是陶制或瓷制的，因为只有在顶端开一道狭缝作为投币口，所以如果钱存满了，就要将其击碎，才能取出钱，"扑满"之名便是由此得来的。扑满的设计巧妙之处在于有入无出，积而不散，只有等存满时将它扑打碎了，方可取出积蓄，"满则扑之"，故名"扑满"。

扑满在汉代时就被文人关注。西汉名臣公孙弘少时家贫，他从猪倌做起，一步一步上升，最终当

唐长沙窑联珠纹陶扑满[1]

上了汉武帝的宰相。他一生风评挺好，还留下了"后来居上""东阁待贤"等典故。古代历史笔记小说集《西京杂记》卷五之《邹长倩赠遗有道》一文记载了一则有关"扑满"的故事："公孙弘以元光五年为国士所推，上为贤良。国人邹长倩以其家贫，少自资致。乃解衣裳以衣之，释所著冠履以与之。又赠以刍一束、素丝一襚、扑满一枚。书题遗之曰：'……扑满者，以土为器，以蓄钱具，其有入窍而无出窍，满则扑之。土，粗物也，钱，重货也。入而不出，积而不散，故扑之。士有聚敛而不能散者，将有扑满之败，可不诫欤？故赠君扑满一枚。'"[2]汉武帝元光五年（公元前130年），公孙弘被举荐为贤良方正，因贫穷没有一套像样的衣着启程赴京，同邑邹长倩解下自己的衣裳给他穿，脱下自己的鞋帽送给他，还赠与一束青草、一襚白丝及一只扑满，并在赠言中写道："扑满是用土制作的用来积聚钱的容器，它只有投入钱币的孔而没有取出钱币的孔，装满后就把它打碎了取钱。正因为它只进不出，只能积财而不能散财，所以只

---

① 1979年长沙市望城区铜官镇长坡垄出土，现藏于长沙博物馆。
② 向新阳，刘克任.西京杂记校注[M].上海：上海古籍出版社，1991:91，214.

好打破它。为官之人，如果只知聚敛财富而不知道散布财富，就会面临如同扑满一般的破败结局，我能不警戒你吗？所以我要送你一只扑满。"邹长倩借"扑满"之意提醒公孙弘为官要廉洁，要保持简朴的生活作风、清廉的道德操守。自此以后，公孙弘谨记"扑满"之诫，清廉勤勉，节俭律己，用省下来的钱财招纳贤才，为国建功，终成一代名相。公孙弘与扑满的故事也成了世代流传的廉政佳话。由此可见，扑满在西汉时期即已有之，不仅作存钱之用，还赋予其"钱忌盈满，不可贪得无厌"的警示之意。

后世之人常常在诗词中引申扑满"满则扑之"的喻意。比如唐朝晚期著名诗僧齐己在《扑满子》中云："只爱满我腹，争如满害身。到头须扑破，却散与他人。"南宋大诗人陆游《自贻》诗曰："钱能祸扑满，酒不负鸱夷。"元代诗人艾性夫亦有《扑满吟》云："区区小器安足怜，黄金塞坞脐亦燃。"这些诗句都借扑满之喻告诫人们不可过度贪财敛财。另有宋代韦骧在《和扑满》中言"海悭财甚小，扑满祸难逃"，"物微诚谕远，招损警贪饕"，将巧取豪夺、贪得无厌之人喻为扑满，一旦装满，便难逃破碎之祸。事实也确实如此，历史上类似扑满一样的贪官污吏、佞臣小人往往难逃"满则扑"的命运。譬如晋代权臣石崇、明代奸臣严嵩、清代巨贪和珅就是此类人物的典型代表，风光过后权势钱财尽失，不得善终，留下万世污名，催人警醒。

"满则扑之"，以上这些典故与诗句中所喻之"满"，多指钱财权势的"满"，从而警示世人尤其是从政之人不可贪得无厌，要以扑满为戒，坚守清正廉洁底线。在我们日常生活中，"扑满"的启示远不止于此。

哲理启示

中国古代哲学的经典理念"物极必反"与"满则扑之"有着异曲同工之妙。《吕氏春秋·博志》曰："全则必缺，极则必反。"《鹖冠子·环流》也有言："物极则反，命曰环流。"这些都说明了物极必反、过犹不及的道理。马克思主义唯物辩证法适度原则指出，任何事物只有在一定的范围和限度内，才能保持其原有的性质，一旦超过这个范围，就会向对立面转化。量变引起质变，导致物极必反。因此，我们在实践中，凡事都应注意分寸，把握好界限和标准，坚持适度原则。说话留有余地，行事把握分寸，待人有宽容之心，处世淡泊从容，掌握适度，才能恰到好处。

水满则溢，月满则亏，人满则堕。"扑满"的"满"还可以指一种心态、态度，即骄傲、自满、自负。古训曰："满招损，谦受益。"意思是骄傲自满招来损害，谦虚谨慎得到益处，正如毛主席说的，"谦虚使人进步，骄傲使人落后"，寓言故事《龟兔赛跑》讲的就是这个道理。《汉书·魏相传》中也有言："恃国家之大，矜民人之众，欲见威于敌者，谓之骄兵，兵骄者灭。"历史上就有很多这样的例子，比如西楚霸王项羽骄傲狂妄，自诩贵族出身，英雄盖世，力拔山河，拥有雄兵百万，轻视了劲敌刘邦，最后落得"四面楚歌、乌江自刎"的下场，正所谓"骄兵必败""满招损"。而刘邦谦虚谨慎，善用张良、韩信、萧何等人，最终在刘项之争中大获全胜，是谓"谦受益"。

习近平总书记曾在2012年同外国专家代表座谈时指出"满招损，谦受益"，他强调："中国已经取得举世瞩目的发展成就，但我国仍是一个发展中国家，仍然面临一系列严峻挑战，还有许多需要面对和解决的问题。我们既不妄自菲薄，也不妄自尊大，更加注重学习吸收世界各国人民创造的优秀文明成果，同世界各国相互借鉴、取长补短。"而今，历史见证了中国"谦受益"的阶段性成果：全面建成小康社会已取得伟大历史性成就，脱贫攻坚战如期打赢，实现了第一个百年奋斗目标，综合国力与国际地位显著提升，并为世界和平与发展不断贡献中国智慧、中国方案、中国力量。由此可见，从古至今，小至为人处世，大至治国理政，都须谦虚进取，戒骄戒"满"，才能避免"扑满之败"。

拙朴的古代存钱罐"扑满"所蕴含的深刻哲理，经过千年积淀，愈发启人心智，耐人寻味。

劣币驱逐良币的哲学思考

在铸币时代，当那些低于法定的重量或者低于法定成色的劣币，进入流通领域之后，人们更倾向于将那些足值的良币收藏起来，最后良币将被驱逐，市场流通的就只剩下劣币了。"劣币驱逐良币"定律在社会上表现的就是恶人不断地驱赶善人。具体来说就是在一个社会中，当有一小撮人因为投机取巧而先获得利益，这个时候如果不能使他们付出代价，那么剩下的大部分人必然就不会坚持自己的本心了。

劣币与良币是一对矛盾，既对立又统一。劣币能驱逐良币，良币也能驱逐劣币。在生活中，人们发现劣币驱逐良币现象比较多见，这是何故呢？因为矛盾的存在与发展不仅有自身的本质规定，而且与外部环境有密切联系。若外部环境好，对事物的发展就会起推动作用；若外部环境不好，就起到阻碍作用。劣币之所以能压制良币在市场上广泛流通，不是劣币的品质好，而是制度不严，市场监管不力，良币就会被劣币驱逐出市场，成为人们的收藏品。并非良币真的不受欢迎，没有市场，这是在恶劣环境下人们对良币的一种爱惜和保护，因为良币是很容易花出去的。而劣币就不一样，它一定要依靠不健全的制度与不健康的环境才有市场。因此，良币完全不用妄自菲薄，哀叹时运不济。俗话说得好，是金子总会发光的。待制度健全，市场环境改善，良币最终定会驱逐劣币！

劣币驱逐良币（Bad money drives out good）为16世纪英国经济学家格雷欣提出，也称"格雷欣法则"（Gresham's Law）。"劣币驱逐良币"是经济学中的一个著名定律。该定律是这样一种历史现象的归纳：在铸币时代，当那些低于法定重量或者成色的铸币——"劣币"进入流通领域之后，人们就倾向于将那些足值货币——"良币"收藏起来。最后，良币将被驱逐，市场上流通的就只剩下劣币了。当事人的信息不对称是"劣币驱逐良币"现象存在的基础。因为如果交易双方对货币的成色或者真伪都十分了解，劣币持有者就很难将手中的劣币用出去，或者，即使能够用出去也只能按照劣币的"实际"而非"法定"价值与对方进行交易。

在人们的通常理解当中，市场上大都是劣币驱逐良币。如何理解劣币驱逐良币？

简单来说，就是古代在使用金、银来购买东西的时候，金子不足秤，银子也不足秤。

由于好坏无法辨别，因此就算是不足秤的金银，也可以购买足秤金银同等的货物。如果这样的话，原来足秤的金、银将会被收回，重新打造成不足秤的金银在市场上流通。到了最后，市场上面都是劣质的金银，这就是劣币驱逐良币。

汉文帝之前的铸币情况——私铸币屡禁不止！

在中国历史上，汉文帝在他执政期间出台了一项政策，让市场上出现了"良币驱逐劣币"的事情。

在讲到汉文帝的政策之前，我们要讲一下汉文帝之前的铸币政策。当年秦始皇统一货币，把铸币权紧紧地掌握在国家手中。一者可以维持国家稳定，二者可以获取油水。但是这种制度很快就出现了问题，因为虽然秦始皇统一了货币，但是货币制度仍然非常混乱，这种混乱情况一直延续到西汉早期。

在西汉初期，从汉高祖到汉惠帝再到吕后执政三个时期，他们都尝试过颁发几种新的货币。西汉初期出现过榆荚半两、三铢（实物较少）、八铢半两、五分钱等等。

由于监管问题，最后社会上出现了大量的盗铸货币的情况，造成了货币滥造滥制，引发了严重的通货膨胀。史书记载："令禁铸钱，则钱必重；重则其利深，盗铸如云而起，弃市之罪，不足以禁矣。"可见当时有多严重了，禁都禁不了。这里要补充一个知识点，为什么都想去铸造假币？因为铸币在本质上赚取的是铸币材料成本与铸币面值之间的差额。打个比方，假设100块钱的制作成本是10块钱，里面就有90块钱的利润。

人为财死。马克思不是说过嘛，50%的利润会让资本家铤而走险，100%的利润会让资本家敢于践踏一切人间法律，300%的利润会让资本家敢犯任何罪行，甚至冒绞首的危险。

这就造成在西汉初期，民间盗铸货币的情况非常严重。倘若是民间的一些小作坊还罢，因为产量少、质量差，明眼人一眼就能看出来，官府也好抓。关键是一些豪门大族，也跟着私铸货币。

汉文帝的政策——使民放铸，咱都别赚钱了！当时的汉文帝认为，既然我赚不到钱，钱都被你们这些贵族赚走了。干脆这样吧，我赚不了你们也别想赚，我来一个"使民放铸"。除盗铸钱令，使民放铸。贾谊谏曰："……又民用钱，郡县不同：或用轻钱，百加若干；或用重钱，平称不受。……则市肆异用，钱文大乱。……今农事弃捐而采铜者日蕃，释其耒耨，冶镕炊炭，奸钱日多，五谷不为多。"什么叫使民放铸？意思就是说，政府不要铸币权了，民间百姓随便铸币。其实说是让民间百姓随便铸币，但实际上还是让贵族随便铸币。因为民间百姓哪来的实力去开造铸币厂？此令实施刚开始受到大臣阻止，如上文贾谊所说，大致意思是放任铸币将会更乱。百姓都跑去铸币了，也不想着耕田了（今农事弃捐而采铜者日蕃）。

而汉文帝这次推行的铸币政策，是在秦朝确立帝制之后，唯一一次放任民间铸币。纵观整个历史，汉文帝应该也是唯一一个了。不过可能有人有疑问了，汉文帝这个做法岂不是更傻？把铸币权放出去了，市场缺少了政府的监督，这不是更加混乱了。其实放任民间铸币，也并不是完全的放任自由。汉文帝的使民放铸，还有下面几个要求：

第一，铸币必须采取"法重四铢，文曰半两"。法重四铢，就是法律规定重量必须达到四铢（2.604克）。文曰半两，半两是货币的名字。

第二，所有取得资格的民众，都要接受政府的监督，这些人被称作督察。督察也是必要的，督察主要内容就是是否符合第一点的"法重四铢"。

第三，所有铸造的货币，必须采用政府提供的重量标准及原料标准，同时还给了模型。意思是让百姓都按照政府的要求制造，否则实行黥罪律令（在脸上刻字）。

上述几点内容，汉文帝是想传达这样的意思：我把铸币权给你可以，但是你必须按照我要求的质量、大小、流通方式、监管方式来执行。

上面这三点内容，基本上都没什么问题。如果完全放任不管，那市场完全就乱套了，货币也缺少了它本身的作用。但是上述三点内容，并不能达到良币驱逐劣币的作用，关键是第四点。

第四，钱衡制度。什么是钱衡制度？其实就是衡量铸造出来的货币是否足秤。如何达到这个目的？汉文帝想了一招，在市场上面放上一个秤。

1975年的时候，在湖北江陵纪南城发现了一座汉朝墓穴。在这座汉朝墓穴里面，出土了101枚四铢半两钱，以及一个类似天平的衡杆。天平上面还写着"正为市阳户人婴家称钱衡"，以及"以钱为晕，劾曰'四朱''两'""敢择轻重衡，及弗用，劾论罚，徭里家十日"的字样。上面内容是说什么？前面是说这个秤是哪里的秤（市阳户人婴家称钱衡），后面的内容是说要是敢在秤上面做手脚，罚你十天的徭役（徭里家十日）。和它一起出土的，还有专门使用的砝码，每个砝码重10.75克，相当于16铢。之所以是这个数字，是因为这才符合汉文帝规定的四铢半两钱币的重量要求。

良币驱除劣币——建立在透明市场机制下！

汉文帝前面的三个要求，限制了制造出来的货币的形式，而第四点则是把监管责任也放给了民间。为何这么说？因为当时每个集市上都放着这样的一种秤，每次在买卖之前，都会先称一下货币是否足秤。再加上没有固定的兑换比例，劣币不知道多劣质，谁敢换？良币也不知道有多好，也不敢随便换。因此就出现了下面的情况：

如果拿着良币前来买卖，将会是买方要求卖方加东西才买（或用重钱，平称不受）。如果是拿着劣币，将会是卖方要求买方加钱（或用轻钱，百加若干）。正是这种特殊的机制，让市场当中流通的货币完全透明。买方或者卖方手中所持有的货币，只要放在天平上称一称，就知道是否足斤足两，也就给了议价的空间。

那么当时成效如何呢？经过汉文帝这样的改革，当时的货币质量达到了秦汉时期的巅峰。其实自从中国使用铸币以来，一直呈现出来一种模糊的减重趋势。

我们从比较近的清朝来看，清朝货币质量呈现明显下降的趋势。在顺治时期，铸币还有3.878克。宣统时期，同样的铸币只有2.394克了。

汉文帝的使民铸币，实际上是把铸币权非国家化。虽然在他前面没有任何人做过，但是经过他这么一搞，反而让汉文帝时期的货币质量渐渐回归正常。直到汉武帝时期，才把货币铸币权收回来，毕竟铸币的利润实在是太大了。

🪙 哲理启示

汉文帝时期之所以能够让良币驱逐劣币，并不是说他的方法有多高超，而是破坏了劣币驱逐良币的条件——市场不够透明。

因为如果市场不够透明，金银等铸币质量好坏不明，不同质量同等面值的金银，可以买同等的货物。时间长了，当然就形成了劣币驱逐良币的情况。而汉文帝正是通过在市场上设置"天平"的方法，让市场完全透明化，质量好坏一目了然。在市场机制的调节下，自然而然地出现了良币驱逐劣币的情况。

人人拥有生命中最大的财富

有一个不爱劳动却整天想入非非的年轻人，总是抱怨自己太穷了。

"要是我能拥有一大笔金钱，那该有多好啊！到那个时候，我的生活将会是多么幸福呀！"他总是哼着这样的老调。

有一天，一个打铁匠从他家门口路过，听到年轻人说的这番话，就问他："你抱怨什么呀？其实，你拥有最大的财富！"

"我还有财富？"年轻人惊讶起来，"我有什么财富呀？"

"你有一双眼睛！你只要拿出一只眼睛，就可以得到你想要的任何东西。"打铁匠说。

"你说到哪儿去了？"年轻人说，"不论你给我什么宝贝，我都不会拿眼睛去换的！"

"那好吧，"打铁匠说，"那就让我砍掉你的一双手吧，你也可以拿这双手去换许多金钱！"

"不行！我不会拿自己的手去换金钱的！"年轻人说。

"现在，你该知道了吧，你是很富有的。"打铁匠说，"那么，你还抱怨什么呢？相信我的话吧，年轻人！一个人最大的财富就是他的健康体魄和劳动能力，这是无论用多少金钱都买不来的。"

哲理启示

拥有的不知道珍惜，失去时方知珍贵。劳动创造财富，一个人最大的财富其实一直潜隐于人自身之中，只不过有人懂得挖掘自身的劳动能力积极争取，有人却只知怨天尤人。这其实正是人与人之间命运产生天壤之别的一大根源。

此地无银三百两的故事

"此地无银三百两"成语里有个令人啼笑皆非的故事。从前，有个叫张三的人，他费了好大的劲儿，才积攒了三百两银子，心里很高兴。但他总是担心被别人偷去，就找了一只箱子，把三百两银子藏在箱子中，等天黑后把箱子悄悄地埋在屋后地下。

可是他还是不放心，怕别人到这儿来挖，于是就想了自认为很巧妙的办法，在一张纸上写了"此地无银三百两"七个字，贴在墙角边，这才放心地走了。谁知道他的一举一动，都被隔壁邻居王二看到了。

半夜，王二把三百两银子全偷走了。为了不让张三知道，他也用一张纸写上"隔壁王二不曾偷"贴在墙角边。张三第二天早上起来，到屋后去看银子，银子不见了，一见纸条，才恍然大悟。

"此地无银三百两"，本来的意思就是这个地方没有三百两银子。后来人们用这个成语比喻做事愚蠢，欲盖弥彰。

哲理启示

辛苦积攒的金钱不能藏着掖着不去投资，否则不是被小偷光顾，就是金钱失去了在流通中增值的功能。

"塞翁失马，焉知非福。"张三失银后才知道隔壁王二是个小偷。

此地无银三百两的故事告诉世人，若要人不知，除非己莫为。否则往往聪明反被聪明误。想要隐瞒、掩饰，结果反而更加暴露了行径。

赤仄老人郑家相与赤仄五铢的传说

五铢始铸于公元前118年的汉武帝时代，直至唐初才寿终正寝，中间时铸时停竟长达700年，堪称古钱中的第一寿星了。

80年前，宁波籍古泉学家郑家相先生写了《五铢之研究》，分期在泉币杂志上刊登。郑先生平时去钱币市场，首选的就是各式五铢，收集网罗，不遗余力，还自号"赤仄老人"。赤仄是汉武帝初铸五铢时的一种式样，可见他已将收藏研究五铢当作了终生事业。

郑家相先生，自称"赤仄（即赤仄五铢钱）老人"，而戴淳士（戴熙）《古泉丛话》也记载了另一位"赤仄老人"，性情好古，尤其癖好收藏五铢钱，他眼睛看到的都是五铢钱，手里拿的是五铢，身上携带的也是五铢，与人交谈的还是五铢，吃饭与就寝都离不开它，未曾有一天离开五铢，人们都笑话他，赤仄老人却自得其乐。

西汉史学家司马迁所著《史记·平准书》中记载："郡国多奸铸钱，钱多轻，而公卿请令京师铸钟官赤侧，一当五，赋官用非赤侧不得行……其后二岁，赤侧钱贱，民巧法用之，不便，又废。"赤仄五铢铸工精致，铜质精良，颜色黄赤，币面平整，形体较厚重，直径多25—26毫米，五铢二字优美深峻，朱字上部笔画方折，精修穿廓，背郭特征显著。

"赤"字在古文中通"出"，是打磨的意思，而"仄"通"侧"，是指古钱币的周边。赤仄五铢就是经过打磨边郭的五铢钱，去其不周正、不光滑的地方，使钱币形式在打磨后变得光洁整齐，成为精美的工艺品。赤仄五铢象征一个人在尘世间沉浮，常被各种功名利禄所包围，被声色犬马所诱惑难以自拔。这时如果有人像赤仄五铢钱那样磨去自身不周正的地方，不为声色货利所诱惑，就可以成为一个完美无瑕的人。每个人都会犯错误，有了过错贵在能够改正，就能像精美的赤仄五铢那样畅行天下，受人欢迎。

郑家相先生以赤仄老人自勉，他收藏古钱并非停留在单纯猎奇访异的兴趣上，而是进一步研究探讨，著书立说，从而使他成为钱币名家。郑家相先生几十年辛勤笔耕，收获颇丰,有《中国古币考》《上古货币推究》《中国古代货币发展史》《古布釿字之研究》《明刀之研究》《半两之研究》《五铢之研究》《古化文字汇编》《梁五铢土范考》《泉家小史》等论著。家相先生泉识渊博,文章过人,故四十年代能以其名望而担任《泉币》杂志主编,泉德泉识天下公认。

他治学严谨,首先力求实事求是,不护友人短,不受名家误。方药雨与郑家相为忘年交,友情颇笃。方药雨藏品,郑家相为之一一过目,见有伪品,从不隐瞒,均直言道破。方药雨也能从谏如流。唯有几枚特殊的古钱,虽屡次评伪,方药雨仍收入《古化杂咏》和《言钱别录》。为免贻误众人,郑家相遂在《梁范馆谈屑》中公开指出:"宁字布、宝字布,制作恶劣,文字粗率,不合战国时物,虽铜色尚旧,也属后铸,方药雨强入于秦,可谓惑也。一大样铜永安一千,文字柔弱,与铁钱不符。方药雨已得永安一千小样,永安五百,永安一百,永安一十,独缺此大样一千,故收入强为凑数。"

丁福保是海内泉界泰斗,与郑家相友好,然丁氏失误,家相也公开披露。民国十年(1921年),郑家相见一清泰元宝,钱形大如折三,面文对读,元字在右,铜质微黄,色泽甚旧,索价太巨而未能购。民国二十四年(1935年),该钱为戴葆庭先生得之,丁福保先生定为后唐末帝钱,辑入《历代古钱图说》。郑家相作文批评:"清泰年号,仅见后唐末帝。改元亦仅二年,但五代钱无元字在右者,制作固不符,铜色也不类,可断其非是。钱文元字在右,始见南宋隆兴铁钱,至景定咸淳,元字皆居右……此铜质微黄,亦类元钱,无锡丁氏采入《历代古钱图说》,列为后唐末帝钱,明眼人其谁信之。"王荫嘉先生读后称之:"此钱非宋以前物,往常疑莫能明,郑君断为元钱,文字制作悉合,遂定论矣,佩服,佩服。"

李佐贤之《古泉汇》,出版于清同治三年(1864年),是清代重要钱币学专著之一,李氏本人及其著作均为后人推崇。民国九年(1920年),家相先生曾与友人访罗振玉。罗氏藏有《古泉汇》所举之泉,共十六函,每函七、八板或十余板,每板列刀布二、三品至五、六品,列圆钱十余品至二十余品,计有千余枚。看到实物,对照李佐贤之《古泉汇》遂能定孰为改刻,孰为后铸,于是知《古泉汇》所列,不可相信者颇多。郑家相先生遂一一录出,作《古泉汇伪品》一文,以使众人不受名家之误。

其次,对有价值的第一手出土资料善于追踪,绝不放过偶然得到的古钱币出土信息和可以觅求的机会。此事举一例即可证明。民国二十四年(1935年)冬,郑家相先生在铁路局任职,居于南京,一日病休于寓邸,有客人携数块钱范来到他的家里,他发现客人带来的钱范是面五铢,背四出之合土范,有段有片,或整或残,尽收之。询问而知当时通济门外因筑路填塘，为工人所刨出，郑家相遂再三嘱客复访现场，二日后又得十几范，皆大块而齐整，有列四泉者，有列八泉者，有款文者，又尽收之。郑家相一边嘱人代收，一边带病自上工地搜求，前后达到五个月之久，获范二千余方，整理得一百六十余种。此乃梁五铢土范也。郑家相收藏此种梁范名甲天下，人称土范富翁，名其居曰梁范馆。郑家相先生自此后遂以"梁范馆主"为别号。这种善于寻根问底的脾气，使郑家相先生能抓住苗头搜集珍品，并使许多同类品种系统化，为他的研究做出了成功的铺垫。

再次，郑家相先生对学术研究精益求精。对于自己的失误，也不隐瞒，常常作文公开检讨，以益于人，也使自己获取新的知识。

民国七年（1918年），郑家相先生已小有名气，一日得龙瑞太平钱一品，疑为厌胜钱而弃之。后据友人告知，龙瑞太平乃安南李日尊年号，时在北宋嘉祐年间，为海内孤品。先生失一珍品，实为可惜，但他却对自己的疏忽做了总结：是重其所经见，而忽其所不经见，对创建品尚没有能够把握。此后，他对创建品则不轻易放过，往往能较人多思三分。

民国十年（1921年），郑家相先生在沪任职，一日黄昏在五马路古玩市场遇三钱，一天德通宝，一龙凤折二，一造历平钱，遂费二百五十元购之。归家细审，发现除龙凤为真品外，天德、造历均伪，不由感叹万分，认为只知名誉钱之可贵，好贪便宜，莫不上当，告诫自己与众人，搜集古泉不可不慎。

哲理启示

郑家相先生涉入钱币界后，从历史角度考察古钱币，认为只有对大量行用的普通货币作考证，才能真正获得知识，真正确定货币在历史上的地位。他认为："近悟古泉学问，不在珍稀而在普通，盖珍稀品仅能得其一时期之制作，而不能求其全盘之系统。"故作《半两之研究》《五铢之研究》，此乃真正治学之道，也是今天的古钱币研究者学习的楷模。

中华货币文化与书法艺术的融合

中华货币文化博大精深，源远流长。一枚枚精美的货币记载着中国书法的演变历史，体现了货币文化与书法艺术的高度融合。

书法艺术伴随着中华货币文化的发展足迹，形影不离。货币文字中的书法艺术成为中华货币文化最突出的代表。同时，钱文书法的变化，也成为中国书法艺术演变和发展的一个缩影。

先秦时期（公元前221年以前），钱币上的文字是当时流行的大篆书体，它们既保留着商周甲骨文、钟鼎文的遗风，还更多地反映了当时民间的实用书体，反映了战国七雄不同地区的不同书写方法。

秦始皇统一中国（公元前221年）后，统一文字的书法为小篆书体（即秦篆，亦称李篆）。随即统一了货币，不仅统一了钱文的内容，还统一了钱文的书法，即以小篆书体来书写钱文。

汉（公元前206年）继秦制，钱文仍为篆书。新莽时期（9—24年），王莽对钱币的铸造非常重视，钱文的书法更为考究。钱文采用悬针篆，用笔刚劲有力，艺术性、装饰性极强。

南北朝时期，钱文的篆法多有创新。南朝刘宋（420—479年）铸钱钱文采用薤叶篆，北朝后周（557—581年）铸钱钱文则用玉箸篆。

隶书在钱币上出现，最早是东晋十六国时期，成汉李寿汉兴年间（338—343年）铸的汉兴钱。但在全国范围内推行隶书钱文，则是唐高祖武德四年（621年）铸行"开元通宝"钱以后的事情。

宋朝（960—1279年）是中国古钱铸造的顶峰时期。由于铸造技术的成熟，可以保证书法艺术在钱币上的充分反映，宋钱上的钱文几乎包括了真、草、行、隶、篆各类书体。宋朝的皇帝有不少是书法家，他们亲自书写钱文，被称为御书钱，也在客观上推动了书法艺术在钱币上的应用和再创造。各种书体在宋钱钱文上争奇斗艳，甚至出现了九叠篆的钱文。九叠篆书体一般用于官方的印玺，由于篆文复杂难读，民间很少使用，把它用来书写钱文成为宋钱的一个特例。南宋淳熙七年（1180年）以后，宋钱钱文的书法逐步统一为宋体字，此后的钱文书法比较注重实用性，一般采用楷书书体。

元、清两朝，钱币上的文字除了汉字外，还出现了蒙文、满文、维吾尔文等民族文字，体现了多民族国家多种文字并存的特色。

我国古代钱币的钱文，书体丰富多彩，篆、隶、楷、草、行，各尽其妙，展现和保存了我国灿烂夺目的书法艺术。文体书法多有变化：秦汉古朴随意，唐代典雅豪放，两宋潇洒大度，明清拙板秀逸。其中不乏像欧阳询、徐铉、苏东坡等大书法家和名人的墨迹，还有为数不少的皇帝御书。诸如唐欧阳询书写隶书"开元通宝"，南唐徐弦书写篆书"开元通宝"，宋太宗赵光义书写真、行、草三体"淳化元宝""至道元宝"，宋徽宗赵佶书写瘦金体"崇宁通宝""大观通宝"，金党怀英书写篆书"泰和重宝"，元周伯琦书写楷书"至正之宝"，清戴熙书写"咸丰通宝""咸丰重宝"，等等。

其实，秦汉以降，钱币上的文字应该都是书法家的作品，如西汉的"五铢"钱、王莽的六泉十布，钱文都非常考究，自然都是由书法家所书。

近现代银元、铜元、镍币、铝币等金属机制币，以及近现代中国纸币，包括人民币上的书法艺术也是美轮美奂，反映了中华货币文化与书法艺术的全面融合、传承创新。

哲理启示

中华货币是古代文字、书法艺术的集大成，其语种之多，书法之妙，在世界上是少有的。

汉字书法，总体上分为篆隶楷行草五体。由于书法家的求新和创造，每一书体中往往又可细分为多种体例。

中华货币上的文字，几乎涵盖了我国历史上出现的所有书体，大多为艺术造诣精深的杰作，观赏这些钱文书法的代表作品，是一种艺术熏陶和审美体验，不啻为一次难得的精神之旅。

中华货币文化与书法艺术

前言

中华货币文化源远流长。古代货币的发展历程，记载着中国书法的演变历史，体现了货币文化与书法艺术的高度融合。钱币文字中的书法艺术成为中华货币文化最突出的代表之一，钱文书法的变化也成为中国书法艺术演变和发展的一个缩影。

先秦时期（公元前221年以前），钱币上的文字是当时流行的大篆书体，它们既保留着商周甲骨文、钟鼎文的遗风，还更多地反映了当时民间的实用书体，反映了战国七雄不同地区的不同书写方法。

秦始皇统一中国（公元前221年）后，先后统一文字和币制，明确规定以小篆书体来书写钱文。汉（公元前206年）继秦制，钱文仍为篆书。新莽时期（公元9～23年），王莽对钱币的铸造非常重视，钱文书法更为讲究，采用悬针篆，用笔刚劲有力，艺术性、装饰性极强。南北朝时期，钱文篆法多有创新，南朝刘宋（公元420～479年）铸钱钱文采用薤叶篆，北朝后周（公元557～581年）铸钱钱文则用玉箸篆。

隶书在钱币上出现，最早是东晋十六国时期，成汉李寿汉兴年间（公元338～343年）铸的汉兴钱。但在全国范围内推行隶书钱文，则是唐高祖武德四年（公元621年）铸行"开元通宝"钱以后的事情。

宋朝（公元960～1279年）是中国古钱铸造的顶峰时期。铸造技术的成熟，保证了书法艺术在钱币上的充分反映，宋钱钱文几乎包括了真（楷）、草、行、隶、篆各类书体。宋朝皇帝多有书法家，他们亲自书写的钱文，被称为御制钱，在客观上推动了书法艺术在钱币上的应用和再创造。各种书体在宋钱钱文上争奇斗艳，甚至出现了九叠篆的钱文。九叠篆书体一般用于官方的印玺，由于篆文复杂难读，民间很少使用，把它用来书写钱文成为宋钱的一个特例。

南宋淳熙七年（公元1180年）以后，宋钱钱文的书法逐步统一为宋体字，此后的钱文书法比较注重实用性，一般采用楷书书体。元、清两朝，钱币上的文字除了汉字外，还出现了蒙文、满文、维吾尔文等民族文字，体现了多民族国家多种文字并存的特点。

中国古代钱币上的钱文，书体丰富多彩，篆、隶、楷、行、草，各尽其妙，展现和保存了中国灿烂夺目的书法艺术。文体书法多有变化：秦汉古朴随意，唐代典雅豪放，两宋潇洒大度，明清拙朴秀逸。其中不乏像欧阳询、徐铉、苏东坡等大书法家和名人的墨迹，还有为数不少的皇帝御书。诸如：唐欧阳询书写隶书"开元通宝"，南唐徐铉书写篆书"开元通宝"，宋太宗赵光义书写真、行、草三体"淳化元宝"、"至道元宝"，宋徽宗赵佶书写瘦金体"崇宁通宝"、"大观通宝"，金党怀英书写篆书"泰和重宝"，元周伯琦书写楷书"至正之宝"，清咸熙书写"咸丰通宝"、"咸丰重宝"等等。其实，秦汉以来，钱币上的文字都是书法家的作品，西汉的"五铢"钱，王莽的"六泉十布"，钱文都非常讲究。

中华货币是古代文字、书法艺术的集大成，其语种之多，书法之妙，在世界上是少有的。汉字书法，总体上分为篆书楷行草五体。由于书法家的求新和创造，每一书体中往往又可细分为多种体例。中国钱币上的文字，几乎涵盖了中国历史上出现的所有书体，大多为艺术造诣精深的杰作，观赏这些钱文书法的代表作品，是一种艺术熏陶和审美体验，不啻为一次难得的精神之旅。

鲍展斌策划的"中华货币文化与书法艺术"展览图录之一

名闻天下的宁波钱币文化

宁波钱币文化历史悠久，收藏研究钱币人才辈出，在清末至民国时期就涌现了如郑家相、张絧伯、陈仁涛等名家。他们一起钻研泉学，"朝夕讨论，深夜不倦"，并相约在民间贴广告、发传单征集珍稀钱币，随后遍游沪、杭、平、津，访问各地同好，鼓动泉学兴趣。如今宁波的钱币收藏研究者就更多了，收藏研究钱币蔚然成风。当前宁波钱币文化需要着重弘扬名闻天下的宁波钱庄文化、"海上钱币之路"文化及浙东革命根据地货币文化。

一、宁波的钱庄业历史悠久，声名远播，曾是宁波重要文化景致

宁波有句老话："走遍天下，不如宁波江厦。"描绘的就是宁波江厦街一带在历史上钱庄林立，金融业繁荣发达的情景。据史料记载，鼎盛时期，宁波江厦街一带有160多家钱庄，而且这些钱庄还向北京、上海等地拓展。当时宁波曾是东南一带唯一的金融中心，钱庄多过米店，繁荣程度不亚于后来的上海外滩。始建于1926年的钱业会馆是宁波钱庄业发展史的一个缩影。如今这种情景虽然不复存在，但作为一种文化遗产，宁波历史上的钱庄业在今天仍有十分重要的现实意义，值得我们去保护、开发与利用。宁波钱庄业倡导的"重然诺"精神尤其值得我们去弘扬。宁波钱业会馆碑记的第一句话，即为"大信不约"。宁波钱庄从山西票号、外国银行拆借来的资金主要用于放款。只要钱庄认为借款商号信用良好，放款时不论款项多大，都不需要任何抵押品或担保，而仅凭信用行事。作为"百业之首"，它更注意信用，维护本行庄的良好形象，故有"信用码头"之称谓。

宁波的钱庄和山西的票庄在中国近代金融发展史上有着举足轻重的地位和作用。如今山西的票庄由于保存较好，宣传到位，久享盛誉，被列为《世界遗产目录》的山西平遥古城里不是保留了许多钱庄和票庄吗？而宁波钱庄却风光不再，盛名之下其实难副。宁波的钱庄文化遗产留存至今本来就十分有限，如再不发掘与保护，过不了多

久，就会荡然无存。笔者曾发现某金融机构差一点把民国时期宁波某钱庄遗留下来的账册当成废纸卖给破烂王，幸好被及时阻止，才没有成为遗憾。在旧城改造工程中也把一些钱庄遗址清理掉了，这是一个教训，应引以为戒！

在当前学习贯彻党的十九届六中全会精神，推动社会主义文化大发展大繁荣的重要时期，对宁波钱庄文化的保护与开发迫在眉睫。主要对策如下：

1. 筹建宁波钱庄博物馆。在钱业会馆筹建宁波钱庄博物馆比较合适，也可以另外选址。原有的宁波钱币博物馆要充实藏品，重新布展；政府有关部门应加大对宁波钱币博物馆建

全国重点文物保护单位——宁波钱业会馆

设的支持力度，发挥其应有的功能。现代的博物馆已经不是单纯的收藏机构，而是越来越重视服务区的建设，同时通过与学校教育、科普、旅游的结合来更大地发挥作用。在具体的陈列手段上，可借助高科技的力量如配置模拟声控、触摸式电脑导游系统等。经营管理博物馆的方式可多种多样，如国有民办就是一种值得探索的新方式。

2. 调查保护钱庄遗址。宁波的钱庄在鼎盛时期多达百家，现在荡然无存，实在太可惜了。已经破坏的东西要恢复是很难的，但并非没有可能。宁波的钱庄遗址到底还有多少？没有人做过专门调查，有关部门若能就此做个详细调查就好了。发现一些有价值的遗址应及早保护、维修。另外，对宁波钱庄的调查也不应只局限在宁波市区，而要把范围扩大到整个宁波大市。

3. 大力搜寻钱庄文物。宁波的钱庄文物留存下来越来越稀缺了，因此文管与金融等部门要大力去搜寻，"十步之内必有芳草"，留在民间的好东西还是有的。另外，在宁波的一些古玩市场上，也经常发现钱庄汇票、商会钱币、钱庄招牌等文物，建议有

关部门进行征集。

4.健全文物保护的地方性法规。政府应鼓励社会热心人士捐献文物（包括各种钱币与钱庄文物），并制订和执行有关的奖励政策。据笔者了解，社会上有许多热心人士，他们很希望把祖宗遗留下来的一些文物捐献给国家，为这些文化遗产寻找一个好去处，但由于有关政策与法规没有健全，落后于实践发展的需要，使捐献者的愿望不能实现，甚至有人还因为捐献文物而遭到非议，受了委屈，这更加打击了一些捐献者的积极性。宁波要成为一个名副其实的文化强市，必须制订好相应的政策与法规，使人们捐献文物有章可寻、有法可依。

5.加强宣传教育，扩大宁波钱庄文化的影响面。有关媒体要大力宣传与报道钱庄文化方面的内容，使宁波钱业会馆不仅成为宁波的旅游胜地，而且要成为宁波地域文化的象征和普及金融知识、钱币文化的教育基地。同时，应继续发挥其爱国主义教育基地的功能。

6.广泛开展宁波钱庄文化研究。宁波市钱币学会已把宁波钱庄、商会钱币研究作为研究重点，希望引起市政府重视。由政府出面组织，邀请国内外著名学者来甬讲学或参加研讨会，并依托高校筹建宁波钱庄文化研究所，开展宁波钱庄文化专题研究。

7.传承弘扬宁波钱庄文化品牌，大力发展钱币文化产业与金融文化产业。党的十七届六中全会给钱币文化产业送来了阳光雨露。当前，钱币文化市场虽然还较小，市场体系不够成熟，特别是钱币文化产业链尚未真正形成，钱币文化在社会生活中影响力有限，但是，作为中华文化组成部分的钱币文化和产业，将面临史无前例的大发展和大繁荣的机遇期。宁波市广大钱币工作者和收藏爱好者，应进一步具有政治敏感性和战略眼光，认真领会党的十七届六中全会精神，深刻认识会议的主基调和主旋律，把握文化产业发展的脉搏，看清大势，鼓舞信心，抢抓先机。

保护好一处比较重大的历史文化遗产，可以起到树一种形象、引一批游客、进一笔资金、带一方产业、富一方百姓、兴一座城市的作用。保护、开发历史文化遗产（宁波钱庄文化遗产是其中的代表），确立市民普遍自觉的历史意识，使宁波无愧于历史文化名城的称号。

二、宁波是独特的"海上钱币之路"始发港

宁波从北宋开始，历经南宋、元、明、清，长期充当海上钱币之路始发港的角色，扬名海外，这在全国都可能是独一无二的。"宁波为我国著名的海上丝绸之路、陶瓷之

路和货币文化输出的始发港之一。"①"以这条友好之路为纽带，从明州（宁波）港出运大量货币，货币（钱币）流通同世界各国地区通商贸易同时展开，这为建立东方独立的货币体系作了准备。"②

自汉至唐，中国钱币对外交往，纯粹是属于文化交流，没有经济上的作用，但到了宋代情况就发生了根本变化，"入藩者非铜钱不往，而藩货亦非铜钱不售"③。宋元时期，朝廷一改历朝铜钱禁止出口的禁令。在北宋初期和宋神宗时，政府允许铜钱作为商品出口，这样，中国钱币随着日益繁荣的贸易交往而被源源不断地输往其他国家。而一些东南亚国家如日本、越南、朝鲜、老挝、缅甸、柬埔寨等，因自己不铸钱或少铸钱，或以自己币制紊乱，铸钱质量低劣，皆乐于使用中国钱币。尤其是日本镰仓时期（1185—1333年），商业发达，而其国内币制紊乱，铜钱质量低劣，所以对中国铜钱需求十分迫切。

中国历朝政府虽然大多禁止钱币外流，但事实上禁而不止，始终在外流。原因很简单，自汉代以来，伴随"丝绸之路"开通的中国钱币，一方面是国际硬通货，作为商品的媒介物，在东亚、东南亚可以流通；另一方面，中国钱币也是一种纯粹的商品，可以赚取高额利润。中国铜钱从宁波港出发输往东亚和东南亚，长期在其流通界起着主币的职能，有效地克服了东亚与东南亚诸国因技术和资源限制而不能完全铸造流通所需货币的矛盾。"中国货币大量流入朝鲜，并作为流通手段、结算手段被使用。"④从秦汉直至隋唐五代的千余年间，在越南地区所使用的，是中国各代王朝所通用的钱币。不仅如此，直到10世纪中叶，越南建立了独立国家以后，中国钱币仍在越南大量流通使用。2000余年来，越南受中华文化影响，历代钱币从形制、工艺，到文字、书法艺术，都与中国钱币如出一辙。日本长期把中国铜钱作为主要流通手段，在北宋时已开始。例如在崇宁年间，三次往返于明州与日本之间经商的李充商团和朱仁聪、孙忠、周文裔等商团，向日本输出主要商品瓷器、丝绸及铜钱等，这种商团在北宋载入文献的有70多次，大量铜钱作为输出商品。958年，日本天皇朝廷发行了最后的货币乾元大宝，到江户时代初期的1636年，宽永通宝再度问世，几近七百年间，公币发行几乎为零，仅在明代中叶由长崎府仿照中国唐宋年号钱铸造了一批贸易钱，如祥符元宝、熙宁元宝、元丰通宝等。中世初期，日本社会一度回到物物交换的时代。这当然不能适应商品经济发展的需求。于是，中国铜钱以"渡来钱"方式走进日本，成为日本市

---

① 林士民、沈建国：《万里丝路——宁波与海上丝绸之路》，宁波出版社2002年版，第134页。
② 同上书，第133页。
③〔清〕徐松：《宋会要辑稿》之《职官》刑法条。
④ [韩] 李忠起：《试论朝鲜古代货币（二）》，转自《舟山钱币》1994年11月第4期。

场的流通手段，而且持续五百年以上。正如日本学者木宫泰彦在谈到中国铜钱大量流到日本的作用时说："这笔钱币，对于日本国内钱币的流通，当然产生了很大影响，在日本货币史上和经济史上是特别值得注意的。"[1]

中国有一些钱币，其流往异国，主要不是作货币使用，而是起一种文化交流、仿效和鉴赏的作用。如中国铜钱流到东亚的朝鲜，一开始并没有作为货币使用，而是"藏之府库，时出以示官屑传玩焉"[2]，纯粹是一种文化意义。历史上的爪哇，在通行中国铜钱的同时，在宗教仪式、中式医药、民间风俗等日常生活里都离不开中国的方孔圆钱。在印度尼西亚的一些岛国还有一种很有意思的习俗，即把铜钱视作护身符，视其为一种宗教仪式的神物，这种情况有点像古代中国先民对玉、对贝币的崇拜，也有点像后来中国有关宗教活动的厌胜钱。

历史上从宁波港始发的海上钱币之路船只不计其数，到底有多少钱币外流很难统计，但可以从政府规定合法携带出境和非法外流的分析中略知一二。据《宁波市志·大事记》记载，鉴于明州携带铜钱去海外经商的商人增多，1079年（宋神宗元丰二年）朝廷规定，商人去高丽贸易资金达5000缗（"缗"为货币单位，1缗为1贯，1贯为1000钱）者，须向明州市舶司登记、具保，领行照，无引照者按走私论处。次年，又规定，唯限明州市舶司可签发去高丽、日本贸易引照。1085年，再次规定，非明州、杭州、广州三市舶司，不得签发去南海诸国的贸易引照。这个5000缗，可以理解为携带铜钱的贸易资金。时人包恢在他的《敝帚稿略》卷一《禁铜钱申省状》称之"一船可载数万贯文而去"，可以说明当时铜钱外流的严重情况。5000缗即5000000钱，按每枚铜钱4克计算，即20吨。据《宋史·食货志》记载，在宋神宗元丰年间（1078—1085年），全国各地钱监每年铸钱总量为570余万贯。按此类推，如果每家商户去境外时都按朝廷限制的携带5000缗，那么全国各地钱监一年钱币的铸造总量仅能供1140家商户使用。由此可知从宁波港外流的铜钱数量之巨。难怪宋代铜钱年年禁止外流还是年年钱荒，即便增设钱监大量铸造铁钱和从宋徽宗朝开始铸"崇宁通宝"当十大铜钱，还是弥补不了流通需要。南宋后期，日本船舶每年到庆元（宁波）的不下四五十艘，这些商船"所酷好者，铜钱而已"，"一船可载数万贯文而去"。淳祐二年（1242年）七月，日本一次就从中国运去铜钱十万贯，相当于朝廷一年铜钱铸造量。目前在日本已有18处出土中国钱币五十五万三千余枚，其中北宋钱币占80.4%，元丰熙宁等12种年号钱占80.99%，约36万余枚。宋时，对滞留宁波的日本、高丽等外国

---

[1] [日] 木宫泰彦：《日中文化交流史》，商务印书馆1980年版，第580页。
[2] 徐兢：《宣和奉使高丽图经》。

人，诏令除每人日供米、钱外，待其国来船遣返，"及归国，（每舶）则又给回程钱六百贯，米一十二硕"①，这是合法外流的钱币。至于对方国经宁波港中转送给历朝皇室的贵金属钱币，由中国历朝皇室回赠的贵金属钱币更不知其数了。历史上从宁波港私运出境的钱币数量更大，仅从1976年在韩国全罗南道新安郡海底打捞出的一艘元代沉船上的钱币就可以证实。考古学家证实这艘元代沉船是从庆元港（宁波港）始发的贸易船，一次就打捞出中国古代铜钱470箱，重22018公斤。②

1968年在日本北海道函馆市一次就发掘出374000多枚"渡来钱"。由此可见渡来钱数量之大。有日本研究者推测，运到日本的宋钱约占中国宋钱铸造量的十分之一。渡来钱的使用不止于货币。铜钱本身可以熔化后作为建材。东京近郊的镰仓大佛约建于1325年，是名扬国内外的景点。多位日本学者在对大佛材质进行化学分析后指称，其各种金属比例与渡来钱几乎一致，大佛极有可能是用宋钱化铜铸造的。

此外，宁波港在对外贸易交流中，也输入了大量东亚与东南亚诸国的货币。"在中国明州港，仅镇海港区内一地出土日本'宽永通宝'329枚，大量出土事实表明已流通到中国的沿海港城。在宁波地区发现的朝鲜常平通宝名类繁多，因重量、质量上似乎要比越南的'光中、明命'钱好，故民间乐于通用；在明州港出土了20余种越南钱币，大多为明清两代所铸钱币，镇海港区一地出土216枚，证明了越南钱币不仅国内流通，在与中国港口城市贸易交往中也在流通。"③

中国货币文化通过海上钱币之路的输出，对确立以中国货币为核心的东方独立货币体系有着重大的意义。这些从中国输出的钱币对促进输入国贸易活跃、经济繁荣起到了很大的作用，也直接促使中国外贸经济的发展与繁荣。中国钱币文化的输出，虽造成了国内的钱荒，但在商品交往的同时，沟通了文化交流，促进了文化的发展和进步。这些国家从使用中国钱币，到仿铸中国流通钱币，从而在一个地域内正式形成了以方孔圆钱为代表，钱币名称沿用"通宝"钱制，铸币标准、大小依照中国小平钱，钱文用汉字，铸币取材以铜料为主，大小、厚薄、规格、质地与中国钱相似的东方货币体系。这是中国对世界货币文化的一大杰出贡献。

宣传、研究海上钱币之路文化，有利于弘扬优秀文化传统，开展国际文化交流，推动文化强市建设。

---

① 宋《开庆四明续志》。
② 韩国文化公报部、文化财管理局：1983—1985年《新安海底遗物·资料篇1—3》、1988年12月《新安海底遗物综合篇》。
③ 林士民、沈建国：《万里丝路——宁波与海上丝绸之路》，宁波出版社2002年版，第139—140页。

三、浙东革命根据地货币名闻遐迩，极富地域特色

1941年4月，日寇的铁蹄践踏我浙东大地。浙东人民在中国共产党领导下，建立了抗日武装力量"三五支队"（后改称新四军浙东纵队），开展敌后游击战争。经过4年的艰苦斗争，先后开辟了四明、会稽、三北等根据地，包括14个县400余万人口，成为全国19块解放区之一，给日寇以沉重的打击。1945年4月，抗日战争胜利在即，日本侵略军苟延残喘，沦陷区伪币恶性贬值，物价飞涨，严重威胁了根据地人民的生活和生产。为加强对敌经济斗争、稳定物价，浙东行政公署成立了浙东银行，发行纸质抗币，有壹角、贰角、伍角、壹圆、伍圆、拾圆、五十圆、壹佰圆八种面值，维持抗币壹圆接近食米一市斤的币值，受到根据地广大人民的热烈欢迎。由于在流通中辅币不足，找零困难，部分县区发行了浙东银行支行币地方辅币，品种繁多，达百余种。浒山区于1945年8月19日，在现今的宁波慈溪市浒山镇解放中街52弄9号高伏大铜匠店内浇铸镴质小抗币一套3种，面值为壹角、贰角和伍角。该镴质抗币为圆版状，青灰色、有廓，镴币正面的上缘为楷书"浒山区临时辅币"币名，中间为竖写币值，两侧分列"抗币"两字，下缘为发行年份"1945"，系铅锡合金（浙东民间称这种合金为"镴"），背面无文字。1945年10月初，我党为避免内战，按国共《会谈纪要》，新四军主动撤出浙东根据地。临行时，银行大量抛售库存大米和其他物资，回收抗币并就地销毁。浙东抗币发行仅半年时间，浒山区镴质临时辅币的流通时间在20天左右，是珍贵革命文物。镴质抗币在全国是独一无二的，曾被著名钱币专家马定祥先生称为"浙东一绝"。该币虽然是浒山区署发行的地方抗币，但实际上当时由于区署所在地是浒山镇，而镴币的发行、流通时间又很短，主要投放在浒山镇区域。镴币的发行、流通弥补了当时浙东银行抗币辅币的不足。在此基础上，抗币是革命根据地货币的组成部分，从货币的种类上来看，其为冲破日伪的经济封锁发挥过积极的作用，在浙东根据地货币史上留下了光辉的一页。浙东抗币短暂而繁荣，是中国抗币中的风采一族，浒山区临时镴质辅币更是浙东抗币中的杰出代表。

"浙东一绝"——1945年浒山区临时辅币之抗币"伍角"（镴质）

哲理启示

钱币文化是中华传统文化的有机组成部分。传承与弘扬名闻天下的宁波钱币文化，深入开展钱币文化的教育、研究与宣传工作，有利于文化的繁荣发展，尤其是对引导广大青少年抵制不良文化侵蚀，热爱优秀传统文化意义重大。

（此文原载于《宁波日报》2011年12月23日A12文化视点，略有修改）

第六章

货币收藏中的哲理故事

宁波市区旧货摊捡漏经历

新莽大泉五十与大泉十五合背钱，1992年10月24日笔者鲍展斌得于宁波市海曙区南大路房屋拆迁旧货摊上。当时一旧货摊上摆放了若干古钱，除了该钱外，还有一些正隆元宝及北宋钱币，共有十几枚。笔者一眼就看

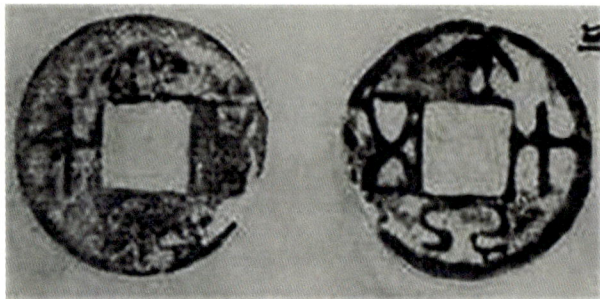

新莽大泉五十与大泉十五合背钱墨拓

中了这枚大泉五十奇品，然而摊主要求一枪打（意思全部买下），全部钱币开价2元钱。这是非常低廉的价格，但当时笔者没带多少现金，身边仅有8角钱，只好眼睁睁地看着这些钱币被一位小伙子全部买下。这时笔者抱着试一试的心理跟小伙子说："你这枚大泉五十品相不好，有个缺口，能否8角钱卖给我？"小伙一看该钱果然如笔者所说品相不佳，不喜欢，就爽气地让给了笔者，笔者捡了一个小漏。

这枚大泉五十与大泉十五合背钱虽然品相不佳，因钱体较薄，还有私铸的嫌疑，经济价值不高，但是有一定的学术研究价值，可遇不可求，值得拥有。

哲理启示

在现实生活中，人们常常因财力等原因，眼看着与一些心仪之物失之交臂，遗憾是没有用的，世上没有后悔药！这时候是否执着地再坚持一下非常重要。想办法再试试看，说不定就能迎来转机，您说是吗？

山西五台山集币悟道

　　1997年7月15日，笔者鲍展斌去山西太原参加学术会议。会后，大会秘书处组织与会者去佛教四大名山之一的五台山考察。考察期间，笔者在五台山寺院门口的旅游景点小摊上发现了许多待售的古钱币，品种多为北宋钱，也有其他朝代的各种钱币，价格不贵。笔者见到古钱兴奋不已，于是放弃旅游，到各个小摊上去淘宝。同行的浙大余潇枫博士也参加笔者的淘宝活动，说是体验一下收藏的乐趣。两人顶着炎炎夏日，在地摊上淘宝数小时，挑选了成千上万枚古钱币，终于淘得数百枚中意的品种。其中有鲸鱼形记号的四铢半两钱、崇宁通宝、白铜大字文政政和通宝、宣和通宝、罗汉钱等，但是遗憾的是没有发现心仪已久的淳化元宝背佛陀金钱（这可是五台山出土的罕见古钱珍品）。虽有缺陷，但笔者觉得颇有收获，不仅收藏了许多好币，还结交了许多好友，不虚此行。在返程途中，笔者把一些廉价购得的崇宁通宝、崇宁重宝赠与同行的清华、浙大等高校的教授，并与他们切磋交流收藏心得，大家都觉得进入收藏世界有如走进了一个世外桃源，别有洞天。

哲理启示

　　1. 收藏淘宝是一种非常特殊的人生体验。

　　2. 机不可失，时不再来，要善于把握收藏机遇。

　　3. 独乐乐不如众乐乐，通过收藏可以广交朋友。

鲸鱼形记号的四铢半两墨拓

白铜大字文政政和通宝墨拓

北京潘家园古玩市场淘宝经历

1999年10月15日，笔者鲍展斌在清华大学开会期间，顺道去北京潘家园古玩市场淘宝。从圆明园门口乘801路公交车至劲松东口，再步行约1公里即到潘家园。

进入古玩市场后，感觉市场很大，人头簇拥，货品琳琅满目。在粗粗浏览一遍后觉得假古董太多，提醒自己要当心，别上当。

当笔者从地摊上专心寻宝时，忽然一个老头用手臂碰了笔者一下。笔者吃了一惊，这时老头说他有几枚银元，问笔者要不要。笔者担心有假，但还是很仔细地看了一下，都是一些普通银元真品，有宣统三年壹圆、袁大头、鹰洋等，价格不贵就买下了（平均70元一枚）。

然后笔者又走到一家摊位前，发现了一些古钱珍品，有金错刀、契刀等。金错刀青绿斑斓，感觉像是真的，一问价才要800元。笔者就起了疑心，故意问摊主100元肯卖否。摊主说书上标的价格都要5000元，我才卖800元，你仍要还这么多价好意思嘛！他的这句话更加重了笔者的怀疑，笔者想既然他都知道金错刀的书上标价，为何还卖得这么便宜？其中必定有鬼！笔者重新拿起钱币仔细端详，终于发现破绽，此钱锈色轻浮，文字不古，尤其是错金感觉很不爽，估计为金粉描上去的，因此可以肯定为赝品。契刀情况类似，也为仿铸。

理智战胜冲动，别让低价蒙蔽双眼，谨慎淘宝才能立于不败之地。笔者在潘家园古玩市场虽购币不多，但总算领略了这个全国最大古玩市场的风采。

一刀平五千系王莽居摄二年（7年）首次货币改制时所造。一刀平五千是中国最早使用，而且也是唯一使用错金工艺制成的钱币，故又名金错刀，当五铢钱五千枚使用。由于它制作精美、造型奇特，且存世稀少，故为钱币收藏者所珍爱，已成为当代钱币收藏家标杆性的钱币藏品。

历代文人雅士如张衡、梅尧臣等，留下了"美人赠我金错刀，何以报之英琼瑶""尔持金错刀，不入鹅眼贯"等诗词，使得王莽被历代藏家誉为"铸币第一高手"。契刀与金错刀同时铸行，当五铢钱五百枚使用。

笔者1995年在上海购得一枚31.5克重的金错刀，价格为5000元，当前早期大型精美的金错刀价格已逾10万元，美品契刀的价格也达2万元。

哲理启示

1. 在古玩地摊上收藏淘宝时切忌看到珍品就冲动起来。

2. 好货不便宜，便宜没好货。

3. 事出反常必有妖。

古玩市场淘到龙凤通宝珍钱的几点心得

　　2008年10月5日国庆节放假期间，笔者鲍展斌和一些学生去宁波古玩市场范宅淘宝。当时，天气不好，下着小雨，笔者和学生乘公交车到范宅收藏品市场时已经是上午9点多了。市场上人不多，买古玩的不如卖古玩的人多。笔者先是在一个走廊的摊位上发现了一个民窑造的道光年间双龙青花瓷香炉，香炉有一窑裂，口沿上掉了一些釉，整体完整。卖主要价350元，笔者还价后以150元购得。对方说，要不是国际金融危机造成市场低迷，他是不会卖得这么便宜的。有行家建议，若进行适当修复，可售万元。笔者没有太在意，还是保留原样吧。学生帮笔者拿着香炉，我们一行继续逛市场。当我们来到范宅中庭的一个古董地摊时，突然发现地上摆着一枚黑乎乎的古钱币，只有这么孤零零的一枚，其他都是一些普通的古陶瓷。笔者拿起钱币一看，吃了一惊，竟然是脍炙人口的元末农民起义军韩林儿铸造的龙凤通宝折三钱。笔者当时不相信是真的，但感觉此钱有一眼，不是开门假。于是笔者就问主人怎么卖，主人说他是余姚人，并不懂钱币，这枚钱是他从乡下收来的，别人告诉他是清朝后仿的，因此只卖500元。笔者说你既然知道是后仿品，就不应该卖这么多钱吧。卖主退一步说，那就150元如何？笔者认定卖主并不识货，只能人云亦云。笔者也不敢说看一眼就能断定真伪，就说："如果是真品，早就被别人买走了，我买个仿品做教学研究用，50元足够了。"卖主有些不情愿，笔者说市场快散了，不会再有人比我出更高价格了，还是卖给我吧。卖主想想也认同笔者的说法，就把该钱以50元卖给笔者。笔者回家后经过细致认真的研究，从尺寸、重量、铜质、锈色、神韵等各个方面进行推敲，确定这是一枚元末时期铸造的农民起义钱，不是清朝仿造的。过了一周，笔者又把该钱带到范宅，请一些同好鉴赏，个别泉友存疑，多数人认可是枚珍钱。一位来自象山的钱币商小王看过该钱后，愿意出5000元购买，但笔者并没有卖给他，因为这枚古钱珍品时价已达2万元，笔者岂能低价售出！此钱水坑，径33.5毫米，厚2毫米，重10.8克，青铜质地。

哲理启示

心有宝能淘宝，平常心不可少；遍地皆是李鬼，稻草吹成金条。

李逵哪里去找，十步定有芳草；眼力超过财力，智慧决定机会。

勤快常赚外快，心细识破妖怪。人品决定藏品，品质决定价值。

人有疵是真人，宝有瑕仍为宝；想象力胜知识，洞察力超学历。

理论需要创新，实践念出真经；耐心加上恒心，淘到宝贝称心。

龙凤通宝折三彩照

龙凤通宝折三彩拓

两枚品相不佳的珍稀古钱

十多年前的一个星期天上午，笔者鲍展斌赶往宁波市范宅收藏品市场淘宝。笔者去得较晚，古玩市场上早已人声鼎沸，安徽籍钱币商老韩摆摊多时，生意一般。

看到笔者在范宅出现，老韩大老远就与笔者打招呼，并说他新进了一批货，让笔者过去瞧一瞧。

笔者走到他的摊位上，他拿出一大堆杂钱，多为普通的明清钱币，品相也不佳。那时，明清钱币的价格还没有炒起来，普通洪武通宝小平五元一枚，康熙通宝十元一枚，乾隆通宝、嘉庆通宝等只有一二元一枚，问津者寥寥无几。笔者那时还是比较注意普通明清钱币的收集，常常在普通钱币中挑到一些好版，如时下炙手可热的乾隆通宝"山底隆"、嘉庆通宝"文庆"等，那时候笔者从普品中能挑出不少，也是几元一个。

从老韩的一堆杂钱中，笔者挑了许多北宋钱与明清钱普品，没有发现什么令人满意的好品，只是碍于朋友情面购买若干。笔者问老韩还有没有好点品种的钱币。老韩说，刚从宁波的一位外来务工者手里搞到几枚淤泥坑的元末农民起义钱，字口看不大清楚。笔者听后精神为之一振，马上请他拿出来看看真假。

老韩从旅行包深处摸索出一个小塑料袋，打开一看，是两枚淤泥包裹的古钱，一枚是有小裂的折三钱，大致能看见"龙凤"两个字，另一枚折三钱淤泥包裹更厚，正面隐约能看见一个"天"字与半个"佑"字，背面完全看不清，仅从形制看应该是天佑通宝背叁。这两枚古钱虽然品相不佳，字口看不清楚，但仔细鉴定属于真品无疑。经过一番讨价还价，两枚古钱以廉价100元购得。

笔者向老韩打听这两枚古钱的来历。老韩说，据民工讲，是宁波近郊河道清淤时发现的，拿到范宅收藏品市场出售时，因字迹模糊，真假莫辨，无人感兴趣，后被他低价购得。

笔者在2008年国庆节期间的范宅古玩早市上也曾捡漏得到一枚龙凤通宝折三水坑钱，这次是梅开二度。龙凤通宝虽为名品，但宁波市藏家手里并非罕见，本地出土不少，天佑通宝也是如此。

早在20世纪90年代初期，宁波有一藏友在三市旧货市场偶得一枚天佑通宝背叁白铜钱，品相颇佳，可惜他保存不当，放在后裤袋里，不小心坐裂为两半。即使裂为两半，在钱业会馆对面的战船街邮币卡市场上现场拍卖时也拍得100元，令人印象颇深。

笔者所得到的这两枚元末农民起义钱从钱体露出的铜色来看都是红铜质，铸造不精，龙凤通宝折三钱"凤"与"宝"两个字上还有流铜存在。天佑通宝背叁经过笔者几个小时的仔细清淤，剔除污泥后终于露出庐山真面目。

这两枚宁波出水的元末农民起义钱见证了元末农民起义军势力在浙东一带存在影响的历史事实。

龙凤通宝折三

天佑通宝背"叁"

🌸 哲理启示

第一，收藏淘宝贵在发现。慧眼识宝，机遇往往青睐有准备的大脑。第二，要善于独立思考。货卖识宝客，别人不认可的东西未必就没有价值。第三，不要一叶障目不见泰山，要善于窥一斑而知全豹。这种本领来自见多识广，鉴定技艺精熟。第四，不要被品相遮住双眼。过分追求外表，不看内涵，不仅要上当受骗，而且会失去很多宝贵机遇。第五，收藏本质上是热爱与保护历史文物。任何历史文物，不论它是否精美，也不论它是否高贵，都值得人们去珍惜。

用创新思维去对待古钱币创见品

　　2009年12月20日上午，笔者鲍展斌自驾去宁波市海曙区的范宅古玩市场淘宝。因为到市场比较早，转了一圈，收获不小，从一位河北来甬的钱商处购得永安五铢背四决、汉元通宝、宣和通宝折二背星等稀品若干。后来笔者到宁波钱商"小岔眼"店里，询问他最近有无新货。小岔眼就拿出一枚崇宁通宝，笔者初见该钱时吃了一惊。因为这枚崇宁通宝是笔者集币20多年从未见过的异品。该钱生坑，青铜质，铜质细腻，包浆致密，外表为黑红的铁锈色，底部有绿锈，边郭坚挺，声音浑厚，未见流通痕迹，锈蚀较轻，感觉是北方出土；径3.45厘米，厚0.3厘米，重17克。该崇宁钱不仅大样厚重，而且文字虽类铁母，却与常见的铁母文字略有差异，尤其是"宝"字写法与常品迥异。该钱印象最深的地方是背面的广郭（俗称"大屁股"），这是以往崇宁钱，尤其是崇宁铁母钱中从未出现过的。"小岔眼"只告诉笔者该钱是从一位外地藏家手中购得的，没有详细说明来历，因此，笔者一开始对这枚崇宁钱颇为怀疑。从店主的口中，笔者又了解到宁波的一些藏家也见过该钱，因过于离奇，无人敢下手。笔者又拿起钱币反复观察，觉得该崇宁钱虽然离奇出谱，但精神十足，气势雄阔，锈色入骨，制作精美，非寻常臆造品可比。于是笔者打定主意冒一次险。经过详细询问，笔者了解到店主对该钱也是心存疑虑，觉得东西是老的，可能是金代或元代的后仿品。

崇宁通宝异书厚肉宽缘大样背广郭铁母（创见品）彩照

经过一番讨价还价，以双方能够接受的价格购得该崇宁通宝。笔者当时未付款，答应一周后给钱，如发现有问题就退还之。笔者把该崇宁钱给宁波的一些泉友鉴赏，虽有个别泉友认为没有这种形制，文字也不对，可能是赝品，但多数泉友给予很高评价，认为是铁母无疑，应属创见品。对于一枚十分离奇出谱的古钱，泉友中有争议是正常的，轻率地下结论不是科学的态度。为了能够更好地研究该钱，笔者还是如约付款购藏。后来笔者到北京、上海、杭州等地请教了一些资深钱币专家，多数专家给予了肯定。目前，该铁母还没有发现同样形制的铁钱，这种背广郭的崇宁铁母尽管以前没有记载，但徽宗钱中圣宋元宝大样铁母却有此形制，更早的元丰、元祐、元符等钱中也有此类形制铁母存世。因此，笔者推测该钱可能是一枚试铸铁母。笔者的推论是否正确有待以后相关资料的佐证，目前只能存此一说。

哲理启示

对于收藏品市场上突然冒出来的出谱品，多数人是持怀疑态度的，很容易把它联想成臆造品。笔者就曾持该钱征询本地一位资深钱币收藏家，他说，崇宁钱谱中没有此类版式，臆造可能性大。笔者不想去反驳他，只想说的是，钱谱能够囊括所有钱币版式吗？钱谱中未记载的钱币就一定是臆造品吗？这个逻辑显然是不成立的。所谓出谱品就是旧谱未载的新品种。我们要以实事求是的态度研究出谱品，首先要掌握丰富的感性材料；其次，要深入学习理论知识，并做到理论联系实际，机会往往青睐有准备的头脑；最后，要深入实际，调查研究，实践出真知。

崇宁通宝异书厚肉宽缘大样背广郭铁母
（创见品）彩拓

崇宁通宝异书厚肉宽缘大样背广郭铁母
（创见品）墨拓

北京报国寺钱币市场淘宝心得

　　2016年3月12日，晴空万里，笔者鲍展斌起一大早从清华出发，乘地铁4号线赶往报国寺参加春季钱币交流会，八点多到现场时已是人声鼎沸。笔者先转了几圈，没有发现多少中意的钱币。胡乱买了两个银花钱，一下子花掉了上千元，身边现金已所剩无几。于是笔者从一堆北宋钱中挑选了几枚版别略少的普品，又花了上百元。这时笔者发现了一对品相绝美的宣和通宝折二对钱，仅仅只要40元，但一摸口袋，钱已用完，只好放弃。马上这对钱币被旁边的一位集币者买走了，笔者懊悔不已，怪自己不多带几个钱。3月14日是交流会最后一天，笔者又去报国寺报到了，看到一位北京大爷在一个东北客商钱币摊上挑出一枚形制规整、品相绝美，令人眼前一亮的北宋政和通宝折二大样钱币，摊主要价300元。老先生可能嫌贵没要，该币就被笔者所得。笔者又向摊主买了几个庆历重宝，加在一起付了600元。等笔者买下该币后，老先生折返回来想买该枚政和通宝折二钱，但是他已经失去机会了！他说这枚钱币可能是北宋母钱，价值不菲，他集币二三十年也是首次看到，一时犹豫错失良机，并恭喜笔者得一好币。

北宋宣和通宝小平母钱[1]

---

[1] 2016年春于北京报国寺钱币市场发现并购得，颇为珍惜。该钱修穿修边，文字精美绝伦，罐装薄锈，披着青衣，带着泥土的芬芳，就像一个美丽动人的春姑娘充满魅力。

哲理启示

笔者集币多年的淘宝心得是：1. 手头要有充足的现金；2. 直觉很重要；3. 要有敏锐的眼光；4. 要执着；5. 抓住机会，当机立断。[①]

政和通宝折二大样[①]

报国寺春季钱币交流会现场一角

银质锁片雕花钱：富贵有余，长乐永康

银质锁片刻花钱：喜临金钱，刘海戏金蟾

---

① 北京泉友认为是大字大样母钱，第二枚政和折二是扁孔八级版。因该政和大字大样为创见品，没有发现同版子钱，笔者目前倾向于是一枚出谱样钱。

西安八仙庵古玩集市淘宝记

2019年8月11日（周日）上午9时许，笔者鲍展斌慕名去西安八仙庵古玩集市淘宝。当出租车司机把笔者送到古玩市场附近时，只见市场周边的马路两旁摆满了各式各样的古玩地摊，琳琅满目，鱼龙混杂。

笔者先在马路边几个卖旧书的地摊上购买了一些红宝书，其中有一本1966年俄文版的《毛主席语录》，品相很好，仅用15元购得，较难得。此后，笔者就进入八仙庵古玩市场内，这个古玩市场尽管规模不大，但地摊摆得密密麻麻，不下几百个。扫街一圈没有找到心仪的藏品。

有个本地小伙在卖古钱，走过去一问都是天价，一枚乾隆通宝单点通大样，品相一般，竟开价1000元，笔者还价500元都不肯卖，一枚14克重的先秦半两钱开价高达2000元。笔者没有买古钱，继续逛地摊。

当走到里面的一个地摊上，一位摊主跟笔者打招呼，说前一天在大唐西市古玩城摆摊时见过笔者，笔者想起来确有此事，但当时没有注意到他的东西。该摊主长得胖乎乎的，像个老财主，他说是从山西过来摆摊的，带来几件好东西。笔者仔细一看他的货物，果然不俗！一般古玩地摊大部分都是假货，真东西没几样，他的地摊正相反，假货几乎没有。尽管没有高档货，但价格高昂，一个雕工颇精美的木雕镜架开价28000元，吓退了许多问价者，几件文房瑞兽铜镇纸开价都要上千元，一个玛瑙双猴小雕件开价400元，故围观者众，成交者少。

这时笔者看中了一件带有木匣子的小杆秤，杆秤普通，但杆秤匣子不俗，摊主自诩是黄花梨木雕成的，匣子底部的木纹带有黄花梨木特有的鬼脸纹标记，整个匣子雕工精致，上面雕有大小两个狮子，憨态可掬，还有个布满铜钱纹的绣球，造型独特。摊主跟笔者说是从山西一个票号收来的，称银两用，很少见，开价3500元。笔者还价1000元，他不肯卖，笔者下决心跟他磨价。当时，对此件藏品围观问价的人颇多，皆以为价高。有一小伙挤进来拿起木匣子反复看了好久，但问了价格也走了。这时笔者觉得机会来了，对摊主说，他们都嫌价高无诚心，唯有笔者是诚意购买，因此请他松

清末黄花梨"双狮戏球"雕杆秤匣

松价，最后双方讲定1500元成交。笔者要求把那个玛瑙雕的双猴一并给笔者，又加了150元，微信转账交付。等笔者成交后把东西放进包里时，刚才那位看过货问过价的小伙急匆匆赶来，问摊主那个木匣子还在吗，他想买。老板和笔者相视一笑，说货已卖掉。小伙叹息一声走开，口中嘟囔一句："要是带够钱就好了！"笔者跟摊主说，笔者是搞钱庄票号研究的，这件藏品跟笔者有缘啊！

也许有读者会问，这个小伙会不会是摊主雇来的托啊？事后笔者也想过，认为不是托，主要是东西本身经过仔细观察，没有疑问，此外小伙在看货时没有做任何宣传，而是闷声不响地看，问价后连价都没还就离开了。根据笔者多年的淘宝经验，该小伙定是淘宝行家，要么不感兴趣，要么不吭声地去借钱，免得引起别人注意。因此，能顺利淘得该宝是笔者的缘分。

当这两件藏品成交后，已近中午，肚子咕咕叫了，笔者打算回宾馆吃饭。走到八仙庵古玩市场门口时，看到一个干瘦的老汉晒着大太阳在摆摊推销，他的东西杂乱无章，感觉很低档。老汉跟笔者说，他已晒了半天太阳，还没开张，让笔者行行好买他一点东西。看到老汉期盼的眼神，笔者不忍心拒绝，于是弯下腰去挑那些杂件。突然，笔者发现一件黑黑的像铁片一样的东西，看不清文字图案，但拿在手上沉甸甸的，旁边有点露白，感觉不是铁片，便询问何价。老汉开价30元，笔者还价20元成交。这时老汉向笔者推销他的一颗白珠子，说这是一颗夜明珠，从乡下收来已经有七八年了，因无人识货一直卖不掉。他努力地在太阳底下把白珠子捂在手里放到阴暗处让笔者看白珠子变颜色，但笔者怎么也看不出珠子变色。老汉很着急，一个劲地说会变色的。看到老汉那个模样，笔者很不忍心，就说这个珠子你要卖多少钱。老汉说只卖成本价80元，笔者看到旁边有一枚后仿的一刀平五千钱币，就说两样东西100元如何。老汉同意了，笔者掏出100元买这两件东西，觉得是做了一件为人民服务的好事，根本不相信这颗白珠子就是传说中神秘的夜明珠。

回到宾馆，笔者忙着欣赏那件珍贵的木匣子，并没有关注从老汉处淘来的几件东西。等笔者返回宁波，有一天晚上整理从西安古玩市场淘来的宝物时，突然想起来老汉那几样东西，尤其是那颗身份不明的白珠子。当笔者把电灯关闭后，书房漆黑一团，那颗白珠子竟然发出天蓝色的光芒，放在手上可以照亮掌纹，令人称奇！至此笔者才明白老汉讲的是真话，这白珠子是名副其实的萤石夜明珠。另外，那个黑铁片一样的东西经过笔者的一番清洗后也露出它的庐山真面目，原来是一件清代纹银百家锁，厚重少见，品相很好。后仿的那枚一刀平五千经研究也非现在所仿，可能是清末仿的花钱。

🌸 哲理启示

1. 看到好宝物必须当机立断购买，犹豫不决就要失去机会。

2. 货卖识宝者，识宝者必须有渊博高深的学识和丰富的实践经验才能抓住机遇。

3. 宝为有德者居之，淘宝者的心态、人品很重要。

4. 英雄出于草莽，宝物来自凡常。不要轻视平常人与平常物，明珠暗投，千里马困于槽枥之间是常事，皆因世间缺乏伯乐一样的识宝人，慧眼识珠不容易！

5. 耐心与持久胜过激烈与狂热。淘宝最有意思的是独特的人生体验，积小胜为大胜，而非一夜暴富。

清代纹银百家锁正面　　　　　　　　　　清代纹银百家锁背面

清仿"一刀平五千"

萤石夜明珠白天照

萤石夜明珠夜晚发出蓝色光
芒，很像蔚蓝色的海王星

与红色文物谈心，领悟群众史观真谛

马克思主义唯物史观认为，人民群众是实践的主体、历史的创造者，人民群众既是物质财富的创造者，又是精神财富的创造者和社会变革的决定力量。大家都知道淮海战役胜利后，陈毅曾深情地说："淮海战役的胜利，是人民群众用小车推出来的。"这句话的意思是，人民群众从人力、物力等方面积极支援，解放军才取得了淮海战役的胜利。读者们再看这枚渡江战役胜利纪念章，这件红色文物背后有一个感人的革命故事。

淮海战役纪念章

20多年前，笔者在老家附近有幸遇到了一位张富清式的革命英雄，他一生淡泊名利，坚守初心。老人曾是一名解放军战士，在渡江战役中光荣负伤，一只眼睛失明了，伤愈后回乡务农，默默无闻一辈子，没有向组织上提任何要求。他把渡江战役胜利纪念章赠送给笔者这位专门收藏红色文物的思政课教师，嘱咐笔者要传承革命精神。革命前辈无私奉献的崇高人格令人敬仰！人民群众是真正的英雄！"为有牺牲多壮志，敢叫日月换新天。"正是有了无数革命前辈抛头颅洒热血和广大人民群众的支持才换来新中国的诞生。2019年是中华人民共和国成立70周年，2021年是建党百年，我们看红色文物，学革命传统，要砥砺奋进，走好新的长征路。

渡江战役胜利纪念章

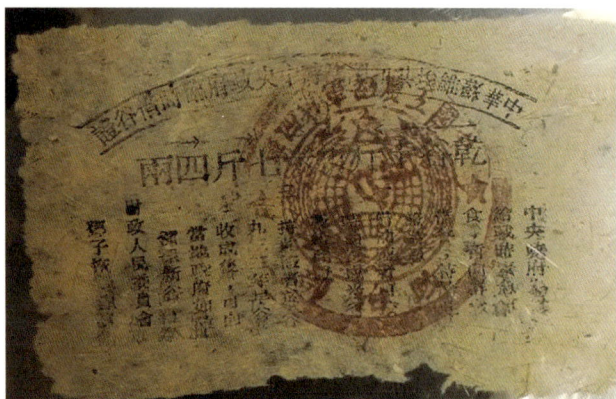

红军借谷证

革命纪念章彩拓

❋ 哲理启示

　　笔者收藏了红军时期、抗战时期、解放战争时期、抗美援朝时期和社会主义建设时期的许多红色文物。这些文物背后都有故事，从红军时期的借谷证到抗美援朝时的捐款汇单，无不见证了广大人民群众对共产党与人民军队的大力支持。毛主席说："兵民是胜利之本","人民，只有人民，才是创造世界历史的动力"。习近平总书记说："只要我们永不动摇信仰、永不脱离群众，我们就能无往而不胜。"今天我们与红色文物零距离接触，面对面谈心，不仅使红色文物活起来，而且帮助读者们理解马克思主义基本原理，领悟群众史观的真谛，更好地坚持党的群众路线这个制胜法宝，在新时代把它发扬光大。

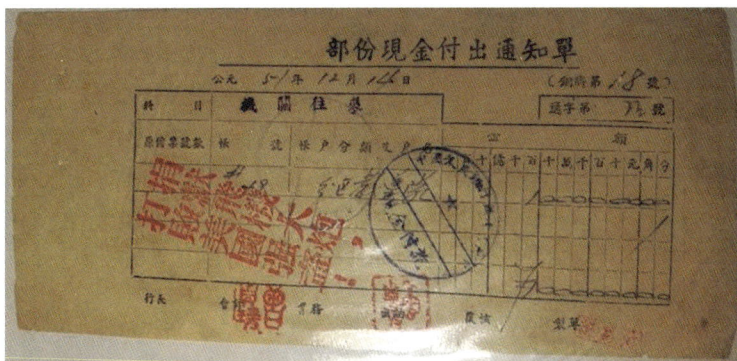

抗美援朝捐款汇单

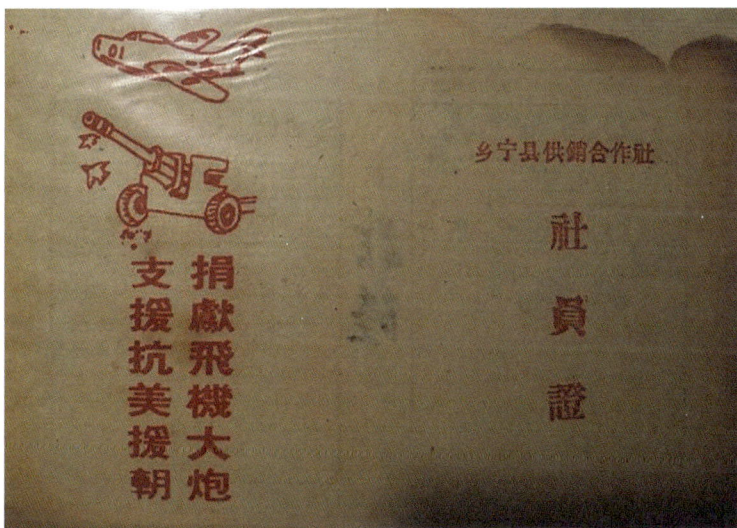

"支援抗美援朝，捐献飞机大炮"乡宁县供销合作社社员证

（此文2019年曾被拍摄成视频推送到"学习强国"浙江学习平台与全国学习平台上，题目为《有风景的思政课Ⅰ 宁波大学老师拿出红色收藏品，讲述张富清式的英雄故事》，本书著述时略有修改）

用马克思主义哲学理论指导钱币收藏

笔者鲍展斌从小喜欢收藏钱币。家在农村，祖上传下几百枚古钱币，其中绝大部分是清代钱币，还有几枚开元通宝和北宋钱。小时候笔者经常从家里翻箱倒柜找出这些古钱币来玩，上面的汉文大多能看懂，而有些钱币背后像蝌蚪似的文字笔者一个也不认识，以为是什么天书，后来长大了才知道是满文。那时候笔者虽然对古钱币充满好奇，渴望了解钱币背后的历史文化知识，但限于学识与资料的贫乏，无法在当时实现愿望。上了中学后，笔者长期住校，很少回家，主要心思放在学业上，就慢慢把对古钱币的好奇放到一边。1983年通过高考，笔者考上了厦门大学哲学系。在厦大求学的四年，笔者对邮票收藏产生了兴趣，收集了很多信销票，那时家里条件一般，虽有助学金，但只能解决温饱问题，没有多余的钱来购买喜欢的新邮票，只能收集一点寄信用过的信销票。日积月累，也颇有收获。那时，古玩市场还没有开放，笔者只在邮票市场上偶尔见到过少数的几个钱币摊，出售的多为笔者小时候见过的清代钱币，价格低廉，康熙通宝每个一二角，乾隆通宝每个五分，少有人问津。笔者对古钱币虽有兴趣，但当时的钱币知识很有限，也不懂真伪，因此只是看看，不敢买。

1990年，笔者受单位宁波大学委派到北京大学哲学系助教进修班学习。那一年北京举办亚运会，为了向国际友人宣传中华优秀传统文化，就有一些资深藏家举办规模宏大的古钱币展览。笔者在参观这些钱币展览后深受震撼，感到中华货币文化博大精深，收藏研究与展览古钱币很有意义。这一下子勾起了笔者少年时代的美好记忆，下决心要收藏古钱币，像老藏家那样弘扬中华货币文化。笔者到北大图书馆如饥似渴地寻找古钱币方面的书籍来阅读。那时候，古钱币方面的书籍不多，而且多为古籍善本，笔者就经常去古籍善本室借阅线装书，并把古钱币方面的知识抄录到笔记本上。笔者的钱币知识都是自学的，但仅仅掌握一点粗略的理论远远不够，需要实地去观摩演练。记得当时中国人民大学门口有个邮票市场，常有人带着古钱币小本子来交流，笔者就经常去该市场学习观摩，初步了解一些古钱币的鉴定知识，但基本上看的多，买的少。1991年下半年回宁波后，工作之余，笔者经常去宁波战船街邮币卡市场和三市旧货市场淘宝。初涉币市，笔者对钱币行情不是很了解。笔者在三市旧货市场一个摆摊老头处花五元钱高价买了一个锈迹斑斑、品相一般的崇宁重宝，以为捡到宝贝，后来才发现上当了。那时，一般崇宁重宝一元左右，品相很好的两元即可，即使更受人欢迎的崇宁通宝美品一般也只需要三元钱。笔者在痛恨老头欺侮笔者这个初学者的同时，暗暗下决心一定要精通泉识，以免再次上当受骗。有一次，笔者去逛三市旧货市场钱币地摊，发现一群人围在那里挑拣什么。笔者挤进人群一看，原来有一个摊主带来一麻袋足足有上百斤的铜钱放在那里，让钱币爱好者挑选，不论大小，一元一个。当时许多人围上去挑选钱币，有人从麻袋里捡到周元通宝，有人挑出建炎通宝小平，还有两个人为谁先发现一枚绍圣通宝小平钱而吵得不可开交。笔者去得晚，找不到什么好货，只买了几枚南宋绍兴元宝、淳熙元宝、庆元通宝等折二钱，也算小有收获。经打听，该摊主为余姚市某民营铜材厂职工，他从单位收购的废铜中发现大批铜钱，廉价购得后携来宁波三市旧货市场贩卖。此后，几次旧货交易日笔者都碰到该摊主，从他那里购得不少两宋铜钱。笔者把购得的铜钱仔细学习研究，收获不少。那时，上海孙仲汇等编写的《古钱》《古钱币图解》《简明钱币辞典》，湖南华光普编写的《中国古钱目录》及马定祥批注的民国丁福保主编的《历代古钱图说》等古钱币书籍对笔者帮助较大，使笔者得以理论联系实际，不断提高泉识。笔者听宁波的泉友说，宁波市区及下面县市区许多铜材厂和冶炼厂收购的废铜中发现了铜钱，泉友都去那些工厂淘宝。笔者禁不住也跃跃欲试。经朋友介绍，笔者去过宁波市区及周边县市的一些铜材厂和冶炼厂，颇有一些收获。尤其是有一次去鄞县（今鄞州区）高桥镇（今属海曙区高桥镇）某民营冶炼厂淘宝，该厂厂长也姓鲍。鲍厂长跟笔者说："欢迎鲍老师来我厂挑铜钱，我厂里有很多的，我们用铜钱来做自来水龙头的原料。"笔者听后向他表示感谢。鲍厂长领笔者走进生产车间，只见车间的熔炉旁随意堆放着数百公斤的铜钱，笔者问厂长这些铜钱怎么卖。厂长说，我们要用铜钱做原料，不能全部卖给你，除非你拿铜材来换。笔者说我哪里有什么铜材啊，没有怎么办？厂长就说，你从这堆铜钱里随便挑一些吧，按成本价，一角钱一枚。笔者十分赞同，就从铜钱堆里使劲挑选自己喜欢的古钱，从中挑出北宋大观通宝小平异书钱、南明隆武通宝、清代康熙通宝"罗汉钱"和"罗汉钱"式康熙通宝大样美品，另外还有许多开元通宝及大量两宋铜钱、一些民国四川铜元，足有数百枚。虽无发现珍品，但颇有收获。笔者向厂长建议，这些铜钱化成铜水做自来水龙头实在可惜，能否卖给国家有关部门？厂长说，这点铜钱根本不算什么，他的厂在1990年北京亚运会期间购进数吨铜钱，想卖给文保单位，人家说铜钱太多，没有价值，不收，于是全部化为铜水！笔者听后深感痛心，请他尽量多保存一些，表示下次有机会还要来淘宝。回家后，笔者的心情久久不能平静，为那些化为铜水的铜钱感到惋惜。于是笔者就向《宁波日报》《收藏》等报刊投稿，呼吁国家和社会各界保护铜钱等历史文物。后来，笔者加入宁波市钱币学会，成为宁波市钱币学会副秘书长与副会长，并主编《宁波钱币通讯》，撰写大量文章介绍古钱币的历史文化知识，呼吁广大泉友积极行动起来收藏保护历代钱币，得到泉友们的热烈响应，推动了钱币文化的传播。笔者早年的泉识除了自学钱币理论知识以外，主要来自收藏实践。笔者所学的专业是马克思主义哲学，深信实践出真知的道理，尤其是钱币鉴定技术绝对不是靠书本里的一点知识就够了，需要在收藏品市场上长时间摸爬滚打的实战训练，见多才能识广。在20世纪90年代，笔者就在铜材厂、冶炼厂和旧货市场里挑选过数以吨计的古钱币，参观了数十家博物馆的钱币展品和大量钱币藏家的藏品，还经常与泉友切磋。与此同时，笔者不满足于实践经验积累，而是如饥似渴般购买并阅读大量古今中外的钱币书籍和历史文献，还自学了古钱币上的八斯巴文、满文、维吾尔文等少数民族文字，增加知识、开阔视野。理论和实践相结合，使笔者在不长的时间内泉识大涨，收藏水平得到较大提高。

位于宁波南门的三市旧货市场始于明代，是一个有着五百多年历史的旧货市场，每个月逢三、逢八是市场交易日子。去三市赶集，曾是许多宁波人的盛大节日，承载了无数人的美好记忆。宁波三市旧货市场是笔者收藏古钱币真正起步的地方。笔者在三市旧货市场古玩地摊上既淘到了不少宝贝，也错过了许多机会，有过上当受骗的痛苦，也有意外捡漏的欢欣，留下了一段段难忘的记忆。笔者在三市古玩市场淘到的比较有价值的钱币多为花钱（或称厌胜钱），那时候花钱因不属于钱币正用品而被钱币藏家看轻，价格低廉，而笔者喜欢花钱的民俗图案和吉祥寓意，因此在三市得到了数十枚花钱精品。如义记金钱、顺风大吉满载而归花钱、金玉满堂长命富贵花钱、福寿双全万年荣贵花钱、和合如意花钱、白铜福寿花钱等等，当时大型花钱美品的购价一般都在几十元一枚，如今基本上价格在万元以上，高昂的币价令人感觉恍如隔世。由于集币初期泉识有限，笔者也失去了一些宝贵机会。譬如，有一次笔者看到一枚麒麟送子背仙鹤异形花钱，精美绝伦，但摊主要价高达五十元，笔者感觉有些贵，想还还价，稍微犹豫一下，即被别人抢购而去，顿时感到十分遗憾！还有一回，笔者偶遇一枚罕见的嘉庆通宝背天下太平特大型宫钱，虽然边郭略有砸痕，但整体厚重大气，开门见山，摊主开出400元的天价，笔者当时口袋里只有200元，希望摊主降点价，好去向朋友借钱购买，但对方丝毫不让步，口气强硬，笔者一时气愤而失之交臂。如今这样可遇不可求的大型宫钱价格都在几十万元以上了，悔之晚矣！俗话说，人生没有后悔药，

"吃一堑长一智"，失败往往是成功之母。从此以后，凡是遇到称心好钱，哪怕价格贵一点，笔者也咬牙扛下来了。再后来，笔者在范宅收藏品市场、金钟茶叶古玩市场、杭州二百大收藏品市场等地陆续收藏到不少花钱，目前，已收藏到两百多枚各类花钱，摆开来就是一部钱币民俗文化史，蔚为大观。

笔者的钱币收藏重点是历代流通货币。收藏的黄金时代是20世纪90年代。1996年10月至11月宁波大学校庆十周年之际，笔者在林杏琴会堂艺术馆展出历代货币2000多枚，受到宁大师生、校友和宁波市钱币学会领导的广泛好评。收藏是讲究缘分的，心诚则灵。笔者是真心喜爱古钱币，热衷于保护文物，经常在学校和全国各地搞钱币文化展览，积极弘扬中华优秀传统文化，因此得到了许多热心人的帮助。集币初期，笔者要感谢慈溪市一位钱币老藏家的帮助。最初，笔者在镇海邮币卡市场认识这位经常来镇海摆地摊的老李先生，从他那里购买了大量北宋铜钱，从中挑出明道元宝背铸工戳记等好钱。后来，了解到老先生住在慈溪周巷镇，笔者就在周末乘几个小时中巴车去他家里淘宝。听老李先生讲，他祖上是开铜匠铺的，家里积累了不少铜钱，现在不开铜匠铺了，子孙也不喜欢，就打算把这些铜钱卖了。老李先生对古钱的知识也比较丰富，为人热情。他家境一般，但家里的坛坛罐罐都装满了铜钱，不下数吨。历代古钱都有，但以两宋钱居多。笔者从他家里先后购得明月半两钱、靖康元宝篆书折二钱、宣和元宝隶书小平等珍稀品。从老李先生家购得的最珍贵的古钱当数天策府宝大铜钱。笔者第一次去老李先生家时，他就给笔者看过该钱，虽然锈迹斑斑，略有磨损，但精光内蕴，气度不凡。笔者一见倾心，但因该钱属古钱五十名珍之一，担心买不起，第一次见到并没有问价。过一段时间，笔者又去拜访老李先生，老先生又向笔者推荐该钱，他说知道该钱在华光普《中国古钱目录》中是五十名珍之一，1992年的标价为1.5万元，但考虑到笔者是一个参加工作不久的年轻人，又热爱钱币收藏，表示愿意以半价转让给笔者。笔者听后非常感动。当时，笔者的月工资不到500元，而且新婚不久，经济拮据，存款无几。尽管笔者想买，面对大几千的巨款也感到心有余而力不足。另外，对于这枚古钱大珍品，笔者虽然动心，但毕竟是第一次见到，是否确真无疑有待鉴定。那时，并没有手机可以拍照给钱币专家请教，只能自我鉴定。笔者凭印象记住该钱的所有主要特征，并在老李先生家测定尺寸和重量。回学校后，笔者马上去图书馆查阅该钱的相关文字与图片资料，当时的古钱币资料非常有限，笔者查到了该钱的正面照片，但背面照片查不到。笔者想起宁波江北慈城镇有一位老藏家家中有《历代货币大系·隋唐五代十国卷》，于是特地去慈城拜访他，从他家的藏书中找到了该钱背图的彩照，以及重量和直径、厚度等相关数据。另外，笔者还找到该钱为青铜铸造铜色水红的特征。为了更好地鉴定该钱，笔者又特意去上海博物馆参观同类钱币实物。经过反复比较分析、调查研究，确定慈溪藏家手中的天策府宝为真品。此后，笔者又多次去慈溪与老李先生商谈购买事宜，因财力有限，希望他再降点价。每次去老李家，笔者都拎一份礼物，多向他采购一点那些无人问津的普通古钱，并经常与老李交流收藏心得，与其成为忘年交。心诚则灵，经过一年多的努力、十余次的奔波，老李全家最后同意以书价五分之一的低价转让给笔者，虽然3000元不到一点的金额也是笔者当时能够承受的极限了！笔者于1994年3月15日终于从慈溪请来这枚古钱大珍，感到这是一生的光荣和骄傲，决心不辜负老李的嘱托好好珍藏。如今，老李先生早已作古，但他转让给笔者的古钱都还在，成为很好的纪念。这次古钱珍品自我鉴定方法是笔者认真学习领会马克思主义实事求是的认识路线后得到的，是理论指导实践的一次现场考试。后来，该钱经过本地多名专家的鉴赏，大家一致认可笔者的判断。

这次经历令笔者非常感慨，没有财力支撑，想得到好钱困难重重。笔者当时职称不高，工资微薄。加之不久女儿诞生，养家糊口的压力陡增。笔者不舍得卖掉千辛万苦得来的钱币珍品，只能另辟蹊径。于是，笔者想到了开发古钱币文化创意产品的新路。鄞县（今鄞州）的徐先生是笔者的一位钱币朋友，他经营一家工艺品公司，财力充裕，对开发古钱币文创产品颇有兴趣。当时，千禧年即将来临，因为"开元通宝"寓意为开创新纪元的通行宝货，笔者建议他开发"开元通宝"文创产品。他非常赞成笔者的提议，两人一拍即合。由笔者负责策划设计，由他出资打造该产品。当时开元通宝很便宜，花两万元从西安泉商处邮购了两万枚好品开元。然后按照笔者设计的样稿拿到印刷厂进行包装，制成"开元通宝"装帧币。因创意独特，该纪念册一投放到市场上便被人一抢而空，成为受人热捧的庆祝新世纪到来的珍藏纪念品。笔者没有投资，只负责设计，徐先生给笔者1500册作为创意设计费。这次古钱币文创产品的成功策划给笔者巨大鼓舞，为笔者后续策划同类文创产品奠定了基础。这是思路决定出路，以创新思维弘扬传统文化。2004年5月，笔者受象山县人民政府委托，主编《象山渔文化采贝》一书，由我的学生俞英杰设计，同年9月由宁波出版社出版，仅发行1000册，作为第七届中国开渔节组委会指定的文化礼品书。该书从历史脉络记录象山渔文化几千年的发展历程，每一个重要历史阶段都有一枚相对应的古钱币来见证。全书附有历代古钱币14枚，孙中山像镍币1枚，纸币1张，邮票2套，天然海贝1枚，均为真品。该书在中国大陆及港澳台地区公开发行，利用中国开渔节的平台宣传弘扬中华渔文化和货币文化，收到良好的社会效益与经济效益。此后，我又于2009年9月主编了第十二届中国开渔节文化礼品书《象山台东妈祖如意文化交流纪念册》，仍由学生俞英杰设计。该书附有历代古钱币7枚，铜元1枚，邮票3套，均为真品。该纪念册在弘扬妈祖如意信俗文化的同时，宣传了钱币与邮票文化，发行后受到大陆与台湾地区广大民众的喜爱，为海峡两岸的文化交流做出贡献。2010年11月，受宁波市美术馆委托，由笔者负责制作宁波美术馆建馆五周年纪念册的项目。该纪念册由学生李瑞雪设计，装帧了"五铢钱"与"开元通宝"两枚古钱。五铢钱的钱文得名既源于它的重量，又源于五的寓意（《说文》：五，阴阳在天地之间交午也）。古人造字以计数（自然数），起于一，极于九，五为中数，亦代表天地人和。五铢含有五字，还代表美术馆成立五周年，本身寓意吉祥安康；开元通宝寓意开创新纪元，钱文书法出自唐代名家欧阳询。两枚古钱见证历史，开创未来，装帧币设计富有艺术性，深受宁波美术馆领导与专家的好评。此外，笔者还制作了《中国历代古钱币》60枚真品古钱典藏集，推向市场后受到广大收藏爱好者的欢迎。古钱文创产品多以普通古钱为创意设计题材，揭示古钱内蕴的历史文化，装帧后推向市场，使普通古钱大大增加了文化附加值，既为广大钱币爱好者带来收藏便利，又能产生巨大经济效益，一举两得。古钱装帧对弘扬钱币文

鲍展斌主编的部分钱币文创产品3

化意义深远，可惜后来有人唯利是图，装帧了许多品相差、售价高的钱币欺骗消费者，影响了古钱文创产品的健康发展。

笔者从普通古钱入手开发文创产品，为古钱收藏开拓了一条创新之路。与此同时，笔者十分重视中华货币文化的传播，自1996年起，二十多年来在全国各地多次举办各类钱币文化展览。宁波美术馆先后于2011年1月与2012年1月举办中华钱币文化展、民生记录——中国票证文化展；2013年6月在中国人民银行上海总部G30春季全会上举办中华货币文化与书法艺术展览；2013年9—12月在中国钱币博物馆举办宁波钱庄与近代金融业文化展，观众有数千人。此外，笔者于2017—2019年获聘浙江金融职业学院特聘专家，这期间在该校连续举办中华货币文化与书法艺术、宁波商帮钱币文化、"海上丝绸之路"货币与捷克货币、红色货币文化等展览。这些钱币展览对传播与弘扬中华货币文化起到了很好的推动作用。由于这些展览多以承担横向项目形式来完成，对笔者的科研赋分与经济创收都有较大拓展。正如原宁波大学校长吴心平教授1996年11月6日为笔者的钱币文化展题词所言："文化与经济并存，研究与欣赏两用。"笔者一直以吴校长的题词勉励自己，不断为推进钱币文化发展尽一份绵薄之力。

把马克思主义理论与中国具体实际相结合，与中华优秀传统文化相结合，有利于推动中华货币文化在新时代的创新发展，走出一条中国特色的货币文化新路。笔者重视钱币传拓技艺的传承与创新，于2015年清华大学人文学院访学期间，在人杰地灵的清华园内独创钱币彩拓技艺及钱币丝绸拓印技艺。在浙江金融职业学院资助下出版了《钱币彩拓技艺》一书，在该学院开展钱币彩拓技艺的教学与培训工作，对弘扬传拓技艺、传承民族非物质文化遗产起到了积极作用。

笔者从钱币收藏转向货币哲学与货币史、货币文化的学术研究，结合自身专业特点，着力推动马克思主义货币理论与"海上丝绸之路"货币文化研究。2018年1月，在《宁波大学学报》（人文科学版）上发表《马克思货币理论新探》一文，该文指出："马克思货币哲学既是货币哲学的制高点，又是指导人们研究货币文化的科学理论。"[①]该文被权威期刊《中国社会科学文摘》2018年第8期全文转摘，题目为"马克思货币哲学视域中的货币文化发展及政策创新"。2016年，笔者在清华大学访学期间，申报成功"海上丝绸之路"与中外货币文化交流的国家社科基金后期资助项目。该项目于2019年12月结题。2020年7月，项目成果《"海上丝绸之路"与中外货币文化交流》专著由中华书局出版。2017年，笔者还成功申报宁波市文化研究工程项目：宁波"海上丝绸之路"货币文化研究，该项目于2019年9月结题，项目成果《宁波"海上丝绸

---

① 鲍展斌：《马克思货币理论新探》，《宁波大学学报》（人文科学版）2018年第1期。

之路"货币文化研究》由浙江大学出版社于2019年9月出版。这些科研成果的取得离不开笔者三十多年来对钱币收藏积累的深厚功力和对货币理论研究的孜孜以求，是学习毛主席在《人的正确思想是从哪里来的？》一文中所倡导的"物质变精神，精神变物质"的"两变"思想即"从实践到认识，又从认识到实践"马克思主义认识论指导下取得的。

现在社会上一些人走入钱币收藏研究功利化的歧途。不重视钱币的政治、经济、历史、文化等内容，片面追求钱币的锈色、包浆、版别、坑口等形式，给钱币的品相打分，目的是为了获取更高的商业利润。事实上，从科学研究视域来看，钱币数量的多寡、品相的好坏没有根本差异，有时候数量多、品相差的钱币说不定更有研究价值。宋代李氏女的一首《拾得破钱诗》被人千古传颂，道出破钱的价值："半轮残月掩尘埃，依稀犹有开元字；想得清光未破时，买尽人间不平事。"难道今天的人们还不如千年前的一位少女有见识？问题是一些人利令智昏，炒作古钱币，甚至把近现代多如牛毛的普通钱币的价格炒到远超千年前的高古钱币，误导收藏爱好者。现在市面上的一些评级币还出现了以假乱真、以次充好的现象，对钱币收藏者的信心来说是巨大的打击。

🌸 哲理启示

"收藏是一种兴趣，一种事业，一种锲而不舍的精神。从某种意义上说，收藏就是在传薪火，收藏就是在做学问，收藏就是在悟人生！"[1]钱币收藏也要遵循这一理念，让真正热爱钱币收藏的人们好好享受钱币带来的性情愉悦和精神充实，不要让铜臭玷污了人们的美好心灵。

---

① 鲍展斌：《实用收藏学》，浙江大学出版社2015年版，第1页。

钱币收藏对大学生的教育作用

一、收藏与修身养性

收藏是收集、保存和延续人类物质文明与精神文明劳动成果的文化活动。众所周知，收藏有低、中、高三种境界，可用王国维治学三阶段说作类比：仅了解收藏的概况，单纯的搜罗藏品为收藏的初级阶段，这是个需要登高望远、孤独彷徨的阶段，"昨夜西风凋碧树，独上高楼，望尽天涯路"；痴迷收藏并认识藏品的价值，具有一定的鉴赏水平，这是中等层次的收藏，这一阶段收藏者已渐入佳境，废寝忘食，孜孜不倦，"衣带渐宽终不悔，为伊消得人憔悴"；第三阶段是高品位的收藏，藏家历经千辛万苦取得卓越成就，不仅精于鉴赏，并在广博收藏的基础上，著书立说，传播收藏文化，成为某个领域的专家，直至无私奉献于社会，"众里寻他千百度，蓦然回首，那人却在灯火阑珊处"。就此而言，收藏活动的三个层次中贯穿了修身养性、陶冶情操的功能，体现了自我磨炼、自我实现的人生价值。

二、钱币收藏对大学生人生观的教育作用

（一）追求高尚精神

收藏对于大学生来说，具有一种昭示人格、表明志趣、端正生活态度的特殊功能。古今中外，许多收藏家的收藏活动都与他们平生的精神追求紧密联系在一起，他们借收藏而自勉，以实现人生的理想。爱国民主人士沈钧儒收藏石头是为了学习石头的坚强，"吾生尤好石，谓是取其坚。掇拾满所居，于赑为榜焉"。陈叔通先生喜欢收藏画梅名作，是因为他欣赏梅花清高脱俗的品格。收藏还能帮助一个人确立积极的人生态度和奋斗拼搏的精神。当一个人沉浸在高尚的收藏活动时，他可以忘却周围的烦恼，即使一时受挫，也不会消极厌世，这时收藏品具有了忘忧草的功能。当人生得意时，有益的收藏品也能启发他不要飘飘然而忘乎所以。这种"宠辱皆忘，怡然自得"的感受，只有倾心于收藏的人才会深切地体会到。有人也许会说，玩物丧志，收藏可能使

人沉迷于物而丧失斗志；这种情况是个别的，是人们对收藏不了解造成的。事实上收藏不仅不会玩物丧志，而且会玩物长志。原因在于收藏品寄托了收藏者的人生追求，是一种精神图腾，能荡涤人的心志。由于收藏具有"明志"和"荡心"的作用，许多藏家甚至连自己书斋的斋名都与其收藏志趣联系在一起，反映他们对生活的追求。如清代吴云藏有旧拓本《兰亭帖》200种，故其斋名为"二百兰亭斋"；张大千藏有五代的《韩熙载夜宴图》，故居室名为"昵宴楼"；民国时宁波籍的钱币收藏家郑家相喜欢收藏五铢钱，晚年把自己更名为"赤仄老人"，希望自己的为人像"赤仄五铢"钱那样规范精美，"赤"通"出"，是打磨的意思，而"仄"即是"侧"，是指五铢钱的周边。赤仄五铢寓意打磨五铢钱的周边，去其不正之处，使其形式变得规范精美。人在尘世间，常被声色所惑，为名利所累，不能自拔。一个人若能像赤仄五铢钱那样磨去自身的不正之处，改正自己的缺点，就能成为一个美好的人。

（二）摄取广博知识

收藏学是一门边缘性、综合性的学科，与哲学、人文社会科学、自然科学都有千丝万缕的联系。通过收藏，能使广大学生涉猎各方面的知识，不断提高文化素质，成为一个知识面广阔、有真才实学的专家、学者。文化素质是收藏的基础，文化素质太低的收藏者对藏品的认识有限，往往一知半解，似懂非懂，很容易误入歧途。譬如收藏古钱的眼力除了取决于收藏者对古钱实物的广泛接触和深入了解之外，还得益于收藏者的学识。俗话说"见多识广"，收藏之道也离不开见多识广，理论和实践相结合。我国已故著名文物鉴赏家史树青先生在谈及文物鉴赏时，结合个人实际体会，指出收藏鉴赏者首先要"读书"，其次就得要"摸文物"，两者不可偏废。他认为，鉴定文物一定要将文物与文献结合起来研究，做到"言之有物""遇物能名""见物见人"。长期地实践、学习和思考，对文物的鉴赏水平就会自然而然地提高。"见多"与"识广"是统一的，"见"是"识"之本，"识"是"见"之归。实践出真知，"识货"是建立在"多见"的基础上的，见得多才能有比较，有比较才能有鉴别，有鉴别才能有收获。中国当代书画鉴定大师徐邦达号称"徐半尺"，只要看到半尺书画就能做出判断，鉴定书画的水平极高，他也说"以古书画为师"，他早年曾买过假王原祁的画，从中吸取教训，在收藏中结识许多收藏家和古玩商，有机会鉴赏了许多古画珍品，还要反复临摹，领悟其中的精神，从而大大提高了鉴赏水平。收藏还要善于触类旁通，举一反三，不能拘泥于一孔之见。当我们说收藏是成才的一条途径时，并不意味着所有的人通过收藏都能成才，这里还需要一个基本条件，即对藏品进行深入的研究和创新。一个收藏爱好者在收藏活动中，只有像蜜蜂那样，既采集，又整理和加工，才能酿出甜蜜来，才会有所发现、有所创新。若把收藏只当作一种消遣，所谓成才不过是竹篮打水一场空。

当收藏进入高级阶段后，收藏者往往成为某个专项的收藏家。他们通过对大量藏品的深入研究，升华到理论高度，产生独特的创见，甚至著书立说，成为某一领域的专家。知识渊博使他们对相关学科触类旁通，获得额外的受益。比如通过梳蓖收藏研究，不但领略了梳蓖世界中美妙的工艺价值，更学到了丰富的梳蓖医学保健知识；通过古痰盂的收藏研究，了解到我国古代早就有着吐痰入盂的卫生习惯；通过玉佩的收藏研究，懂得佩玉具有特殊的光电效应，有防病治病的功效；通过服饰收藏，掌握了服饰的保健功能；通过扑克收藏，学到保健扑克上的药膳、减肥等保健知识；至于医籍、医案、药瓶和医疗器械的收藏研究，无疑会掌握更多的医学知识和养身之道。此外，这些收藏研究，某种程度上甚至还可能填补和完善医药卫生保健史。

（三）培养坚韧毅力

当今大学生多为独生子女，从小娇生惯养，意志和毅力较为薄弱。收藏能苦其心志、劳其筋骨、强其体魄，培养其坚韧毅力。任何收藏的起始阶段，都是辛苦的。收藏者如同着魔似的，处处寻寻觅觅，特别是那些囊中羞涩的收藏者（在我国占大多数），硬是凭着坚强的毅力，踏破铁鞋万里寻宝。而那些钱币收藏爱好者经常去乡下淘宝或参加全国各地的钱币交流会。他们所经历的许多艰辛，不是常人所能想象的，体力和精力的巨大消耗也是常人难以承受的。这种艰苦的钱币收藏活动不但锻炼了他们的体质，强健了他们的体魄，同时也培养了他们坚韧的意志和百折不挠的良好心理素质。

（四）增强社交能力

当今社会，与人交际是每个人必不可少的事。古人云："人无癖不可与交，以其无深情也；人无疵不可与交，以其无真气也。"有趣味相投、志同道合的朋友是十分重要的。收藏对社交能起到一种媒介或桥梁的作用，消除隔阂，增进友谊。例如大陆一些高校学生通过中国历代钱币收藏，开展与台湾学生的文化交往，就取得过很好效果。钱币收藏者大都有自己的小圈子，大家意气相投、互相欣赏，互相交换收藏品，有一个小型的社交环境。志同道合的收藏者在一起交流收藏的心得和体会，不仅能增进友情，而且能取长补短，相互借鉴，提高对藏品的认识和鉴赏能力。有藏友买了自己心目中的好东西就束之高阁，不和朋友交流。究其原因，主要一条便是收藏者害怕听到别人的反面意见，从而打破自己的想象。然而，时常听听反面意见却是好事，不但有助于鉴赏水平的提高，更重要的是，它锻炼了一个人的气度，使收藏者在收藏过程中真正达到物我两赢，提高人生品位。

（五）有利身心健康

当收藏进入中、高级阶段时，收藏者对藏品的理解和鉴赏能力已具有相当水平。他们时常会摩挲把玩自己收藏的古今中外钱币。这种把玩就是精神享受，就是保健养生。宋人赵希鹄在《洞天清禄集》中道出了古物赏玩时的最佳境界："明窗净几，罗列布置，篆香居中，佳客玉立相映，时取古人妙迹，以观鸟篆蜗书，奇峰远水，摩挲钟鼎，如亲见商周。端砚诵严泉，焦桐鸣玉佩，不知身居人世。所谓备用清福，孰有愈此者乎？是境也，阆苑瑶池，未必是过。"

对收藏者来说，通过欣赏藏品，可以起到祛病养生的疗效。古人对此也有过精辟的见解。清代画家方薰在《山静居画论》中云："云霞荡胸襟，花竹怡性情，物本无心，何与人事？其所以相感者，必大有妙理。画家一丘一壑，一草一花，使望者息心（安心、排除杂念），览者动色（出现和悦的神色），乃为极构（极好的作品）。"

清画家王昱在《东庄画论》中也做过阐述："学画所以养性情，且可涤烦襟（清楚心中的烦恼），破孤闷。昔人谓山水家长寿，盖烟云供养，眼前无非生机，古来各家享大老者（寿星）居多，良有以也。"欣赏书画果真使人有气怡神爽、胸怀坦荡、疗病祛病之神效吗？从清朝王时敏给王石谷《秋山红树图》的题词中可得到验证。王石谷携其创作的《秋山红树图》请时敏老人赐教，王时敏观后大加赞赏，并欲留下，怎奈石谷不肯割爱，饱玩累日后，只好在画上题词作罢："石谷此图虽仿山樵，而用笔措思全以右丞为宗，故风骨高奇，迥出山樵规格之外。春晚过楼，携以见视，余初欲留之，知其意颇自珍，不忍递夺，每为怅怅然。余时方苦嗽，得此饱玩累日霍然失病所在，始知昔人缴愈头风，良不虚也。庚戌谷雨后一日西庐老人王时敏题。"由此可知，时敏老人欣赏《秋山红树图》后，咳嗽竟然消失。因此有感而发，题了上面一段话。无独有偶，清朝道光年间有一位古钱收藏家戴道峻，因患病呻吟在床，不思茶饭。一日有好朋友来探望他，送给他一枚古钱珍品天策府宝。戴道峻喜出望外，在把玩天策府宝珍钱时竟忘记了病痛，饮食增加，不久就康复了。古今中外收藏品保健疗疾的例子虽说不少，但不是人人都能做得到的。对收藏者来说，首先要懂行，需有较高的艺术修养，掌握收藏品欣赏基本方法，平心静虑，把意念全部倾注于收藏品之中，才能达到医疗保健效果。目前，国外医学界临床证明：收藏是治疗慢性病的良方。它对高血压、胃病、神经衰弱、精神烦躁等病症的治疗效果比较理想。已有20多个国家把收藏列入心理疗法的正式科目。

（六）获得投资经验

俗话说"盛世藏物，乱世积谷"。收藏古玩与艺术品，不仅能凸显收藏者的品位与财富，满足收藏欲，获得精神享受，而且能获得投资经验和丰厚收益。比如说1980年的庚申年生肖猴票，当年每枚仅8分，随处可买到。20世纪80年代初期，某高校有个大学生独具慧眼，拿出80元钱购买了一千张猴票收藏至今，现在已经是千万富翁了。中央电视台的《鉴宝》栏目经常讲到一些收藏家"捡漏"得大便宜的美事，给普通收藏者很大的激励。其他地方台电视频道、各类报刊等媒体也经常宣传古钱币等古玩艺术品投资是一本万利的事情。但是，现在的钱币市场已经很少有漏可以捡了，花几十元、几百元就能有大收益的时代已经一去不复返了。现在所谓的漏，只要是真品，就是漏儿。行家们还是希望那些刚刚迈进钱币市场的收藏爱好者，尤其是广大学生要多去钱币博物馆看看真东西，多转转收藏品市场看看行情，多找些介绍投资钱币方面的专业杂志读一读，要循序渐进、量力而行，别一厢情愿地将钱投入到还没摸着门儿的市场中。现在有些学生热衷钱币收藏，尽管眼力不济，仍不惜借钱来买藏品，以求买到珍品后一本万利，其实很多时候，往往是花大价钱买个一文不值的赝品，这种与捡漏相反的叫作"吃药"，药吃多了，虽然也长经验，可总比少"吃药"长见识的代价要大得多吧。因此，投资古玩艺术品不仅要有胆魄，而且要有智谋。

🏵 哲理启示

从某种意义说，收藏就是在做学问，收藏就是在悟人生！收藏需要意志，需要胆识，需要机遇，需要恒心；收藏更需要痴迷，需要机警，需要心静，需要等待。对于收藏爱好者而言，收藏所用的学识和耗费的时间，通常与得到的可以成正比，所谓一份辛勤一份收获，一份学识一份回报。无论贫富贵贱，热衷收藏的人们皆有生命之欢乐、成功之体验、灵魂之翻新。收藏与历史同步，收藏与人生同行。

收藏是人对自身、生命和生活的热爱，体现着对劳动、创造及其成果的尊重和珍惜，对历史和历史创造者的尊重，对人类创造的物质文明、政治文明和精神文明的尊重，因而是一种保存和延续人类文明的高尚的文化活动。收藏者在这种活动中，受到民族文化、人类文明的熏陶，增强劳动观念、群众观点，培养虚心好学的精神和爱祖国、爱科学、爱护历史文物、爱护人类文明的高尚情操。

古钱币的收藏与投资哲理

一、古钱币适合长线投资

从总体上看，目前古钱币这种收藏品总量已在不断减少中，因而价格正稳步上扬，然而比起其他古玩来还是一种价廉物美的藏品。今后，古钱币这种带有文物性质的收藏品估计在市场上会越来越稀缺，将成为人们欲求不能的珍稀之物。

古钱币收藏最大的魅力在于收藏者只要凭借一定的钱币知识和运气，可以用很小的代价而获得很高的回报。1992年春，笔者在宁波市区南大路拆旧房处以8角钱淘到一枚稀有的王莽时期的钱币——大泉五十合背钱，价值数百元；1994年在宁波三市旧货市场以50元买到一枚清代农民起义军组织金钱会的凭信钱——义记金钱传世极美品，如今市价超过数万元；2008年在宁波范宅收藏品市场以50元低价购得元末农民起义钱——龙凤通宝折三美品，市价上万元。如此等等，不胜枚举。

二、收藏投资古钱币宜集专题

我国历史悠久，古钱币数量浩如烟海。对于初集者来说，可以从目前钱币市场上较常见的北宋钱币和清朝钱币入手，再拓展到其他领域会比较好些；对于有一定基础的收藏者来说，无论搞什么专题收藏，都应该把重点放在名誉品（即名气大的珍罕古钱）的收集上。从投资的角度看，名誉品增值最快，获利最多。人们追逐古钱名誉品的心态与追求名牌商品的心态是一致的。况且有不少古钱名誉品的数量并不稀少，只要肯下功夫，还是不难罗致的。如金错刀、"北周三美泉"、靖康钱、泰和重宝及一些农民起义军铸造的钱币，近年来涨幅惊人。如王莽时期铸造的金错刀，20年前的市价不到1万元，如今极美品市价已超过10万元。金代的泰和重宝，人称"大美泉"，二十年前美品不过几百元，如今极美品已达数万元了。

另外，收藏母钱、样钱也是一些起步较晚的古钱爱好者易于取得成就的捷径。因其存世稀少，价值要高出普通钱币数十倍甚至数百倍。母钱或样钱比一般钱币精美、厚大，古钱爱好者如懂得钱币鉴赏，加上有好的运气，是不难遇到的。如宁波市有一位古钱收藏爱好者就是在一家铜材厂的废铜中拣选到一枚咸丰宝陕局铁母钱，价值数千元。

三、收藏投资古钱币要讲究品相

古钱币的品相是影响古钱币价格的重要因素之一。特别精美的古钱币能够充分体现它的艺术美，其价格往往较一般品相的古钱币高出数倍乃至数十倍。如号称"北周三美泉"的"布泉、五行大布、永通万国"三种古钱，其价值很大程度就体现在"美"上。若品相有缺陷，价格就要大打折扣。类似这种情况的古钱币还有宋徽宗铸造的"崇宁通宝""大观通宝"和金章宗时期铸造的"泰和重宝"等，对这类钱币品相的要求远远高于一般钱币。

另外，在古钱中，对铁钱品相的要求比铜钱苛刻。再好的铁钱如果面目不清，收藏及投资价值就大大降低。

古钱的品相由文字、图案、轮廓、质地、锈色、包浆（指古钱传世色泽）等方面组成。文字清楚、图案明晰为最要紧。上品古钱必须质地温润、边缘齐整、字迹清楚、包浆完整、锈色美丽、大小合度才行。

个别有缺损的古钱大珍，如"缺角大齐""缺角永乐三钱"等，每个搞钱币收藏的人都知道它们是地位十分重要的稀世珍品，就要另当别论，不能因为品相问题而失之交臂。

🏵 哲理启示

现在的古钱币市场上各种假币泛滥成灾。一些缺少钱币鉴赏知识、又很想捡便宜的爱好者往往会落入售假者设计的圈套。因此收藏古钱需要掌握一定的钱币知识，并有长线投资的眼光。除了勤奋阅读相关钱币方面的理论知识之外，更要勤于实践，勤于动脑，才能打开古币王国的宝库，寻觅到真正的宝贝。

地摊上发现靖康元宝珍钱

　　靖康钱是钱币收藏界脍炙人口的古钱名珍，因铸币时间短，存世稀少，十分难得。笔者鲍展斌在20世纪90年代有幸在地摊上发现了一枚靖康钱，钱缘非浅。那是1993年春季的某个星期天，笔者去镇海邮币卡市场淘宝。由于去得晚，一圈逛下来，没有什么收获。这时偶遇镇海钱币收藏爱好者金先生。金先生目光犀利，是捡漏高手，但他一般不喜欢高价购币。他跟我说市场角落有个慈溪来的老头在摆摊，有许多北宋钱，其中还有一枚靖康元宝，很像是真的，但要价高，他没有兴趣，建议我去看看。我听了他的话后，马上拔腿赶到慈溪老头的摊位一探究竟。这位慈溪摆摊老头就是后来跟我结缘的老李先生，当时，他带来一旅行袋的铜钱，多数是北宋钱，足足有几十斤。北宋钱因数量众多，版别复杂，这一时期的一般收藏爱好者对此兴趣不大，人们更感兴趣的是数量相对稀少的南宋钱。老李先生摆了一上午的地摊，生意比较清淡。看到我来到他的摊位，他非常热情地招呼我挑选铜钱。我挑了一些北宋钱后跟他讲："这些钱太普通，据说你有一枚靖康钱，能否让我一观？"老李听后微微一笑，摸摸索索地从旅行包深处翻出一小串北宋钱让我观看。他自称这串铜钱比较稀少，怕丢失就一直放在包里，熟人来了才给他看。我开玩笑说："我们可是初次见面啊，你不怕丢失？"老李很会说话，他说："你这个人文质彬彬，一看就是有修养、有学问的人，我愿意和你交朋友，不用担心的。"我没有被他的一番吹捧而晕乎起来，而是仔细观察他拿出来的这一小串北宋钱，的确有不少珍稀品，除了靖康元宝篆书折二钱外，还有宣和元宝隶书小字、政和通宝重和样白铜小平对钱、圣宋元宝结圣小平等等。关键是这枚大名鼎鼎的靖康钱，一定要看仔细了！我反复察看，该钱生坑，红绿斑斓，锈色自然，文字规范，铜色红润，除了边郭有一陈旧小缺外，没有找到什么破绽。于是，我对这枚靖康钱动心了，但一问价格却令我却步，老李先生竟要价400元。那时，我每个月工资只有200多元，400元买一枚普通靖康折二钱的确是高价，难怪金先生不感兴趣。我说能否让点价，我带的钱不够，但老李不肯。我很失望，老李安慰我说，你这次钱没带够，我给你留着，等下次钱够了再买吧，并欢迎我去他慈溪周巷家里淘宝，他家里还有许多好钱。说完，他给我留了家庭地址。镇海一别，我对这枚靖康钱念念不忘，生怕被别人捷足先登买走。过了三天，趁学校没课，我凑够钱就去慈溪拜访老李先生，一路辗转，坐了四个小时中巴车才到他家。他家在一个小镇上，房屋虽然陈旧，但颇有一些年头。老李家人口多，家境并不宽裕，因此他现在六七十岁了还要外出奔波做点小生意。老李说他家祖上是开铜匠铺的，传下来许多铜钱，家里坛坛罐罐都装着。但那时铜钱并不值钱，供销社收废品，一斤铜钱只能卖个几元，很不划算。当收藏品市场开放时，他就不辞辛劳地拿到市场上去摆摊出售。由于我为了集币，大老远去拜访老李，令他感动，他不再坚持靖康钱原来的要价，而是把一枚品相上乘的宣和元宝隶书小字钱一起卖给我，作价400元。后来，我经常去慈溪拜访老李，在他家里淘到不少好钱，如明月半两、天策府宝、永通万国白铜花钱等等，与他成为忘年交。他得知我是一位大学老师，是真正喜爱收藏研究的学者，不是普通的小商小贩，感到他的钱币转让给我是找到了好去处。他低价转让给我许多好钱币，鼓励我搞钱币研究与展览，弘扬货币文化，对我早期的钱币收藏有很大的帮助。

靖康元宝之所以为人津津乐道，除了铸造时间短暂、数量稀少以外，主要是与北宋末年一段难忘的历史有关。靖康之耻是中国历史上一次著名的亡国事件，因发生于宋钦宗靖康年间（1126—1127年）而得名。靖康二年四月，金军攻破东京（今开封），俘虏了宋徽宗、宋钦宗父子及大量赵氏皇族、后宫妃嫔与贵卿、朝臣等三千余人，押解北上，东京城中公私积蓄为之一空。金兵所到之处，生灵涂炭。靖康之耻导致宋室南迁，北宋灭亡，深深刺痛汉人的内心。南宋一代抗金名将岳飞因此在诗词《满江红》中提到："靖康耻，犹未雪，臣子恨，何时灭！"钱币是历史的见证者，有故事的钱币

靖康元宝折二篆书、隶书对钱彩照　　　　　　　　靖康元宝折二篆书、隶书对钱彩拓

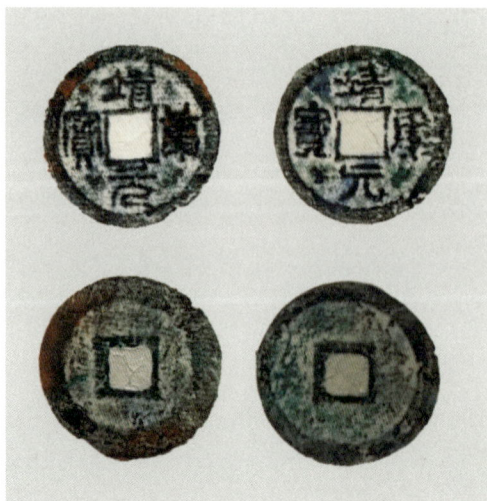

是好钱币。当今天的人们抚摸这枚历经沧桑的靖康钱时，一定会想起那段不堪回首的历史，激励后人奋发图强，像岳飞那样满怀报国之志，励精图治，"莫等闲，白了少年头，空悲切！"

靖康元宝因脍炙人口，深受钱币收藏爱好者的青睐。宁波有位牙医，喜爱收藏古钱，偶得一枚靖康元宝篆书折二，欣喜无比，专门邀请一些同好上他家办宴席庆贺一番。笔者在20世纪90年代得到一枚靖康元宝篆书折二钱以后，一直渴望得到另一枚靖康元宝隶书折二对钱，但因其稀少难觅，愿望迟迟未能实现。一直到2013年夏，我去杭州参加钱币交流会，碰到学生小孙，从他那里花高价购得一枚，整整用了二十年时间才得以配套，实在不易啊！

🌸 哲理启示

1. 内容决定形式。有故事的钱币才是好钱币。虽然当今社会一些人受利益驱使，看重钱币的形式，斤斤计较色泽品相，但真正喜欢历史文化的收藏者更注重钱币背后的故事内容。

2. 耐心与持久胜过激励与狂热。坚持不懈的努力追求，是实现理想的必要条件。钱币收藏需要几十年如一日的执着追求，那种毕其功于一役的想法是不现实的。当我在某高校钱币馆内看到某位藏家花数年时间收藏捐献的所谓价值连城的古钱"五十名珍"全套展品时，只能表示哈哈了。

3. 与老藏家交朋友，虚心请教，诚心求宝是收藏不断取得进步的重要方法。现今社会，一些急功近利的年轻人瞧不起老藏家，觉得他们花毕生精力搞的收藏值不了几个钱，不是嫌人家缺乏名珍档次不够，就是嫌别人的钱币品相不好、价格不高。殊不知，他自己花大钱搞到的一堆花里胡哨极品钱币在老藏家眼里只是一堆垃圾普品。一山还有一山高，谦虚最重要。

虚假钱币广告骗您没商量

随着收藏热的持续升温，收藏队伍的不断扩大，极个别人就动起了歪脑筋，妄想搞乱收藏市场，以便混水摸鱼。近期，笔者多次在许多报纸、杂志上发现有人在刊登"古钱使你发掘身边的财富"之类的广告，同时也收到了不少钱币爱好者提供的类似信息。现借贵刊一角，就此问题谈些个人看法，供广大钱币爱好者和有关部门参考。笔者认为，这类钱币广告颇有虚假的成分，对读者起着误导作用，对社会也有一定危害。

其一，弄虚作假，蒙骗读者。广告中声称："古币到处可见，其珍品已价值连城。""历代幸存的古币大部分流落民间……价值几十万元的古币有可能几元就能买到。"还称："为了帮你发现身边的财富，请你购买我们出售的由权威古币专家编写的古币定价目录、自编的古币鉴别资料和古币收购地址。届时配有珍品钱币的图样及标价。"这类钱币广告帮助读者发财是虚，引诱读者高价邮购他们提供的所谓钱币资料是实，是一个骗你没商量的圈套。从一些读者邮购的资料中发现，其古币鉴别资料及古币收购地址不乏谬误之处：有些古币收购单位或个人是子虚乌有，有些是有名无实；古币鉴别资料是从别人那里东抄西挪拼凑起来的，牛头不对马嘴。读者参照这种资料去收购、出售古钱，焉有不误事之理。所谓由权威古币专家编写的古币定价目录也并非真正的权威参考书。如广告中称，这些钱币定价目录书中提供的钱图大小与实物一样，但经笔者仔细研究，这些目录书上的钱图有不少失真之处，尤其是咸丰重宝、咸丰元宝等大钱的钱图比实物小了许多，其钱币定价较实际情况更高。因此该目录书对钱币爱好者而言不足为凭。这类古币定价目录书在新华书店常可买到且比邮购便宜得多。

其二，搞乱钱币市场，打击钱币爱好者的收藏积极性。这类虚假钱币广告出笼后，使社会上许多人误认为古币均是很值钱的。钱币广告中配发的钱图及其标价严重失实。如乾隆通宝1.2万元，咸丰重宝5万元等，此类钱币仅有正面图没有背图，而且印制模糊，根本分不清是母线还是行用钱。实际上普通行用钱币价值仅几元、几十元而已。当然乾隆通宝、咸丰重宝中确有价值昂贵之物，那是一些存世极罕的雕母、母钱、样钱或开炉钱、镇库钱等，普通集币者莫说获得，有时连见上一眼都困难。古币中的珍品，其多半已入藏博物馆或收藏家钱篓中，散失在民间尚未发现者是微乎其微的。那种只花几元钱就想买到价值几万元，甚至几十万元古钱的可能性极小。笔者集币数十年，到过全国城乡不少地方，翻捡过数以吨计的古币，此等大快人心之事却极少遇到过。笔者认识或听说的钱币朋友中有此类奇遇的也寥若晨星。即使有个别幸运者，亦属集币多年、经验丰富、目光如炬的行家里手，初出道即能一鸣惊人的闻所未闻。

由于虚假钱币广告的竭力鼓吹，一时间币市价格暴涨，连一些普通钱币的价格均翻了好几个跟斗，令真正的收藏者望"币"兴叹，这类钱币广告实际上起到了哄抬币价的作用。回想前不久，纪念币、JT票、电话磁卡的价格也曾被哄抬到惊人的价位上，吸引了众多急于发财的"邮、币、卡"发烧友。如今"邮、币、卡"价格一落千丈，无数收藏者、投资者深受套牢之苦。

古币价格暴涨，必然诱使造伪、贩假者蜂起。现在钱币市场上触目皆是赝品，莫说珍稀币，就是普通币都有伪造，许多钱币收藏者深受蒙骗，损失惨重。虚假钱币广告对钱币造伪贩假起着推波助澜的作用，难辞其咎。笔者前几年曾见到一位女大学生手捧一本邮购来的古钱定价目录，在本市某收藏品市场上按图索骥。当她发现一币摊上有枚特大型的太平天国钱币才区区百元，欣喜万分，因为目录书上写着这枚钱币的价格高达10万元，每枚100元的价格岂不是太便宜了！正当那位女大学生想掏钱购买时，笔者阻止了她，随后告之这种古钱大珍浙江省仅有一枚，已收藏在省博物馆，岂会在地摊上随便低价出售？这种钱币目录书和邮购的参考资料实在是误人子弟！

有些不法分子得知珍贵古币的高昂价值后想入非非，铤而走险：或盗挖古墓，走私文物；或打起博物馆和收藏家的主意，企图窃取收藏珍品，危害国家和人民，罪孽深重。

哲理启示

收藏古钱币是一种高雅的文化活动。真正的收藏者重视的是古币的历史价值和文化艺术价值。虽然个别收藏家有幸拥有若干古钱珍品，但一般不会轻易出手。普通收藏者藏品一般，尽管日久会有所升值，但转让盈利不会太多，羊肉当狗肉卖也是常事。收藏古钱币有许多学问，需要脚踏实地、勤学苦练。因此，笔者奉劝古币爱好者切莫急功近利，以免误入虚假钱币广告设置的圈套。

（此文原载于《收藏》1999年第10期，总第82期，略有修改）

集币活动与理论研究相辅相成

现在，社会上的集币活动正一浪高过一浪，形成一个新的热潮。尤其是有众多的青少年参与了这种高雅的文化活动，实在是令人欣喜的事。然而美中不足的是当前有许多钱币爱好者看重的只是钱币的品相与价值，把集币当成一种单纯的经济投资，渴望在炒币过程中抱回一个金娃娃，对钱币的理论研究漠不关心，以至于出现集币者接踵而至，研究者青黄不接的局面，长此以往，必将使集币活动进入误区。因此，笔者要大声疾呼，希望有更多的爱好者加入研究者的行列，为钱币事业的兴旺发达做出贡献！

列宁有一句名言："没有革命的理论，就没有革命的行动。"这句名言对于集币活动也有指导意义。集币者若没有正确的理论指导，凭经验行事，不仅要上当受骗，而且是没有前途的。若没有丰富的钱币理论知识，即使手里拿着稀世珍宝也会当成废铜烂铁。钱币收藏史上，"徐天启"换小唐镜的故事对我们后人不是没有启迪作用的。另外在集币过程中，有些集币者只看重珍品、名品，对普通币视而不见，这种方法也不足取。从钱币理论研究的角度讲，普通品与珍品是同样重要的，有时普通品的研究价值甚至要超过珍品。如"半两"钱因传世较多，并不那么值钱，但从中国货币发展史的角度来评价，它却是中国货币走向统一的见证，具有划时代的意义。在集币方法上，我们可以借鉴前辈的做法。过去很多有成就的钱币收藏家，在收藏到一定程度后，就把重点转移到研究钱币上来。以研究为主，收藏为辅；以收藏促进研究，以研究指导收藏。即使收藏也不局限在实物上，而是扩展到收藏钱币书籍、钱币拓片及有关的文字、历史资料上。在这里，马定祥先生就是我们的榜样。另外像甬籍著名钱币学家郑家相先生也是值得我们后人学习的。郑先生在集币之初，颇看重珍稀币，经常为得不到珍稀币而烦恼。后来看到自己的收藏不及人家，就成人之美，把许多珍品让给他人，自己重点搞研究。他特别重视一些普通钱币的研究，如在五铢钱的研究上就做出了很大贡献，至今还无人望其项背。他在许多钱币领域的研究都独树一帜，终成一代名家。

集币活动离不开正确理论的指导。对于钱币理论的研究，我们也不能因循守旧，纸上谈兵，脱离现实。前人的理论研究存在着许多不足，不宜墨守成规。正如彭信威先生批评的那样，前人对钱币的研究多偏重钱币的形制。钱币学家研究的对象就是钱币的形状、钱文的书体，把各代的钱名像流水账一样抄录下来就算了事，有时连钱币的重量和成色都不注意。至于钱币的购买力，或为什么发行某种钱币，发行后对人民生活有什么影响，那就更加不问了。关于钱币理论的研究，要用"两条腿"走路，一条是开展钱币学的研究，一条是开展货币史的研究，两者不可偏废。因此，钱币学与货币史的研究要结合在一起。既不能顾此失彼，也不能简单拼凑。钱币学与货币史应该是有机地结合在一起的。没有经济内容的钱币学和没有钱币学内容的货币史都是不完整的。同时，无论是钱币学还是货币史的研究，都要立足于现时代，把握时代的脉搏，为现实服务，做到"古为今用，洋为中用"。

首先，钱币理论的研究要为社会主义经济建设这个中心服务。

我们要用马克思主义货币理论指导研究工作，切忌就钱币论钱币，脱离社会实际，或者只注重文化方面而忽视经济方面。对前人的成果不要把它们当成金科玉律，不敢越雷池一步，而是要去其糟粕，取其精华，在批判吸收前人研究成果的基础上有所创新，有所发展。

具体说来，在货币史的研究上，我们应当运用马克思主义的立场、观点、方法，着眼于经济来研究钱币。钱币是商品经济发展到一定阶段的产物。钱币理论的研究也要与经济相联系，与人民生活相联系。分析钱币产生、演变的过程和它对财政、经济、金融等方面的影响，从中找出规律，总结经验教训，以资借鉴，服务于现实社会。如开展对历史上通货膨胀现象的研究，能以古鉴今。

钱币学在今天已有新发展。著名钱币学家戴志强先生说，现在我们所讲的钱币学已经不再是过去意义上的古钱学，它的研究对象已涉及古今中外所有的货币，也涉及古今中外和货币有关的方方面面。钱币学的研究范围是任何一门其他学科所不能取代的，金石学、考古学、古器物学、文物学都代替不了，应该是一门独立的学科。笔者认为，钱币学是一门边缘科学，是独立的，有它自身的学科特点。它的学科联系很广，除了与货币史有密切联系以外，还与哲学（包括美学）、政治、经济、财政、金融、历史、地理、考古、文字学、冶炼学甚至天文学等等都有联系。只要我们以马克思主义理论为指导，采用科学的研究方法，立足于现实来研究钱币，为经济建设服务，加强横向联系，善于吸收其他学科的研究成果，建立与完善钱币学的理论体系，钱币学一定有远大的发展前途。

其次，收藏、研究钱币要弘扬钱币文化，为社会主义精神文明建设服务。

所谓钱币文化，在广义上是指一个社会发展到使用钱币所需要的各种先进的条件，包括生产力和同生产力相适应的各种典章制度；在狭义上是指钱币艺术，即钱币本身的形制、制作、文字和图形等。钱币文化是当前社会主义精神文明建设的一个组成部分，不可忽视。但有些地方不重视这种文化的推广与传播，致使祖国的宝贵文化遗产成了一堆废铜烂铁。一种情况是许多古钱币白白熔化，虽然有人一直在大声疾呼，但这种局面并没有完全改变。熔化古钱币的现象在社会上时有发生。据笔者了解，鄞县高桥某翻砂厂在短短两三年时间内就熔化了数以吨计的古钱币。另一种情况是许多古钱币被抢救到博物馆后，因无人整理，被胡乱堆放，霉变腐蚀，更谈不上研究了，这是十分遗憾的。

现在社会上爱好钱币的人越来越多，这是好事。收藏钱币是一种高雅的文化活动，要大力提倡，希望有关部门大力支持，提供方便。现在迫切需要开放钱币市场，"藏宝于民"总比听任宝贵财富熔化、腐烂、走私出境好得多。如果有更多的中国人热爱这种高雅文化，使集币的人数与集邮的人数一样多，尤其是吸引更多的青少年朋友加入集币、研究者的行列，这对保护文化遗产，弘扬祖国货币文化，增强民族自信心与凝聚力，使青少年自觉抵制各种腐朽思想和庸俗文化的侵蚀是大有裨益的。

哲理启示

在研究钱币的过程中，我们要认真研究老一辈钱币收藏家的集币经历和心得，学习他们的高风亮节和爱国主义精神。许多钱币收藏家终其毕生精力，收藏了无数稀世珍宝，但最后都化私为公，或无偿捐献，或低价转让给国家，为国家保存了大量珍贵文化遗产。这种精神是值得我们后人学习和发扬的。如宁波历史上的一些大藏家郑家相、张絅伯、陈仁涛等都是颇有爱国心的，他们的爱国主义精神将不断鼓励我们前进。愿我们齐心协力，为弘扬祖国的货币文化、为社会主义精神文明建设做出贡献。

（此文原载于1996年11月宁波出版社出版的《宁波市钱币学会十周年纪念文集》）